余 秋 雨 文 学 十 卷

借我一生

作家出版社

余秋雨

中国当代文学家、艺术家、史学家、探险家。

一九四六年八月生，浙江人。早在三十岁之前那个极不正常的年代，针对以“样板戏”为旗号的文化极端主义，勇敢地潜入外文书库建立了《世界戏剧学》的宏大构架。至今三十余年，此书仍是这一领域的权威教材。

二十世纪八十年代中期，因三度全院民意测验皆位列第一，被推举为上海戏剧学院院长，并出任上海市中文专业教授评审组组长，兼艺术专业教授评审组组长。曾任复旦大学美学博士答辩委员会主席、南京大学戏剧博士答辩委员会主席。获“国家级突出贡献专家”、“上海十大高教精英”、“中国最值得尊敬的文化人物”等荣誉称号。

在担任高校领导职务六年之后，连续二十三次的辞职终于成功，开始孤身一人寻访中华文明被埋没的重要遗址。所写作品，往往一发表就轰传社会各界，既激发了对“集体文化身份”的确认，又开创了“文化大散文”的一代文体。

二十世纪末，冒着生命危险贴地穿越数万公里考察了巴比伦文明、克里特文明、希伯来文明、阿拉伯文明、印度文明、波斯文明等一系列重要的文化遗址。他是迄今全球唯一完成此举的人文学者，一路上对当代世界文明作出了全新思考和紧迫提醒，在海内外引起广泛关注。

他所写的大量书籍，长期位居全球华文书排行榜前列。在台湾，他囊括了白金作家奖、桂冠文学家奖、读书人最佳书奖等多个文学大奖。在大陆，多年来有不少报刊频频向全国不同年龄的读者调查“谁是你最喜爱的当代写作人”，他每一次都名列前茅。二〇一八年他在网上开播中国文化史博士课程，尽管内容浩大深厚，收听人次却超过了八千万。

几十年来，他自外于一切社会团体和各种会议，不理会传媒间的种种谣言讹诈，集中全部精力，以独立知识分子的身份完成了“空间意义上的中国”、“时间意义上的中国”、“人格意义上的中国”、“审美意义上的中国”等重大专题的研究，相关著作多达五十余部。联合国教科文组织、北京大学等机构一再为他颁奖，表彰他“把深入研究、亲临考察、有效传播三方面合于一体”，是“文采、学问、哲思、演讲皆臻高位的当代巨匠”。

自二十一世纪初开始，赴美国国会图书馆、联合国总部、哈佛大学、耶鲁大学、哥伦比亚大学等处演讲中国文化，反响巨大。二〇〇八年，上海市教育委员会颁授成立“余秋雨大师工作室”；二〇一二年，中国艺术研究院设立“秋雨书院”。

二〇一五年，国际著名的“远见天下文化事业群”到上海单独颁授奖匾，铭文为“余秋雨——华文世界最有影响力的一支笔”。

近年来，历任澳门科技大学人文艺术学院院长、香港凤凰卫视首席文化顾问、上海图书馆理事长。

（陈羽）

目录

自 序

一

这是一本写二十世纪的书。它与那个世纪一起开篇，又一起结尾。

很多人会想，二十世纪？太近了吧。但是，这种时间观念已被质疑。近几年经常看到一批伶牙俐齿的少年评论家在各种传媒上发言，说“九〇后是老旧的一代”。我一听总想笑，却又立即把笑容收起。他们所说的“九〇后”，是在二十世纪临近结尾时才呱呱坠地的一代。连那时的婴儿都已“老旧”，我们还能说此前百年的历史“太近了”吗？

可以想象，过不了多久，这些伶牙俐齿的少年评论家就会长成高大魁梧的权威评论家。对他们来说，二十世纪，早已成为一段连通祖父墓地的斑驳苍苔。

可能连斑驳苍苔都不如。因为这段历史向来习惯于枯燥的概念，不仅没有苍苔的绿色，而且也没有古代史的趣味。因此，它必然被厌倦，被嫌弃，被遗忘。

对此，我心有不甘。

并不是因为我曾经参与，而是因为我从宏观的国际视野认定，中国的二十世纪，最具有跌宕起伏的戏剧性。这种戏剧性有好几个支点，其中最集中的一个支点，是上海。

那就巧了。二十世纪的上海，正是我家三代栖息之所在，因此，我也就为这段历史找到了一条摆脱枯燥概念的小路，那就是具体地叙述一个普通家庭的生存经历。

不是写历史，因为我顾不上别的门庭，因此也无法作出任何概括，得出任何结论。

也不是写小说，因为我在叙述中发现，质朴、简洁的力量，远远超过虚构。一件件事情为什么能说得质朴、简洁？因为被太多的眼泪和叹息冲洗过了，已经舍不得留下任何涂饰的印痕。

很多片断互不相关，很多人物来去无踪——这也都顺其自然，照样留存，不作过度的编织。稍有编织之处，只是把两个真实的人，合成了书中的一个次要人物。

我相信，再过多少年，也许会有好奇的新一代，反而对这样的质朴叙述产生兴趣。

二

这本书的作者，由我署名。但是，前半部分更重要的作者，是我的爸爸、妈妈和祖母。

事情是这样的——

一九六六年我还不足二十岁时，遇到了一场极端主义的政治运动，爸爸被长期关押，叔叔被迫害致死，全家八口人失去生活来源。爸爸在隔离室里被责令每天书写“交代材料”，“坦白反动的一生”。爸爸是个最平凡的人，从来没有资格做任何“反动”的事、“革命”的事、值得一写的事，他只希望用厚厚的自述文稿激发暴徒内心的一丝善良，把他早一点释放，发还工资，让我们全家免于断炊之苦。写了几个月，他本来就患有眼疾，一时大大发作，既不能看，也不能写了。暴徒们只得隔几天放他回家一次，由他口述，由我代笔。

我本来是反对爸爸写那么多“交代”的，但是看着他恳求的表情，颤抖的声音，我感动了，就开始记录。初一听，这是一堆琐碎的生活流水账，但听着听着我渐渐珍惜起来。爸爸口述时，坐在边上的妈妈和祖母还会增添几句心酸的回忆。我毕竟懂得文学，也就特别从一些人情生态的节点上向他们仔细询问。

就这样，我们一家在抽抽噎噎之中完成了一个特殊的记忆作品。这在正常年月，几乎不可能做到。

爸爸用蓝色复写纸留下了厚厚一份底稿。十年之后我曾试图整理一下，但一整理就发现原来的稿本实在太长，必须大大删节；还有一些记忆缺漏，又向舅舅、姨妈、老邻居、老世交作了查询。

这就是本书上半部分初稿的成因。

本书后半部分，写了那场运动过去之后的事，那时父母已老，就要以我自己的经历为主了。我严守一个原则：即使漫天风云，也只从自家小窗口看出去。如果与窗内居息关系不大，那么，再重要的历史事件，也不写。

我把这样的写作，称之为“记忆文学”。

三

本书以比较显目的方式，把几十帧相关的照片刊于最后。

我长期研究视觉美学，因此对形象的感性力量，寄予高度信任。世上感觉正常的人，都能对一个陌生人的眼神，一个舞台剧的形态，快速作出优劣判断和等级判断。虽然可能有错，但在绝大多数情况下，第一判断就是终极判断。因此，一张照片所传递的信息，往往超过十篇论文。

而且，照片也能穿越时间发出最洁净的声音，然后引出最真切的疑问。例如，看了我岳父和叔叔的照片，隔代的后人就会奇怪：这样正派的男人怎么会在二十世纪无法生存？看了我妻子的剧照，他们更为奇怪：这样出色的艺术家怎么会在二十世纪被迫失业？

把形象留下，把疑问留下，二十世纪也就留下了真实的自己。

当我写这篇自序的时候，二十世纪已经过去了十九年。在中国历史上，二十年算作一代，因此，整本书到今天已成了“隔代遗本”。隔代，就是隔了一堵高墙。我原来也是这堵世纪高墙那边的人，现在已经站在墙外那么多年了，因此有资格凭着那么多年的“疏离清醒”，作一点“隔代之悟”，供高墙这边的年轻人参考。对于今后世代的读者来说，也多了一层间离风景。

我的“隔代之悟”，自由地出现在不少章节之后。但这并不是随意的外加，而是本书的特殊结构方式，希望读者朋友注意。

至于二十世纪结束之后十九年的生存记忆，可看《门孔》一书的部分章节。那书也可称之为“记忆文学”，但范围较广，涉及了一大批与我有交往的世纪文化精英，被人称为“《中国文脉》的当代续篇”。

二〇一九年九月

第 一 章

一　烽火秘史

我首先要向读者道歉，这本书一上来就让人皱眉。

任何文学作品，开头都必须吸引人。因为广大读者在阅读的雾海中总想找到一个可以落脚的小岛，所以你必须明快地提供让他们落脚的理由。如果开头就是沉闷的，读者自然会扭头而去，继续在雾海中流浪。

但是，我这本书的开头是沉闷的，而且是一种历史学的沉闷，因为我要简述余氏在千百年间所经历的艰难坎坷。明明是写我和我的家庭，为什么要扯得那么远？因为我从中看出了一种宏观的象征意义。

余姓，早期的线索比较模糊，好像是从秦代的“由余”氏派生出来的。历来不是大姓，也没有出过太大的名人。但是，到了十三世纪，却出现了奇迹。

简单说来，在当时激烈角逐的蒙古军队、西夏王朝和宋朝这三个方面，都十分醒目地冒出了余姓。其中两个方面，显然是由原来少数民族的姓氏改为余姓的。

先看看西夏王朝这边。《元史》这样记载着一个叫余阙的官员的来历：

> 余阙，字廷心，一字天心，唐兀氏，世家河西武威。父沙喇臧卜，官庐州，遂为庐州人。

请看，这个余姓的官员是唐兀人。唐兀人其实就是西夏王朝的党项人，来自古羌民族。

西夏王朝是被成吉思汗的蒙古军队毁灭的，灭得很彻底，没有多少人活下来。据《西夏书事》记载："免者百无一二，白骨蔽野，数千里几成赤地。"也就是说，一百个唐兀人只能活下来一个，其余九十九个都死了。这活下来的一个，改姓了余。

奇怪的是，打败唐兀人的蒙古人中，也冒出了一批姓余的人，而且明确表示是从蒙古姓改过来的。一九八二年在四川西昌发现的《余氏族谱》上有这样两句诗："铁木改作余姓家，一家生出万万家。"还说：

> 吾余氏祖奇渥温，胡人也，入华夏而起于朔漠，初号蒙古，铁木真出矣。

唐兀人改姓余，和蒙古人改姓余，两者有什么关系？有人认为唐兀人中极少数的幸存者是先被战胜者改为铁木，后来再改为余姓的。但是，也有学者不同意这种猜测。对此，西夏史专家李范文教授说，余氏的形成和流脉，是西域历史的一个重大难题，还有待进一步调查、研究。

只不过，有一点已经可以肯定，我们余姓中有一脉，本来不姓余，也不是汉人，而是由古代羌人繁衍而来的。他们从惊天血火中侥幸爬出，改名换姓，顽强生存。他们说不出清晰的家族谱系，却能“一家生出万万家”，有着无与伦比的生命力。就精神气质而言，今天的余姓朋友，凡是身心特别坚毅、无惧长途跋涉的，可能都与古代羌人脱不了干系。

十三世纪那些年月，大家还没有搞清余姓和蒙古人的血缘关系，却有一个名字把蒙古人吓了一跳，那就是抗击蒙古军队最有力的将军，叫余玠。

余玠是在一二四二年出任抗蒙总指挥的，具体职位是四川制置使，兼知重庆府。当时，半个世界都在蒙古马队的踩踏下颤抖，但是由于余玠的高明策划，合川钓鱼城居然像一座铁铸的孤岛，保持了整整三十六年的不屈态势。结果，蒙古大汗蒙哥死于钓鱼城下，改变了蒙古军队的战略方向，由此也改变了世界历史。只是余玠本人未得善终，才指挥了几年就死于他人的诬陷。

余玠画下了宋朝在军事上最动人的一笔，尽管这一笔已经无救于宋。元朝终于取代了宋朝。

但是，谁能想得到呢，九十几年后元朝也走向了灭亡，而为元朝画下最动人一笔的将军，也姓余。尽管他的这一笔，也已经无救于元。

为元朝画上这一笔的将军，就是上文提到的那个由唐兀人演变而来的余阙。在元朝岌岌可危、农民起义军围攻安庆并最后破城的时候，作为守将的他自刎坠井而死，妻子相与投井。与他一起赴死的大批官员中，记有姓名的就有十八人。安庆城的市民听闻余阙的死讯后，纷纷搬出楼梯爬到已经破城后的城墙上，说要与此城共存亡，誓不投降。当时城墙已被焚烧，冲入烈焰自愿烧死的市民多达一千余人，实在是够壮烈的。

有记载称，余阙死后没留下后代。但是，当时为余阙作传的著名学者宋濂访问了余阙的门人汪河，知道余阙还留有一个幼子叫余渊。

余渊知道自己的父亲是为捍卫元朝而死的，但他仍然接受了明朝，还在明朝中过举人。根据几部《余氏宗谱》记载的线索调查，余渊的后代也是强劲繁衍，至今在安徽合肥有五千多人，在桐城有一千多人。四川有一万多人也很可能是余渊的嫡传，但还无法确证。

……

余姓，实在让我眩晕了。早的不说，仅在十三世纪的马蹄血海中，就有唐兀人的余，铁木氏的余，抗击蒙古人最坚决的余，最后为蒙古人政权牺牲得最壮烈的余……为什么一切对立面的终端都姓余？为什么最后一面破残的军旗上都写着一个“余”？为什么在战事平息后一切邀功论赏的名单中却又找不到余？

隔代之悟

凭着《百家姓》和家谱，寻找一个姓氏的血缘传代，是中国文化对弱者群落的心理安慰。其实，生命是非常个体化的自我塑造，与几百年前一个同姓的状元和将军没有什么关系，当然，也与更多同姓的盗贼和流氓没有什么关系。

但是，既然中国人把姓氏放在名字的首位，陌生人相见总是以询问“贵姓”开头，那么，一见到相同的姓氏就会多一份关注。

像我，在生活中见到一个姓余的人总会轻轻一笑，在古书中见到一个姓余的人总会稍稍停留几秒钟。

但是，事情就出在这“几秒钟”上面。经过很多次“几秒钟”，我有了两大发现，已经在这一节正文中写到——

第一，历史上姓余的名人很少，但是，战场上因为胜败而改姓余的人却很多；

第二，历史上很多最艰难的决战，最后一面焦迹斑斑的军旗上往往写着一个“余”字，但战争结束后，却没有见到余氏爵位。

这两项发现让我沉思很久。为什么会这样？没有明确的答案。由此我认定，历史并没有逻辑，但是，没有逻辑的地方，却有美学的光亮。请看这些不可思议的画面吧：战场边的匆忙改姓，军旗上的最后字迹，胜利后的全然失踪……都具有多么雄伟而又悲壮的美学品相！即使不是余姓，也让我心潮澎湃。

余氏先人的在天之灵也许会觉得奇怪，怎么会摊上我这样一个后代，不问夷夏，不问营垒，不问胜败，不问隐显，只问美。

其实哪能怪我，这不正是余氏先人的遗留吗？他们都在追求一种不重得失而坚守格调的悲剧气氛，因而由悲而美。

——这也正是本书的基调。

这些遥远的史实与二十世纪的我家相距甚远，不应该生拉硬扯。我只是挽请古代缥缈的峰峦，作为当代絮叨的背景，希望能够稍稍壮色。

顺便我也要做一个与余姓相关的说明。我被选为“世界余氏宗亲会”名誉会长已经很多年，发现宗亲会里有一些可爱的文史专家一直想维护宗亲血缘的纯净性，不允许那些“战场改姓”的族群加入。

对此，我一再加以劝导。“血缘的纯净性”是一个伪命题，即便是我们，包括我这个名誉会长，家族祖先们在大规模的迁徙、流浪中，发生过多少混血的故事？那些在战场边匆促改姓的族群，几百年来顶着一个“佘”字生老病死、传宗接代，早已是我们的亲兄弟，实在没有理由冷淡他们。中华姓氏是一串串悲欢离合的传奇，结果应该是和衷共济的大欢乐，而不是相反。

二　史迹渐近

余家流徙到浙江的流脉，我在这里不做仔细考证了。只说可以排得出辈分的祖辈，在家乡分成了两支。一支在山上种茶，另一支在山下养蚕。

简单说来，我的祖辈，安安静静地在青山绿水间向外面提供着茶叶和丝绸。

粗粗一想，这环境，这活儿，都不错。

他们怎么会想到，正是他们提供的茶叶和丝绸，给中国带来了灾祸。

原因是，欧美从十九世纪初期开始，对茶叶和丝绸的需求大量增加。时间一长，他们发现，为了茶叶和丝绸，他们每年要支付中国一百万两至四百万两白银，也就是产生了巨额贸易逆差。这个情景，与他们现在对“中国制造”的抱怨如出一辙：明明是他们自己的需求，却要惩罚中国。

为了取得贸易平衡，英国商团向中国倾销鸦片，美国商人也参与其间。结果，贸易逆差快速扭转。

鸦片严重地祸害了中国人，毒瘾笼罩九州，到处烟灯闪闪，大批有为之士再也无力从事一切正常劳作，一个个面黄肌瘦，沦为废物。后来连多数官员也在吸食，最后总是家破人亡。这是西方留给中国的一页人权记录。

奄奄一息的中华民族也曾试图反抗，因此引来了第一次鸦片战争、第二次鸦片战争和其他许多侵华战争。结果是，中国一次次惨遭失败，一次次割地赔款。

鸦片战争的结果是列强势力的进入，带来了上海的畸形繁荣。我家乡离上海只隔了一个海湾，很多走投无路的家乡人都想到上海闯一条生路。

有一个统计，十九世纪后期，上海的人口增长，是世界平均增长数的整整十倍。这个庞大迁徙人群中的首领，与我家乡有一点关系。

例如，一个在十四岁就闯荡上海的男孩子叫虞洽卿，就是我们家乡人。他后来出任了上海总商会会长、全国工商协会会长。此外，上海帮会首领黄金荣、张啸林，上海现代娱乐业创始人黄楚九，算起来也都是我们家乡人。

我的曾祖父余鹤鸣先生和曾外祖父朱乾利先生，没有他们那么出名，却与他们基本同龄。与他们一样，也挤到了奔赴上海的人流之中。

余、朱两家只隔半华里，曾祖父和曾外祖父从小就认识。他们是一起坐木帆船渡过海湾来上海的，从慈溪的庵东出发，到上海的金山卫上岸。

那天两人是结伴步行去庵东的，各自背着一个不小的蓝布包袱。包袱里除了很少几件替换衣服外，还塞了一些茶叶和丝绸，是准备用来换食、换钱的。这是当时家乡出门人的习惯。

两人互相瞟了一眼就笑了，从包袱的大小可以判断，他们所带的茶叶和丝绸，在数量上差不多。

曾祖父和曾外祖父到上海之后，先在同乡开的店铺中“学生意”，两年后自立，靠着勤劳和聪明，一年比一年发达，终于都成了大老板。

他们成为大老板的历史，可以说是干脆利落。曾祖父余鹤鸣先生与别人一起开了一家不小的烟草公司，曾外祖父朱乾利先生则买下了一家很大的染料公司，这已经使他们进入富商的行列。一九一五年，由于第一次世界大战欧洲染料停运，曾外祖父趁机大大发了一笔意外之财，成了大富商。十年后，一九二五年，上海市民反抗日本、英国暴行的“五卅运动”，连带出了“不吸外国香烟”的热潮，给曾祖父的烟草公司带来了巨大商机。

余、朱两家，都成了上海十里洋场中真正的“阔佬”。

花园洋房、私家汽车、银行账户、大批仆役……一切好像都是从天上掉下来的，余、朱两家对此有一种强烈的不安全感。

克服这种不安全感的方法，就是强化对儿子的教育。

当时上海的富人，都看不起贵族背景，认为那只是悖时遗老在翻抖已经发霉的老家谱。他们自己的家谱是新的，正装在儿子的书包里，让儿子一年年去编写。

祖父和外公不约而同地考上了当时极难考的启慧学校，成了同学。

祖父和外公在走进学校的第一天就互相认出来了，两家父母经常餐聚，他们多次见过。一星期后，他们又结交了一位叫余鸿文的同学，细说起来还是祖父的远房堂弟。半个月后又多了一位一起玩的邻班同学叫吴瑟亚，他父亲是一位洋行买办。

外公和余鸿文经常去虹口的一家“复礼书院”，能够见到一些穿着长衫马褂前来演讲的国学名家。祖父和吴瑟亚偏向西学，喜欢去徐家汇的一家“东印度总会”。

不久，曾祖父因病去世。一年后，曾外祖父也走了。那年月，多数人的寿命都不长。两个葬礼都办得非常隆重。余、朱两家，就此进入了祖父和外公的时代。

只可惜，祖父和外公为了当家，都把学业中断了。中断了国学，中断了西学，一头扎进了当时亚洲最繁华的街市，刚起步，便昂首。

这两个富家子弟，都风度翩翩，堪称典型的“海派俊彦”。但是在他们接手了企业后仅仅十年，两家几乎同时败落。

像一切败落一样，最后一关是人格败落。正是在这一点上，祖父首先崩溃。

他，抽上了鸦片。

鸦片肯定是在东印度总会抽上的。外公和余鸿文先生一直认为，这是那个总会的两个英国经理故意设下的一个圈套，为了报复曾祖父在“五卅运动”中令他们遭受的亏损。但是，这种说法缺少证据。

一切高明的报复都缺少证据，何况，这件事情对他们来说实在太小。说大一点，鸦片就是对茶叶的报复。人类的一切灾难都因报复而来，只是人们找不到其间的因果线索。一个人，从出生的那一天开始，就已经置身在密密麻麻的报复图谱中。

天地间再小的报复，落到一个具体的人身上，都可能是灭顶之灾。而且，灭顶的，不只是自己。

祖父上瘾后，不敢到家里抽。他知道这事对不起自己的妻子和孩子，因此一直隐瞒着，不露任何痕迹。

祖父不仅把家吸穷了，而且把身体吸坏了，但他已经不能自拔。他变卖和典当了家里的大量财物，而他那时已经有了七个孩子。

每天下午，祖父避开家人的耳目偷偷摸摸出门。当时上海的鸦片馆数不胜数，仅法租界就有一万多个。

深夜回来，祖母还没有睡，祖父总会从皮包里拿出七八本书交给祖母，说："收在书柜里，以后孩子们要读。"

这事一直让祖母感到奇怪。孩子们不都在学校里读书吗，为什么还要在书柜里存放以后要读的书？

原来，祖父已经看到自己的末日。他算来算去，被自己吸剩下来的家产，今后没法让七个孩子都上学了，那就只能让他们去做工，回到家里还有一柜书可读。但是，吸到后来，他已经举债累累，断定自己走后，妻子根本养不活这么多孩子，只能送人。因此，不再买书。

"你已经一个多月没买书了。"那天祖母对祖父说。

"读书也没用。"祖父说，"大难一来书作坟，乱中添乱是儒生。"

祖母疑惑地看着他，不知道他怎么了。

隔代之悟

这一节写了我的曾祖父和曾外祖父，其实是对中国近代史和上海发达史的极度浓缩。

文学又必须“以人带史”，而不是反过来，“以史带人”。我的两位曾祖父没有历史地位，但一旦进入文学，也就成了“带史”之人。

那天，两位曾祖各自背着装着一些茶叶和丝绸的蓝布包袱向上海出发，两个年轻人当然不知道，自己踏上了一个历史的天平。

天平，就像上海所俗称的“跷跷板”，踏上去很顺当，走下去很危险。我祖父的危险，开始在试吸鸦片的那一夜。

那一夜试吸鸦片，好像是个人行为的失足，其实是历史魔性的狞笑。因为眼前出现的，是鸦片对于茶叶和丝绸的报复，是鸦片战争的家庭版。

三　还债

一九三七年的春节，我未来的外公朱承海先生向祖父、祖母拜年。外公是个热闹人，还带来了自家的几个亲戚。其中一位，大家叫她“海姐”。海姐一进门，就伸手挽住了祖母的手臂，亲亲热热叫了声“阿嫂”。

祖母平常是受不了这种亲热的，但今天很高兴，没有让开海姐的手。

海姐是上海市民中那种喜欢贴附着另一个女人的耳朵讲悄悄话的人。她拉祖母到二楼的一个小客厅，突然反身把门关上，扣住，把祖母按在椅子上，随即轻轻问了一句：“阿嫂，你先生每天晚上是什么时辰回家的?”

这句听起来很普通的话，被她神秘兮兮的动作一衬托，祖母的脸唰的一下就红了。她从来没有怀疑过丈夫。

海姐知道祖母误会了，立即解释道：“放心，不是轧姘头。是这个——”她伸出右手，翘起拇指和小指，把中间三个指头弯下，再把大拇指移到嘴边。这是对鸦片烟枪的模拟。

祖母稍稍松了口气，却又坐在那里发怔。

海姐细声地在一旁劝慰，祖母听不进。海姐终于要走了，祖母疲乏地站起身来，送到门口。

是的，丈夫变得越来越奇怪了。似乎成天没精打采，脾气变得异常柔顺，眼角里却又会闪出一些特别的光亮。晚上回家，身上有一股幽幽的气息，不香，不臭，不清，不腻，有点像乡下道士炼丹炉边发出的味道。

祖母没想多久，就做出了确定无疑的判断。她在晚饭时想对丈夫开口动问，看到满桌孩子的眼睛又停止了。丈夫放下饭碗就出了门，祖母追出去，早已不见踪影。

祖母把家事全托给女佣陈妈，自己一家家找去，想把丈夫拉回家。她知道找到也没用，但还是找。

天下妻子对丈夫的寻找都是这样：要找了，已经没用了；追上了，也不是自己的了。

祖母一直没有追上祖父，而是祖父实在跑不动了，自己倒下的。

祖父临终前两眼直直地看着祖母，牵一牵嘴角露出笑意，嗫嚅道："本来想叫孩子们多读点书，出一个读书人。我这么走，不说读书，连养活也难……"

祖母擦了一下眼泪，按着祖父的手说："会养活，会读书。"

祖父轻轻地摇了摇头，又嗫嚅道："没想到，灾难出在我身上……"

没说完，他头一歪，走了。

周围的人都在猜测，带着七个孩子的祖母会做什么。

出乎大家意料，祖母做的第一件事是卖房还债。

祖父在最后的日子里已经向祖母一一交代过家里的账务，自己欠了哪些人的债、哪些人欠了自己的债。祖母一笔一笔记住了。按照当时闯荡者的习惯，这些债，大多是“心债”，没有凭据。

那天晚上祖母把家里的女佣陈妈叫到房间，感谢她多年的照顾，说明今后无法再把她留在家里，然后，就细细地打听穷人的生活方式。陈妈早就看清这个家庭的困境，却没有想到祖母会做出卖房还债的决定。

“这房子卖了，不能全还债。选一选，非还不可的还了，有些债可以拖一拖。孩子那么多，又那么小……”陈妈像贴心老姐妹似的与祖母商量。

“这没法选。”祖母说，“还两笔，拖两笔，等于一笔也没有还。”

陈妈叹了一口气，说：“老爷前些年借给别人的钱也要去催一催。那些人也太没有良心了，明明知道这一家子已经到了这个地步，这么多天来也不来还！”

“有两个到灵堂来了。”祖母说。

“那就去找！”陈妈愤愤地说，“领着最小的两个，志杏和志士，上门去要，我也陪着。”

祖母想了一想，说：“没凭没据，上门要债，他们一尴尬反而会把账全赖了。这样吧，我领着孩子上门去向他们一一讨教卖房事宜。这比较自然，顺便看看他们到底有没有还债的心思。你就不要去了。”

从第二天开始，祖母就领着两个最小的孩子，在三天之内“讨教”了五个人。结果比祖母想象的还要糟糕：他们谁也没有提到那些账。

一双大人的脚，两双小人儿的脚，就这样在上海的街道上走了整整三天。

很快，原来在英租界戈登路的房子被卖掉了，去偿还祖父生前欠下的全部债务。

还债的事，祖母叫十八岁的大儿子和十五岁的二儿子一起去完成。大儿子叫余志云，是我从来没有见过面的大伯伯；二儿子叫余志敬，那就是我的父亲，他后来习惯于“以字代名”，叫余学文。

两兄弟把一沓沓卖房得来的钱用牛皮纸包好后，放在书包里，一家家去还债。很奇怪，好几家都在准备搬家，房间里一片凌乱。搬家最需要用钱，一见有人来还债都高兴地说是“及时雨”。只有最后到一家鸦片烟馆老板家还债时，那个黑黑瘦瘦的老板不说一句话，也并不数钱，只是用手按了按纸包，便翻开账簿，用毛笔划掉了欠债。

兄弟俩正准备离开，忽听得屋子角落传出一个女人的声音：“慢慢交走！”

随着声音，一个浓妆艳抹的高挑女子趿着绣花拖鞋从背光处走了出来。她嘴上叼着一支香烟，懒懒地走到兄弟俩跟前后举手把香烟从嘴里取下。她的手指又长又细，涂着指甲油。

她问志云：“听你刚才说，这烟债是你父亲欠下的。他自己为什么不来？”

志云懒得理她，低头轻轻地说：“他刚过世。”

女人顿了顿，问：“他过世，与鸦片有关吗？”

志云点点头。

女人停顿的时间更长了。

终于她又问："那你们为什么急着来还鸦片债?"

志云不语。弟弟志敬抢着说："妈妈说了，好债坏债都是债……"

女人又问："这么多钱是从哪里来的?"

志云想拉住志敬不要说，但志敬还是说出了口："我们把房子卖了!"

女人又紧接着问："你们有兄弟姐妹几个?"

志敬说："七个。"

女人走到桌子跟前，看了黑黑瘦瘦的老板一眼，说："这事我做主了。"顺手就把那包钱拿起来，塞在志云手上。

志云、志敬大吃一惊，连忙把钱包放回桌上，说："这不行，这不行……"

女人又一次把那包钱塞给志云，说："回去告诉你们妈妈，我敬佩她这样的女人!"

志云毕竟懂事，拉着志敬向着女人深深地鞠了一躬，说："阿姨，你退还给我们这笔钱，等于救了我们家。我想请教你家老板的尊姓大名，回去好向妈妈禀报。"

女人笑了，说："他叫吴聊，一听就是假名。真名我也可以偷偷告诉你，叫吴瑟亚，琴瑟的瑟，亚洲的亚。"

隔代之悟

经过前两节的简略导引，从这一节开始，就进入一个家庭的具体悲欢了。

一个没有留下名字的外来女性，是我们全家的主干和灵魂，那就是我的祖母。

这让下一代听起来非常奇怪，却是中国历来千家万户的常规。

中国家庭，总是男性主外，女性主内。外部风光虽然重要，但家庭的品质却取决于内，那也就是取决于女性。所谓主内，其实也就是溶于内，藏于内。这个内，是这位女性脱离娘家之后进入的夫家，既要入主，就要洗去娘家的身份，包括姓名，只有这样，才能在夫家不再是外来人和陌生人。

于是，这一位位全家的主干和灵魂，全家都不知道她们的大名、小名、乳名。

最重视家庭的中国社会，却由无数“无名氏”的纤纤素手执掌着一个个门庭。这个事实，在现代派作家看来，不仅荒诞，而且幽默，是一个让人思绪泉涌的大题材。

执掌家庭，是执掌平安，还是执掌灾祸？

执掌平安，是小执掌。执掌灾祸，是大执掌。

执掌平安，即使钟鸣鼎食也是庸常。执掌灾祸，即使狂风恶浪也是船长。

我祖母，则是船长中的船长，因为她遇到的风浪实在太大，又接连不断，船上有很多生命，安危系于她一身，却没有人能够帮她。

你遇到“走投无路”的困境了吗?

请想想我祖母。当时，她还年轻。

她绝不抱怨，绝不申诉，绝不求告，连暗自垂泪都没有时间。“走投无路”是她生命的基本形态，因此她既不“走”，也不“投”，也就是不再“奔走”和“投靠”。她的生命，就是在无路之处迈步。

所谓“路”，就是前人和别人踩踏出来的通道。我祖母对前人、别人、通道都不抱希望。因此，她对一般意义的路也不抱希望。

她的路，在别处。

何处?心灵深处。

那里有一条良知之路。

祖母在祖父去世之后，身负养家重担而毅然卖房还债，就是走了一条良知之路。

良知之路的主要特点，是在“应该做”和“可能做”之间，坚定地选择前者。

那么，后者怎么办?不可能又怎么办?只能咬着牙，低头跋涉。

因此，每逢走投无路的困境，你也不妨自许：此刻，由我来开创一种人格。

四　墓碑

志云、志敬回家后问祖母，知道不知道一个叫吴瑟亚的鸦片馆老板。祖母觉得名字有点耳熟，但一听是鸦片馆老板就没好脸色，说："不知道。"

志云随即拿出那包钱，把吴家老板娘的表情、动作、语言详细说了一遍。祖母听完，开始发呆。

祖母在闸北地区的一个贫民窟里租了一间小房子，全家大小都挤在里边，晚上一起打地铺。

到了闸北，志云、志敬才明白，为什么他们去还债时好几家都在准备搬家。

家难，撞上了国难。

闸北，已经是一个战场。就在祖父去世的前几天，日本军队从几个方面向上海发动了进攻。与闸北隔了一条河的南岸，有两个受英国、法国、美国控制的"租界"，日本军队暂时还不敢侵入，成了一个"孤岛"。前些天志云、志敬看到的那些搬家人家，都是从租界外面向租界里面搬。余家本来住在英租界，这下反倒搬到租界外面的闸北来了，这在当时完全是逆向行动。

闸北地区的人流越来越大，主要是上海周边几个省逃避战乱的难民。不巧安徽淮河又发生水灾，大批灾民拥来，壅塞在街道、弄堂、屋前屋后的每个角落，连走路都很困难了。

正在这时，原来家里的女佣陈妈找来了。她告诉祖母，自己正在附近的一个难民收容所工作。收容所目前缺少人手，陈妈知道祖母处理麻烦事的能力，因此问祖母，愿不愿意参加。

祖母几乎没有犹豫就答应了。那些日子大家都忙着抗日，她总觉得自己也要做点什么。这份工作有一点微薄的薪水，可以勉强地养家糊口。

大儿子志云在另一个难民收容所里做事。他受过很好的教育，先前在一家佛教精舍担任文书，战争爆发后他在难民收容所里办了一个小学，自任校长，每天回家都疲惫不堪。

志云病了几次，医生说，都是从灾民中传染的。志云问医生有什么方法防治，医生说，这年景也找不到什么药，多吃大蒜头吧。

有一天，志敬急急跑到祖母面前，兴奋地说：难民收容所新来了一位负责人，竟然是吴阿姨。

“哪个吴阿姨？”祖母问。

“就是那个退钱的鸦片馆老板娘！”志敬说。

祖母霎时停下了手上的活儿。那包钱，实实在在帮助余家渡过了难关。她本想好好去道谢，却又不愿意面对一个鸦片馆的老板娘。好几次，她重复地听着两个儿子对这个老板娘的描述：浓妆艳抹，高挑个子，绣花拖鞋，细长的手指上涂着指甲油……

她急急地拍了一下志敬的肩膀说："快，领路，我要见她！"

祖母见到这位女人时上下打量了一下，发现她已经完全没有浓妆艳抹，只是嘴上还叼着香烟。祖母对她诚恳地笑着，又指了指志敬，说："吴太太，我是他的母亲。上次的事，真该好好谢谢你了！"

"是余太太啊，"吴阿姨上前一步，对祖母说，"其实是你开导了我。这是阿坚，我的儿子，我想让他与你的儿子多交往！"说着她把一个蹲在地上玩的男孩子拉了起来。

在回家的路上，祖母叹了一口气，对志敬说："打仗是坏事，却让我、陈妈、吴阿姨，还有很多女人，都变成了另外一种人。"

志敬说："刚才阿坚说了，那天我们去了以后，他们家关了鸦片馆。"

大蒜毕竟只是大蒜，防疫的功能有限。

三年后，大儿子志云终于从难民、灾民中传染了肺结核。这在当时，是绝症。

志云很快就去世了。由于家里房子太小，完全无法隔离，他的病已经传给了三弟志夏和四弟志纪，他们也都在一年之内走了。

又过了一年，女儿志梅得了一种说不清名目的怪病，人急剧消瘦，而且连日高烧不退。医生说，需要用美国生产的一种药，但这药跑遍上海的药房和医院都买不到，最后也只能放弃。到一九四三年，祖母的七个儿女只剩下了三个：志敬、志杏、志士。

那是第二次世界大战中最艰苦的年月，中国的抗日战争也已经打得精疲力竭。死人，在那个时候变得稀松平常。到处都是纸幡飘飘，哭声连连。祖母的嗓子哭哑了，却很少有人听见。

一天，祖母到菜场为难民收容所采购食品，一个熟悉的身影挡在了她的眼前。祖母一愣：这不是海姐吗？

祖母对她，有点害怕。

祖母站在菜场的过道上一时不知言动，却眼圈泛红。海姐，自从那天你拉我到二楼小客厅里说了鸦片的事情之后，你知道余家发生了什么吗？

海姐一把拥住了祖母的臂膀，还是亲亲热热地叫"阿嫂"。这一声"阿嫂"，叫得祖母头皮发麻。

"阿嫂，你家的事，我全知道。四个孩子为什么走得那么快？给他们的父亲抬轿子去啦。不多不少，正好四个。所以，你要赶快给你先生好好做个坟。坟做好了，他也就不必再坐轿子了。"

祖父去世后立即运回家乡安葬了，但是，坟做得比较马虎，这倒是真的。家乡已被日本人占领，灵柩运回去时一路麻烦重重，能安葬已经不容易了。现在听海姐一说，祖母半信半疑，但无论如何，把家乡的坟重新做一做，都是应该的。

要重新做坟，立即想到的是墓碑。书写墓碑最好的人选，远近都知道，是后来成为我外公的朱承海先生。朱家应该还很有钱，但按照祖母万事不求人的脾气，再困难时也没有想过要去叩求“朱门”，因此差点儿想不起来了。这时猛然记起，又知道海姐是他的亲戚，就问：“朱先生怎么样了？”

海姐一笑，说：“他呀，也气数将尽！”

祖母问：“怎么回事？”

海姐说：“像你老公一样，陷到上海的一个黑洞里去了。”

祖母问：“也抽上鸦片了？”

海姐说：“不，他是迷上了跑狗场的跑狗。”

祖母松了一口气：“哦，那还好。”

海姐说：“什么还好，比抽鸦片还上瘾，手上的五家厂已经毁了三家半。怎么，你有事找他？”

祖母说：“请他写墓碑。”

海姐说：“这好办，我告诉他，他一定答应。”

祖母说：“不，这不是小事，还得我自己上门去求他。”

过了几天，祖母叫小儿子志士陪着去朱家，志士竟然明确拒绝。志士现在已经十五岁，上了中学。他与姐姐志杏最要好，志杏为了减轻家庭负担，前些年已经虚报年龄到一家纺织厂做了工人。志士上中学的费用，都是志杏供给的。志杏听母亲说过，父亲临终前曾说希望余家出一个读书人。现在家里最有文化的大哥去世了，志杏决心让小弟弟把书读好。

志杏在工厂里受到社会反抗力量的强烈影响，年纪轻轻就成了罢工和示威的积极分子，很快又成了组织者。后来她显然已经参加了共产党的地下组织，而且还是一个不小的首领。这一来，她对弟弟上学的目标有了更明确的设定，希望他成为一个“革命知识分子”，到共产党的“革命圣地”延安去。

志士在姐姐的影响下，已经开始阅读革命书籍。但他在文化上受大哥志云和堂叔余鸿文的熏染很深，更喜欢的是《红楼梦》。这种喜欢他只是藏在心底，而在社会观念上，则越来越明确地追求公平、正义、进步、反抗。因此，他完全不能接受朱承海先生这种天天沉溺于跑狗场的富家士绅，认为他们是国破家亡中的“寄生虫”。即使只是见见面，他也不愿意。

他知道，这样激烈的观点不能讲给自己的母亲听，因此换了一种说法来劝阻。他说：“这个人与爸爸，算得上是两代世交。但是，除了在爸爸出殡的时候送了一副挽联，后来就百事不问了，这算什么人哪？墓碑不能让他写，你更不要亲自上门！”

祖母听了，深深吐了一口气，说：“他不是一个势利人，而是一个糊涂人。糊涂人不知人情世故，你不求他，他想不到你。”

祖母觉得，凭着两代交情，墓碑还是要请他写。但又担心志士心中有气，到了人家面前也会露出脸色，就不要他去了，让志敬陪去。

朱家在沪西安定盘路，口语中叫忆定盘路，现在叫江苏路。当时，这是富人的聚居区。志敬刚刚在铁门环上轻轻叩了两下，门就开了，好像早有准备。我未来的外公朱承海先生快速从书房来到门厅，满脸是一种像做错了事一样的笑容。

有哪个人做了一大串让人生气的窝囊事惹得什么人都想斥责他但一见他真诚的眼神就会把气消了一大半的吗？有哪个人已经两鬓斑白满脸皱纹却又能不知伪饰地咧嘴而笑，而且笑出一个既天真又无知的童年的吗？如果有，那个人现在正站在祖母和志敬面前。

祖母一看就明白，今天这里的气氛，完全是海姐造成的。她昨天就派了一个用人来通报了，什么人将来登门拜访。

对于余家的事，外公知道得很少。不是因为糊涂，而是他被一场心理风暴击倒了。

他在启慧学校与余鸿文一起，信奉国学救国，甚至从学术到服饰都在警惕“汉奸嫌疑”。但是，事实给他开了一个大玩笑。

他极为尊重的国学大师罗振玉和另一位国学水准很高的官员郑孝胥，居然都做了汉奸。在他自己庞大的朋友圈中，对国学最精通的，是清代硕儒梁章钜的孙子梁鸿志，他经常到毕勋路梁公馆的“三十三宋斋”请教。这个斋名就让人只敢仰望宋代，不敢多提明、清的事。但是，上海沦陷后，外公再到梁公馆，说已经搬到日租界去了，梁鸿志结交了日本军方。后来，梁还担任了汪伪政府的监察院长和立法院长。

这么多国学大师投敌的事实，使外公知道自己错了，却不知道错在哪里。他从根子上不喜欢西学，现在又失去了固守国学的理由，心中立即变成了荒原。

他一次次喝醉了酒痛骂汉奸又痛骂自己，骂过后，走向了跑狗场。那跑狗场，离原来梁鸿志的“三十三宋斋”只隔了一条路。

在跑狗场，他总是输。唯一的办法，是贱卖家族企业。他当然不愿意说“贱卖”，甚至连一个“卖”字都不能说，只说“盘”。这次他又搓着手对身边一个企业主说：“我把兆丰公园后门那家厂盘给你，今后不管赢钱输钱，都算在那个账里了。赢够了，把厂还我；输光了，把厂给你。”

过不了一年，兆丰公园后门的那家厂完全不属于朱家了。丢了一家再把另一家“盘”出去，海姐说原来拥有的五家厂已经毁了三家半，其实第四家的产权转移文书也已经签过，海姐不知道。

外公有很多酒肉朋友，主要是同乡。同乡的概念，以余姚、慈溪、龙山为主，东至镇海，西至绍兴，再远一点，就不算了。把同乡当作自己生存的第一群落，这是当时上海的风尚。连已经出了大名的虞洽卿、黄金荣、张啸林、黄楚九等，也不会拒绝与同乡一起喝酒。

那年张啸林做了汉奸，相传即将出任伪浙江省省长，朱承海先生就把同乡们召集起来，几十人签名写了一封绝交信，放在一只砸破的酒坛里，叫人抬到张啸林家的门口。绝交信的最后几句话是朱承海先生自己想出来的：

> 倘若奸公读此函而发怒，下令缉捕，则不必四处查访，吾等于沪西跑狗场左厅大包厢静候。

当然，张啸林并没有下令到跑狗场来缉捕，他成天提心吊胆，后来确实也被暗杀了。只不过，朱承海先生自从策划了这件事之后，觉得自己的民族气节问题已经解决，就更加安心地跑狗、喝酒了。偶尔，喝到一定程度，他还会冒出半句豪言壮语：“我连汉奸都不怕，难道……”

“难道”什么呢？他永远无法把这句话讲完。

此刻祖母看着他友善而尴尬的表情，笑一笑，直接提出了自己的请求。她拍了拍志敬的肩说：“他父亲的坟，想在乡下认真做一做，麻烦你为他写一个墓碑。”

朱承海先生一听，心中的石头落了地，立即就说：“阿哥的碑，我当然要写。这不麻烦，举手之劳。不，不能说举手之劳，我会恭恭敬敬地写，一遍遍写到满意为止，你放心。”

说着，他向门外挥了一下手，招进来一个托着木盘的仆人，木盘上，有几沓塞得满满的红纸袋。显然，这是早就准备好的。

“阿哥家的事，我一直没有尽力。又要过年了，我给孩子们准备了一点压岁钱。这是给孩子们的，大人不能拒绝。”

他边说边把脸转向志敬，又说：“我记得阿哥下世时你们兄弟姐妹有七个，我准备了七份，你代我去分一分。”

一看红纸袋的厚度，就知道这不仅仅是压岁钱，是他对余家的一种援助。这些钱，可能与他刚刚签过产权转移书的第四家工厂有关。

志敬束手，不知是接还是不接。祖母慢慢抬起手，从木盘中取下三份交给志敬，然后又把木盘搬到朱承海先生面前，说：“死了四个，只剩下三个了。”

朱承海先生一震，后退一步，眼睛直直地看着祖母："这，怎么可能，怎么可能……"

祖母说："我代表三个孩子，谢谢你这么厚重的压岁钱。墓碑写好后，我叫志敬来取。十天，够吗？"

"够了，够了。我很快就能写好。志敬，你明天下午就来取吧。"

隔代之悟

一个家庭，在悲剧中重建了精神价值。相比之下，祖父还健在的时候，在日日夜夜的躲藏和追寻中，这种精神价值是建立不起来的，因为彼此还有种种期盼。

现在，家长不在了，事情全部归零，那就可从头重建了。

家庭是这样，国家也是这样。恰恰就在这时，抗日战争爆发，整个中国开始了悲剧废墟上的精神重建。

祖母叹了一口气，说："打仗是坏事，却让我、陈妈、吴阿姨，还有很多女人，都变成了另外一种人。"

仅仅是这些上海女子的快速改变，就反映了中国现代史的一个"大情节"。但本书不是历史书，只能让一切回归门庭之内。

门庭之内，一群无奈的生命在挣扎、成长。另一个即将与我家产生密切关系的门庭也进入了我们的视线，那个门庭的主人，后来成了我的外公。

外公的社会交际面，要比祖父更广、更高，但实际上也已经由富豪之子变成了赌徒。祖父和外公都证明，人格沦落很像是道德问题，却不全是，而是被一个怪异的时代、怪异的城市裹挟的结果。他们两位，即使已经染上恶名，周围的人仍然肯定他们是好人。外公甚至还表现出了不错的民族气节，如果祖父还活着，也基本相同。

二十世纪的中国，最深刻的课题，是社会人格的集体沦落和集体重塑。

我说的人格重塑，并不是指已经沦落了的人。生命有限，他们已经来不及了。真正开始重塑，往往是他们的下一代。

由于中国文化的亲情伦理，下一代的重塑大多不表现为背叛和决裂。本节让余家的后代出场，又张罗着请外公为祖父写墓碑，就是浓缩了的中国代际关系。

历史，往往在撕裂和交接的当口，显现幽默。

五　朱家小姐

第二天下午，志敬到安定盘路的朱家叩门，开门的是一位小姐。她的容貌，让志敬吃了一惊，连讲话都不利索了。

眼前这位小姐，眉眼间埋藏着浙江山水，而神情又分明被大都市描绘。这对志敬而言，有双重的亲切感。他突然想起，远房堂叔余鸿文曾经说过，他一生所见好女子，以朱家二小姐为最。那位海姐也说过，朱家家境日衰，最大的财富是两个女儿。两个都好看，但论身材，大小姐更胜，而论品级，二小姐更高。

志敬想，眼前的，一定是二小姐了。

“你是余家兄弟吧？”小姐主动开口了，“我爸爸的字写好了，你请进来，坐下喝口茶，我马上去叫爸爸。”

志敬在客厅坐下，小姐就招呼女佣上茶，然后又很随意地说了一句：“我最崇拜你母亲。”

“你认识我妈妈？”志敬奇怪地问。

“不认识，但她的事情我全知道。一个女人，无依无靠，卖房还清了丈夫欠下的债，用自己的力量养育那么多孩子，而且都养得那么登样。”

小姐在说“都养得那么登样”的时候，还用手向志敬比画了一下，使志敬感到很不好意思。

“你是二小姐吧?”志敬问。

“我是大小姐，二小姐是我妹妹。”她笑着问志敬，“你是不是也听说了，二小姐更漂亮?”

志敬哪里听过这么爽直的小姐谈吐，连忙解释：“没有，没有，我是看你年轻……”

正说着，朱承海先生从书房出来了，手里拿着一沓折好的宣纸，递给志敬。

志敬站起身来，叫声“朱叔”，恭敬接过。

朱承海先生说：“除了主碑外，我还写了两翼副碑。告诉你母亲，要请好一点的石匠来凿。如果做不好，我对不起你父亲。”

志敬连忙答应，一再道谢。

就在这时，听到内门传出一阵笑闹声，又是大小姐。她说：“来，二小姐在这里！既然你点到了她，就让你看看！谁叫我崇拜你母亲呢?”

二小姐显然在挣扎，传来轻轻的声音：“别这样，姐，不要拉……”

志敬终于看到二小姐了。个子比大小姐略小，满脸因害羞涨得通红，眼睛完全不敢正视客人。志敬一看就明白了，海姐说二小姐品级更高，是指书卷气。有她在边上静静一站，大小姐就显得有些过于热闹，哪怕只是稍稍。

朱承海先生对着大小姐说："客人在这儿呢，不要哗啦哗啦。"

大小姐笑着申辩："爸，我什么也没有说啊，怎么变成哗啦哗啦？"

志敬给二小姐打了个招呼："二小姐。"

二小姐这才抬起头来看了志敬一眼，轻轻地点头一笑，但目光快速移开了。她躲在大小姐身后，一起送志敬出门。

余鸿文先生一手握着酒杯，一手点着朱承海先生说："你家大小姐，算是许对了人家。王家的两家纱厂去年突然停产，厂房都改作了仓库，囤积了不少棉布和大米，到今年赚了十倍！这真叫闷声发大财啊！"

朱承海先生叹了一口气，说："哪一天，一仓库的东西都不值钱了，这可怎么办？"

余鸿文先生说："不管怎么说，有了这个亲家，钱财上总算有依靠了。"

朱承海先生说："嫁女儿不为这个。为这个就对不起孩子了。"

余鸿文先生问："那你说为了什么？"

朱承海先生说："人品。找一个人品好的，苦一点也能过一辈子。幸亏王家的少爷人品不错，老实、不刁。"

"要说人品，我们余家堂弟的几个孩子倒是都很挺刮，可惜现在只能免谈婚事了。"余鸿文先生在说我的爸爸和叔叔。

"为什么？"

"他们家多灾多难。要不然，那个叫志敬的后生真可以成为二小姐的候选。咳，我这只是随口说说，余家配不上。”余鸿文先生怕老朋友产生误会。

“志敬？那个后生？到过我家。”朱承海先生说，“本分，有家教，看上去也还聪明。”

“他到过你家？二小姐见过吗？”余鸿文先生问。

“见过。姐妹俩都见了。”朱承海先生说。

一九四二年九月下旬的一天，朱承海先生派了一个仆人给余鸿文先生送来一份邀请喝酒的短信。

那是太平洋战争爆发的十个月之后，上海已经全被日本军队占领。他们约在一家叫状元楼的宁波菜馆，中午，人很少。朱承海先生早到一步，已经点好了几个菜。

“今天完全没事。大事说也没用了，只说家里小事。”朱承海先生端起了酒杯。

余鸿文先生也把酒杯端了起来，笑眯眯地等他说下去。

“我家弄堂口，有家银行，这你是知道的。银行宿舍就在我家隔壁，那些职员，成天围着我的两个女儿转。后来知道大女儿已经订婚，就盯上了二女儿。前天，连行长也上门来，说来说去都是他儿子。我知道他的意思。”朱承海先生很苦恼。

“那你不妨认认真真挑一个当女婿。”余鸿文先生说。

“没法挑，”朱承海先生说，“看到他们那一副副长相，就不适意。”

过了一会儿，他又说：“其实并不急，上海结婚的年龄要比乡下大。如果你家表侄，那个叫志敬的，愿意好好出息几年，我们倒是可以等等看。”

余鸿文先生不知道他所说的“好好出息几年”是什么意思，便问：“你是说，让他有能力在上海成家？”

在上海成家，是一件难事。朱家嫁女，上层社会的亲戚朋友一大堆，大小姐已经与巨商王家订婚，更会牵出一批贵客，从新房到礼仪总要说得过去。但是，“说得过去”又谈何容易！例如，只要亲戚中哪个女人悄声问一句，婚后落户在这座城市的哪个角落，就能把人憋晕了。因此，很多闯荡上海的男人只敢回到老家乡下去娶妻生子，自己每年回去探亲。像志敬这样的贫困背景，当然也只能走这条路。可惜他从小出生在上海，连家乡话也不会讲。他要“出息”到哪一年才能在上海成家，娶得起堂堂朱家二小姐呢？

余鸿文先生想到这里苦笑一下，也不等朱承海先生回答了，只顾埋头吃菜。

“也不一定在上海成家。”这是朱承海先生的声音。余鸿文先生吃惊地抬起了头。

“二小姐受得了吗？”

“她没有吃过苦，但她吃得起。”朱承海先生回答。

那天离开状元楼后，余鸿文先生独自叫了一辆三轮车，到沪西的兆丰公园坐了很久。

秋天的夕阳下树叶有点晃眼，他在犹豫要不要把朱承海先生的意思向祖母和志敬转达。他到现在还是理不清朱承海先生做出这个重大决定的逻辑，但他很熟悉自己的这个老朋友，毛病很多，却不会讲假话。余鸿文先生掐指一算，朱承海先生最多也只是见过志敬两三回罢了，而且时间都不会长，怎么就看上他了呢？他又一次觉得，人世间的所谓“对眼”，实在是一件神秘的事，谁也说不清。

他最不解的是，朱承海先生怎么会把自己的两个同样美貌的女儿推向极富和极贫的两个婆家？这让两姐妹今后如何见面？又让她们背后的两个家庭如何见面？这种极端性的分裂，是做过仔细考虑的，还是一时心血来潮？

大概在兆丰公园的长椅上坐了一个时辰，他想出了一个主意：还是要找另一个人再去确认一下。找谁去？他想起了长期为朱家和自己家做衣服的裁缝铺冯老板。裁缝可以出入内室，认识每个家眷，谈这种话没有忌讳。

第二天他就去找了冯老板，让冯老板过五天之后去找朱先生，证实“从余鸿文那里听来的传闻”。然后，冯老板必须向朱先生说一句关键的话：“如果二小姐可以到乡下去与志敬成家，那几乎立即可以订婚，太便宜这小子了。”

第六天，冯老板传来了朱先生的回答：“今年就可以订婚。”

当天晚上，余鸿文先生就去找了祖母和志敬。

听完余鸿文先生的话，祖母立即摇头，却不说话。再问，再摇头，还是不说话。

余鸿文先生扭头看志敬，却不见了身影。

余鸿文先生叹一口气，起身要离开。

祖母想站起来送，却又觉得站不起来，又坐下了。

祖母整整十天没有在家里讲话。

志敬也不讲，而且尽量躲开祖母。有几次碰在一起吃饭，只听到筷子碰到碗碟的声音。

直到第十一天黄昏，无声地吃完晚饭，祖母喊住了即将溜脚的志敬："别走。我想了十天，也看了你十天。今天要问你三个问题。"

志敬站着，说："妈，你问。"

"第一个问题，我如果不同意这门婚事，你会记恨吗？"祖母问。

"不会。"志敬很快回答。

"既然这样，为什么一直不讲话？"祖母问。

"因为你也没讲话。"志敬说。

祖母又开口了："第二个问题，如果你与二小姐在乡下成家了，留在乡下的是她，我可以陪着，但你还要在上海做事。人家可是上海富贵人家的千金，你有没有决心用七八年时间，再把她接回上海？"

志敬沉默了一会儿，说："试试吧。"

"这事不能试试，得下决心。否则对不住人家。"祖母说。

志敬抬起头来，轻轻点了点头。

"第三个问题，"祖母又问，"如果二小姐实在住不惯乡下，你又没本事在上海安家，她一气之下回家了，离婚了，你受得了吗？"

"那就只好认命。"志敬说。

过了一会儿，祖母说："这是余家要冒的最大的风险，比当初卖房还债的风险还要大。就看你了。"

志敬连"嗯"一声都不敢。

祖母撩起衣襟擦了一下泪。她平常很少流泪，这样大幅度的擦泪动作，志敬更是第一次看到。

事情一旦起头就变得很快，两方都怕哪一步稍有迟疑就会引起对方不安。结果，在短短几个月之后，就在上海举行了订婚仪式，时间是一九四二年十二月八日，这天是星期一。

来的人不多，余鸿文先生和冯老板两人共同做了媒人。除了主角志敬和二小姐外，朱承海先生一边还带来了大小姐和三位白胡子老人，那三位老人不知道是做什么的，大家都对他们很恭敬，其中最年老的那一位还担任了证婚人。祖母这一边来的，有吴阿姨、陈妈，还有女儿志杏和小儿子志士。

吴阿姨一见低头害羞的二小姐就快步迎了上去，凑着脸横看竖看好一会儿，嘴里啧了几声，然后举起右手食指，狠狠地点了志敬三下。

与现场气氛格格不入的是两个年轻的“革命者”：志杏和志士。一个穿着工装，一个穿着学生装，毫无打扮。

志杏是个行动者，一切思维都非常简明。她认定朱承海先生是抗日人士，因此是好人，不反对这桩婚事。志士的思维也非常简明，他认定朱承海先生是赌徒，因此从心里反对这桩婚事，但又知道自己没有发言权，也就不发言了。今天是余鸿文先生硬叫他来的。他只坐在屋角，看着一本书。

志杏上下打量了一下穿着银色旗袍的大小姐，又回头看一眼二小姐，说：“你们姐妹俩，怎么长得和月份牌上的美女完全一样？”

大小姐一笑，说：“帮帮忙，总比月份牌上的人好看一点吧？”

志杏原是恭维，没想到对方骄傲得那么可爱，这是志杏从来没有遇到过的。她一高兴，就把手搂到了大小姐的肩膀上，但又似乎觉得不妥，把手收了回来。

志杏觉得需要自我介绍一下，就说："感谢你的父亲朱先生，为我父亲写了墓碑。"

大小姐听了眼睛一亮："原来是余家妹妹。现在我们是亲戚了，谢什么。早就听说你很厉害，几十个工厂的工会都归你管，可以呼风唤雨。"

"这是夸张，不能听。"志杏说。

这时，二小姐端起一杯茶，走到一直在低头看书的志士面前，说："余家弟弟真用功，喝口水。"

志士茫然抬起头来，知道这位给自己端水的，是今天的女主角，刚才进门时介绍了。但当时根本没有多看，现在近距离一看，他感受到一种少有的亲切。这是他心中最典范的嫂嫂的目光，但他不知道该不该叫"嫂嫂"，因此愣住了。

"哦，是《史记菁华录》。"二小姐看了一眼他手中的书说。志士有点惊讶，她把"菁"准确地读作"精"，而且把这个书名读得那么流畅。这在当时的中国女性中，少而又少。

志士站了起来，接过茶杯，说声"谢谢"，却不知道应该再说什么。

隔代之悟

灾难的生活不可能快速转变，对多数中国人来说，总会用几十年的努力争得一个较好的前景。但结果，往往还是失望。

然而，也有可能突见光亮，让一切灾难后退一旁。

这光亮，就是青春、美丽、爱情。

青春、美丽、爱情可以不分贫富，不论高低，不计尊卑地出现在任何角落，出现在人们想象不到的地方。当它们出现在那些最困厄、最忧愁的地方，光亮也就变得更加光亮。因为出乎意料，所以惊诧四方。

在很多世俗的作品中，青春、美丽、爱情，总被安置在一个衣食无忧的环境中，即便有嫉妒纠葛，也只是增添一些传闻。其实，那只是平庸的幻想。真正能够让时间和空间都为之开阖的青春、美丽、爱情，一定是从污浊的背景中脱颖而出，并对压顶的危难做出回答。这种回答，很可能就是轻轻一笑，青春的笑，美丽的笑，爱情的笑，笑得再轻也能力敌千钧。

你看这个姓余的年轻人，父亲刚刚去世，留下一大家子，四处都在逃难，他却要陪着母亲卖屋还债，又要为父亲的墓碑求人写字……几乎所有的痛苦都堵在他眼前了，但就在这时，看到了美丽的朱家小姐快速地点头一笑。

一切痛苦顿时不见了。

人生是有几个支点的。支点并不显眼，但是如果找到了，找准了，就能撬起大半辈子的漫长年华。其中，最重要的一个支点，一定是与青春、美丽、爱情相关的婚姻。

事情看来很小，背景却是很大。从余、朱两个年轻人见面到两家老人谈及，时间不长，却爆发了太平洋战争。一边是含笑犹疑，一边是天地玄黄。短短的过程中恰恰发生在日本军队全部占领上海期间。但是，铁蹄刺刀并没有能够阻止一切美好，而且，有可能增加美好。

在规模上，一纸婚约当然无法与太平洋战争相比，那就像一粒嫩芽比之于满天乌云。但是，在时间上，当太平洋战争结束的时候，那桩婚姻才开始四个月，第一个孩子还没有出生，这个家庭的历史还会像模像样地展开。

可惜在人世间，大家总是被一些宏大规模所惊吓，而很不在意那些最有时间力量的野地生长。更想不到的是，默默的时间力量也有可能变成可观的空间力量。

在余、朱两位年轻人的婚事上，两位老人见识非凡。首先是朱家父亲的决断，然后是余家母亲的承受。两方面都非常艰难，都有另行选择的太多可能，但事实证明，最好的选择总是逆乎常规、不合常理。

这，也正是我生命的起因。

六　乡下

从此，朱家门里的两个小姐都算是订了婚。

她们突然变得客气起来，分头做着各自的事，又会天天抬眉看一眼对方在做什么。

大小姐到平桥路虞洽卿路口的“冯秋萍女子服饰训练班”报了名，又每月一次到“新世界”听金陵女子大学校友的家政知识讲座。她也曾要妹妹陪她去，但妹妹笑着摇摇头。妹妹通过海姐的介绍，到冠生园设在郊区七宝的一个种植场去见习，每次回来脸上都是晒得红扑扑的。

朱承海先生坐在餐桌的上方，喝着酒。他的妻子坐在他的正对面。他的左右两侧，应该是两个女儿的位置，但她们都还没有回来。朱先生看了妻子一眼，说：“两个女儿，一个嫁给巨富，一个嫁给赤贫。这可不是我的故意。”

“还好，是阿凤到富家，阿秀到穷家。要是倒一倒，阿秀哪能抗得住富家，阿凤哪里熬得住穷家？”妻子说。她所说的阿凤，是大小姐的小名；阿秀，是二小姐的小名。

“这是命。”朱先生说。

“说来说去我还是不放心阿秀。结婚后在乡下安家，志敬在上海，只有一个婆婆陪着。要是和婆婆脾气不合怎么办？想来想去，索性我也到乡下去吧，有个照应。”妻子说。

“你走了，我怎么办？”朱先生说，“我也一起回去？”

妻子没有吱声。

这次餐桌闲聊，几个月后，渐渐变成了一种明确的行动。朱先生夫妇在一件件地变卖家产，最后，连房产中介都上门了。

大小姐本来一直觉得自己有点对不起妹妹，寻思着今后嫁入王家后一定要尽力接济。但是，当她真的看到父母亲都要陪着妹妹住到乡下去时，立即产生了惶恐。

那天，大小姐终于爆发了。

也还是在餐桌上，她听到父母亲又在谈回乡的一些具体事项，便放下筷子哭了起来。

她边哭边说：“嫁给王家也不是我定的，你们全走了，丢下我一个人在上海？我不嫁了！我不嫁了！”

二小姐也哭了。姐妹的哭是最容易传染的，何况二小姐马上明白这事与自己有关。

朱先生夫妇不知道怎么来劝慰自己的这两个女儿。朱夫人跟着擦起了眼泪。她这一擦，两个女儿哭得更厉害了。

朱承海先生在三个女人的哭声中两眼发直。

他又喝了半杯茶，把脸转向大女儿，说：“阿凤，不是丢下你。是我实在没钱了，在上海过不下去。到了乡下，什么都便宜，好过一点。”

大小姐长这么大，从来没听过父亲对自己讲这么坦诚的话，便把哭声收住了，抽抽噎噎的。朱先生还在说下去："我和你母亲在乡下，还指望你寄点钱回去呢！你不嫁，跟着我们，大家吃什么？"

大小姐说："我如果熬不住，一定逃婚，逃到乡下来！"

二小姐破涕为笑，说："如果你逃婚，王家少爷还不跟着你私奔？"

"那就把财产偷出来私奔。"大小姐也笑了。

余家委托媒人余鸿文先生和冯老板，去与朱家商量结婚的日期。两位媒人很快就带来了回音：朱家二小姐说，长幼有序，只有在姐姐结婚半年后她才能结婚。

那天余家正好全家都在，大家听了一起点头，觉得二小姐说得有理。志杏突然站起来说："那我也在哥哥结婚后半年结婚吧！"她强装大方，却还是红了脸。

原来她与一个"革命同志"的关系，早在一系列生死考验中成熟。他们的结婚方式，也会非常简单，甚至连是不是请客吃饭也说不定。

志士也站起来了，大声说："那我，我也在姐姐结婚半年后结婚吧！可惜我还没有女朋友。"

大家都笑了起来。

朱家大小姐与王家少爷的结婚日期是一九四四年四月十三日。结婚仪式之隆重，震动了上海商界。

朱家二小姐与余志敬的结婚日期是一九四五年一月九日。结婚仪式在浙江省余姚县桥头乡余家村和朱家村之间举行，两个村子相隔半华里。

朱承海先生和夫人早几个月就到乡下定居了，边收拾房舍边为二小姐准备嫁妆。

朱家的宅第是朱承海先生的父亲朱乾利先生建造的，当时正是朱家的鼎盛期，造得很有气派。一个高墙围成的院子，大门和正厅之间有贴墙的护花长廊。此刻，二小姐正在几个伴娘的护送下经过这条长廊，走向那顶放了好几天的华丽花轿。

照例新娘子上轿时要哭几声，但二小姐哭不出来，只是微笑着到母亲怀里偎一偎，再伸出双手搂了一下父亲的双臂。朱先生以为她会因势跪下，忙着翻过手来阻止，但她并没有跪的意思，只附耳对父亲轻声说："等一会儿还要在余家正式拜堂。"

朱先生对女儿客气起来："免了，免了。"

朱夫人从旁拍了他一下："拜堂怎么能免？糊涂了吧？"

这时，预先雇来的两位"哭轿嫂"突然高声"哭"了起来。这种"哭"是带词的——

> 花轿一抬就要出门，
> 父亲大人你真狠心。
> 求你再宽限一两天，
> 我要与母亲诉衷情……

二小姐对这种哭轿毫无思想准备，更没想到有这样的词句。她觉得很对不起父亲，便撩起轿窗上的花布帘，用手指点了点哭轿嫂，笑着向父亲皱了皱眉。朱先生根本没有听到那词句，迎到轿窗口问女儿："还有什么事？"

女儿摆摆手，又向母亲摆了摆，放下了花布帘。

花轿抬出了花岗石的大门。经过平整的青石板铺成的门场，越过一条"穿堂"，便到了河边。船码头上有挑夫把嫁妆小心搬到船上，花轿不上船，只沿着河边一道道缠满藤蔓的竹篱，走上了田边小路。

过了一座小小的老桥，便到了余家村。余志敬就在村口迎接。

在婚宴上，媒人之一的冯老板指了指门口一桌，对朱承海先生说："你认识那两个后生吗？"

朱承海先生眯缝着眼看了一会儿，说："有点眼熟，记不起来了。"

冯老板说："这是你女儿在上海的同学，与我搭同一条船来的。他们很多男同学都不相信你女儿真会在这么贫困的乡村住下来过日子，就打了赌。今天他们看了婚礼，回去报告，有一拨同学就输了。"

正说着，便看到新娘子在新郎官的陪同下向那两个后生去敬酒。新郎官走到一半突然站住，又立即快步上前，大叫一声："阿坚！吴阿坚！"

阿坚，就是那个鸦片馆老板的儿子，由于他妈妈吴太太的关系，早已成为志敬的好朋友。但志敬哪里知道，他竟然是自己妻子的同学。

"志敬！"阿坚也在欢快地喊着。他怎么也没有想到这个引起打赌的婚礼中，新郎居然是志敬。

“算你凶，把我们班里多数男同学的梦都捣碎了。”阿坚不轻不重地砸了志敬一拳。他所说的“凶”，在上海话里的意思是厉害，而不是凶恶。

“酸去吧。”冯老板笑着说。

隔代之悟

贫穷岁月，新成的余家只能安顿在乡下，但新郎还需要在上海上班，只得由婆婆陪着新娘回乡。新娘的父亲怕在上海寂寞，也跟着回去。

于是，在我还没有出生的时候，妈妈、祖母、外公、外婆，都到了乡下。

最可佩服的是我妈妈。这个在上海长大的富家小姐，一下子就像跌回到了新石器时代。那儿本来也算富庶之地，却受到倭寇、太平天国、军阀混战、抗日战争、国共内战的接连荡涤，已经很难找到现代文明的印迹。所有的乡亲都是文盲，有不少人甚至没有摸到过货币。因此，我妈妈，这位美丽的少妇，必须把改变自己和改变乡村，一起进行。其中难度，不言而喻。

正由于这些原因，我爸爸、妈妈的结婚仪式，是一个牵动生态脉络的大仪式，尽管在表面上，那仪式很小，还很传统。

自从渐渐认识到这一点之后，我就一次次从妈妈当年上轿到落轿的路线上行走，向老人打听各种细节，还不断躬下身来细看几十年来不可能有多大变化的泥坡、石墩、野花、老藤，遥想着那一天轿夫和乐手的脚步。

“寻找妈妈的出嫁路”——这应该是一首诗的题目。每个人都可能与这首诗有关，一点不错。

七　湿润的秋天

从爸爸、妈妈结婚到我出生，这段时间，天下发生了很大的变化。

爸爸、妈妈结婚后的四个月，德国宣布投降，欧洲战争结束；再过三个月，日本宣布投降，抗日战争结束。

这些大事，在上海闹得天翻地覆，但乡下却不知道。没有报纸，没有公路，没有学校，无从知道外面的消息。四乡村民都过着最原始的日子，种稻、养蚕、捕鱼，自给自足，又总是不足。真正统治这些村落的，是土匪和恶霸。

祖母回乡后面对这种情况，立即明白只有一个地方可去，那就是到吴山庙去念佛。这位在上海叱咤风云的社会活动家，丧失了所有的社会资源，便在佛堂里为一个个死去的亲人超度。

这天佛堂里一起念佛的，有七八个中老年妇女。闭着眼睛的祖母突然听到有轻轻的脚步声在自己跟前停下了，连忙睁开眼睛，只见这所小庙的住持醒禅和尚站在面前。祖母赶紧站起身来，醒禅和尚便目光炯炯地说："刚才金仙寺的大和尚派徒弟来通报，日本人已经在昨天宣布无条件投降！"

“无条件投降?”祖母低声重复了一句，大颗的眼泪立即夺眶而出。那几个中老年妇女惊讶地问她怎么回事，她只向醒禅和尚深深鞠了一躬，便立即转身回家，她要在第一时间把这个惊天动地的消息告诉我妈妈。

身后，醒禅和尚正在向那些妇女兴奋地解释着。

祖母回家给我妈妈一说，妈妈说“这事必须马上告诉我爸”，便匆匆出门，去了朱家村。

外公听到这个消息后，站在天井里抬头看了一会儿天，然后不紧不慢地走到墙角，弯腰旋出一坛酒，拿一个小榔头轻轻敲开坛口的封泥。

外婆说：“厨房里那半坛还没有喝完呢，又开?”

外公说：“这事太大，半坛不够。”

他用长柄竹勺从酒坛里取出酒，倒在一个很大的青边瓷碗里，端起来，走到大厅前面的前庭中央。他把酒碗举到额头，躬身向南，然后直起身子，把酒碗向南方泼洒。做完这个动作，他又拿着那个青边瓷碗反身回里间，仍然用长柄竹勺向酒坛取酒，再端到前庭中央，向东泼洒。接着，再重复两次，一次向西，一次向北。

四个方向都泼洒完了，他向我妈妈挥一挥手，说：“阿秀，今天你要陪我喝酒!”

妈妈说：“爸，我陪你喝几口。现在那边家里只有婆婆一个人，我要早点回去。”

妈妈回到余家，祖母仔细问了外公听到消息之后的反应，然后说：“阿秀，今天晚上多点一盏灯吧。”

妈妈说：“好，把那盏玻璃罩灯点上!”

当时村庄里点的灯，都是在一个灰色的煤油碟上横一根灯草。那盏玻璃罩灯是妈妈的嫁妆，在村庄里算是奢侈品了。妈妈点亮那盏灯后，又说："我把它移到窗口吧。"

祖母说："对，移到窗口。"

窗外，一片黑暗。妈妈知道，如果在上海，今天晚上一定是通宵游行，祖母会带领着难民收容所的大批职员出来参加全民欢庆。

"我去炒点花生吧。"祖母说着站了起来。

"好，我来帮你。"妈妈跟着向厨房走去。

过了七天，妈妈特地上街，去挂邮箱的南货店看有没有从上海来的快信。

一问，刚到。妈妈站在街角赶快拆开，果然是爸爸来通报日本投降消息的。但信后有一段话，使妈妈紧张起来。

爸爸在信里说，我的姑妈余志杏，已经在欢庆抗日战争胜利的那个晚上，当街向民众宣布，与她的那个革命战友正式结婚。当时像他们一样宣布结婚的，有十几对。到第二天，姑妈才突然醒悟，这事祖母知道了一定会生气，但已经来不及了，她决定过些天带着丈夫一起到乡下向祖母请罪。爸爸在信中要妈妈先对祖母做一点试探。

那天吃过晚饭后，妈妈对祖母讲述爸爸的来信。她绘声绘色地称赞上海青年在抗日战争胜利之夜的狂欢场面，又故作轻松地说到很多恋人当场宣布结婚，祖母听了，笑得合不拢嘴。

"妈，我真希望志杏、志士他们那天晚上也把自己的对象拉出来一起宣布结婚呢！"妈妈说着，小心地看着祖母。

祖母说："他们哪有这种好福气！"

妈妈说："志杏可是说过，要在我们结婚半年后宣布结婚。那天晚上……"

祖母立即转过头来，看着妈妈："是不是志敬信上还写了什么？"真是敏感。

妈妈笑了，说："果然是做娘的厉害。志杏那天晚上真的宣布了……"

祖母的脸突然被打了一层寒霜。

这下妈妈慌乱了，支支吾吾劝解了好半天。

祖母好像什么也没有听见，如泥塑木雕。

终于，祖母说了声"睡吧"，就回自己房间了。

第二天，吃早饭时，祖母对妈妈说："那个人，我连见也没有见过。我一个人，这么多年，就她一个女儿了，她都知道……"

妈妈听出祖母今天讲话很不利索，连声调也变了，便立即打断，说："是不对。让他们在谢罪时多跪一会儿！"

"你写信给志敬，我不见他们，叫他们不要来，来了也没用。"祖母说得斩钉截铁。

我出生那天正下雨。雨不大，也不小，接生婆是从外村请来的，撑着一把油纸伞。雨滴打在伞上的啪啪声，很响。

按照我家乡的风俗，婆婆是不能进入儿媳妇产房的，因此祖母就站在产房门外。邻居妇女在厨房烧热水，进进出出都会问接生婆"小毛头是男是女"、"小毛头重不重"。祖母说："不要叫小毛头，得让他一出生就有一个小名。"

“叫什么小名？”邻居妇女问。

祖母想了一会儿，又看了看窗外，说：“小名随口叫。秋天，下着雨，现成的，就叫秋雨。过两天雨停，我到庙里去，请醒禅和尚取一个。”

第二天雨就停了，祖母就滑滑扭扭地去了庙里。醒禅和尚在纸上画了一会儿就抬起头来说，叫“长庚”吧。他又关照道，不是“树根”的“根”，是“年庚”的“庚”。

回家的路上祖母想，管它什么庚，听起来一样的，村里已经有了两个同名的，以后怎么分？

她还是没有进产房，站在门口对妈妈说：“和尚取的名字不能用，和别人重了。还得再找人……咦，我怎么这样糊涂，你就是个读书人啊，为什么不让你自己取？”

妈妈躺在床上腼腆地说：“还是您昨天取的小名好。”

“我取的小名？秋雨？”

“对。我写信给他爸爸，让他定。”

妈妈也想借此试一试爸爸的文化修养。

爸爸回信说：“好。两个常用字，有诗意，又不会与别人重复。”

于是，留住了那天的湿润。

从此，我就成了我。那么，这本书里的一切称呼也就要根据我的身份来改变了。除了祖母、爸爸、妈妈外，爸爸的妹妹余志杏我应该叫姑妈了，爸爸的弟弟余志士我应该叫叔叔。妈妈的姐姐，那位朱家大小姐，我应该叫姨妈，而朱承海先生夫妇，我则应该恭恭敬敬地叫外公、外婆。

外公是我出生后第七天上午才来的。他一进门就是高嗓子："听说取了个名字叫秋雨，好，这名字是专门送给我写诗的。"他清了清嗓子，拿腔拿调地吟出一句："竹篱——茅舍——听秋雨，哦不对，平仄错了。秋是平声，这里应该放仄声……"

妈妈知道，这是外公在向自己卖弄，便轻轻一笑，对着产房门口说："爹，竹篱茅舍也落俗套了！"

外公说："那好，等我用点心思好好写一首。你姐生的儿子取名叫益生，也不错，但不容易写诗。"

妈妈说："志敬也说秋雨的名字有诗意。"

"志敬也懂诗？他怎么不早说！"外公嚷嚷开了，"要不然，我也不用犹豫了。让他赶紧回来一趟，看看孩子，再与我对诗。"

隔代之悟

爸爸、妈妈结婚的七个月之后，日本投降，第二次世界大战也随之结束。他们又等了几个月，等到战争的烟尘完全散去，才开始孕育我的生命。于是，我的出生，与战争的结束，正好隔了一年。

经过抗日战争，中华民族的气质大为提升，不再是听任外人踩踏的一盘散沙了。这从我的祖母和外公身上就可以看得很明白。他们离政治非常遥远，后来由于回乡，离城市也相当遥远，但是，在听到日本投降之后的表情和行动，可以代表当时全中国的一般民众。这样的中国，已经非同小可。

祖母和外公那天的表情和行动，我是后来听妈妈反复讲起的。因为事情发生在没有新闻媒体、没有传播渠道的乡间，因此我每次都听得非常感动，总是不嫌其详地追问全部细节。

我觉得，贫瘠而荒昧的土地上这种星星点点的民族激情闪现，正证明一种逝去已久的“天地元气”正在聚集。

那就不能不为我自己的生命深感荣幸了。我，一个初生的婴儿，出生在“天地元气”重新聚集的历史关口，一定会走出与爸爸、妈妈、祖母、外公他们不同的路。

妈妈在怀孕期间，在外婆的指导下，绣成了一双虎头婴儿鞋，静静地等着我。

本来，我的名字是“长庚”，幸好，在醒禅和尚取这个名字之前，下了一场雨。寺庙和我家之间的一路泥泞，使我有了一个临时呼叫的土名。土名是祖母根据天气随口叫的，她不识字。

因此我的名字是天给的。

幸好，当时在浙东，没有取名权的新媳妇，我的妈妈，很有文化，她腼腆地领悟了天意。

这又要感谢爸爸了。他在肯定这个名字的时候提出了三项为婴儿取名的原则：

一、常用字；

二、有诗意；

三、不与别人重复。

连每天都在吟诵古诗的外公，都肯定了这三项原则。

于是，这一节里出现了最质朴的七个字："从此，我就成了我。"

回想我后来上学时，尤其在初中和高中，班级里总有几个同学的名字连新来的老师都不敢读，因为那是他们的家长专从《康熙字典》的难字里挑出来的，目的也就为了不与别人重复。重复是不重复了，但是别人都读不出来，这会给一生带来多大的不方便。想想我的名字，文化程度再低的人都能认出这三个汉字，但奇怪了，几十年过去，永远没有人与我重复。至于天给的诗意，照例最应该重复，却也没有。

因此，不断书写着这个名字的我，一直默默地感谢着我的长辈，感谢着那天的湿润和泥泞。

八　叔叔二十岁

爸爸在上海要上班，没法因为我的出生赶到乡下来，信写得很勤。邻居上街，几乎隔天就带回来一封。

见有信，祖母就从妈妈手里接过我，坐下，准备听妈妈读信。妈妈用剪刀把信封剪开，抽出信纸，打开，掸一下，就读了。

今天祖母看到儿媳妇只看不读，表情有异，连忙追问。妈妈突然回过神来，说“没有什么，没有什么”。

其实，不是没有什么。爸爸在信中告诉妈妈，姑妈好像怀孕了。更麻烦的是，姑妈的丈夫，我的姑夫，已经去了遥远的东北。

我到长大后才知道，姑夫去东北，是因为抗日战争胜利之后共产党和国民党开始了对东北的争夺。他受组织调配，准备在共产党军队占领几座东北城市之后参与管理。上海与他一起北上的地下革命者，有好几十名。当时的共产党员，没有一个会因为妻子怀孕而不服从这样的调配。

妈妈在读信时只为姑妈感到鼻酸。丈夫远走了，母亲反目了——这样的怀孕多么可怕！

几个月后是严寒的冬天。那天上午，妈妈出门去买菜，刚走了一半，就遇到一位被称为“信客”的私人邮差。那人心急火燎地拦住妈妈说：“就为你家的事，我特地从上海赶来！”

说着，从包袱里拿出一封急信，是爸爸托他送的。

妈妈在路上拆开信一看，完全愣住了。

爸爸在信上告诉妈妈，姑妈昨天因难产而亡！

爸爸说，这事不能瞒着祖母，祖母经受过太多孩子的死亡，应该经受得起。但是，说的时候一定不要莽撞。爸爸又说，他和叔叔会把后事处理好。

妈妈回家后避过祖母的脸就上了楼。不久，祖母听到楼上有奇怪的声音，那是妈妈捂着被子在哭。

很快，祖母就问出了真相。妈妈说完后就一直搂着祖母，摩挲她的背。祖母始终不说话，闭着眼睛。

半个时辰后，祖母站起身来，对妈妈说：“叫隔壁桂新陪我走到观城，那里有汽车到宁波，我赶今天晚上的轮船！”

妈妈说，由她陪着到上海。

祖母问，小孩怎么办？

妈妈说，交给邻居管几天。

祖母厉声说：“那怎么能放心？你万万不可走！”

这是婆婆对媳妇的第一个强行命令。

祖母说完，点了一点钱就上路了。从家到观城，有十里路。冷风夹着雪片，几步一滑。祖母一路催促着桂新，像是在奔跑。

第二天下午，祖母在上海安乐殡仪馆里看到了自己的女儿，我的姑妈余志杏。

一个女婴在哭。听说姑妈临死前一直在念叨：“保孩子，保孩子……”

姑妈的遗体边，站着很多大家都不认识的人。一律笔挺的身子，瘦削的脸，都低着头，擦着泪。谁都知道，他们是姑妈的“战友”。再过两年，他们的党将夺取全国政权，但现在，他们这一群人的首领，却走了。

祖母挣脱了我爸爸和叔叔的搀扶，一步上前，细细地看着姑妈的脸，摇了摇头，轻轻叫一声：“娘错了，阿囡!”

然后，祖母把脸贴到了姑妈脸上，呜咽着：“娘错了！娘真的错了……”

吴阿姨也来了，陈妈也在。爸爸和叔叔要张罗追悼会的事，吴阿姨和陈妈搀扶住了祖母。

又响起了婴儿的啼哭声，祖母浑身一抖，问：“孩子交给谁?”

本来，爸爸和叔叔已经与姑妈身边的战友商量过，寻找孩子父亲在上海的亲戚，让他们暂时领养，今后可以把孩子交给父亲。但是，地下工作的严密规则使这些战友互相之间都不知道亲属关系。现在，孩子在临时雇用的女佣手里。

我的叔叔余志士看了一眼祖母，立即上前抱过了孩子。他说：“我这辈子不结婚了，养这个孩子!”

叔叔个子很高，此时他正好二十岁，用很不熟练的姿势抱起了亡姐留下的孩子。他一脸悲壮，夹着点儿凄迷。扶养这个孩子的代价，他刚才只说了一项，其实更大的代价还有一项，那就是他一直希望尽快到北方参加革命队伍，有了这个孩子就不可能了。

正在这时，另一双手把孩子夺过去了，那是我爸爸。爸爸盯着叔叔的眼睛说："我来养，我们已经有了秋雨，加一双筷子就成。你，必须结婚！"

祖母当然立即赞成了我爸爸的决定，说："明天，我就抱着她回到乡下去。"

这个由祖母抱回来的婴儿，就是我的表妹。家里人总希望哪一天她能找到自己的亲爸爸。很多年后打听到，她的亲爸爸已在东北的丹东市定居并结婚，生了不少孩子。她如果过去，反而彼此不便，就彻底成了我家的一分子。

转眼就到了一九四九年，共产党从国民党手里夺取了政权。这件事，叔叔本应高兴的，但他却郁郁寡欢。

偷偷传阅的禁书突然成了课本，暗暗崇拜的英雄都成了官员，这让叔叔很长时间都适应不了。他不看报纸，也不听报告，觉得那些本应在夜间发出神秘幽光的文字和声音一下子铺陈到大街小巷，就不属于自己了。

这正好与爸爸产生了明显的对照。爸爸在以前对任何革命宣传都不感兴趣，觉得那都是危言耸听。现在，他知道自己确实落后了，便虚心地学，很快就显得比叔叔"进步"了。

那天刚吃完饭，爸爸随口说起，他们单位的学习已进入"辩证唯物论"。叔叔一听就站起身来，却不知道说什么好。他想起了半年前发生的事。

半年前，共产党还处于地下。有一个下午，他像往常一样到八仙桥青年会用暗号叩击一扇小窗，便有一位黑瘦老人出来，领他到一个仓库，那里已经会集了四个与他一样的年轻人。这次，黑瘦老人领着五个人，推着一辆大板车做伪装，来到西郊一所丹麦人的住宅，再拐进这所住宅边一个废弃的地下酒窖中，见到一个戴眼镜的人，年纪比他大不了几岁，却绘声绘色地讲起了“辩证唯物论”。这位老师叫江斯达，大家佩服极了。后来还去听过两次，叔叔觉得就像在深山绝壁处，受到了高人摩顶。

怎么，才半年，这些深藏密裹的秘哲，居然成了街道间很多职工的口头语？叔叔觉得，这样的城市没法再待下去了。

他必须离开，却不知道到哪里去，每天懒懒散散地在马路边走着。这天，他见到一个院子门口挂着“土改报名站”的张贴，便进去看看，发现那是在招募到苏北和安徽参加“土地改革”的工作队员，已经聚集了不少年轻人。

他觉得这事应该多问几句，便拨开人群走到一个正在低头登记的工作人员面前。问了几声，那人都没有抬头，看来是太忙了。过了一会儿，那人才连声说“对不起”，抬起头来。

这一抬头，叔叔傻了：这人居然就是在地下酒窖讲授“辩证唯物论”的江斯达！

江斯达也认出他来了，叫一声“余志士”！

叔叔在凳子上坐下，与江斯达谈了一会儿。原来，江斯达是上海赴安徽土改工作团的副团长，下面管好几个工作组，已经招募了三天，基本够了。他问叔叔，想不想一起去？

叔叔对于自己心中最神秘的传道者坐在人来人往的公共场所，未免有点失望，但自己的去向问题却顷刻解决了。是江斯达，就可信任。跟他去，没错。

他几乎什么也没有准备，很快就去了安徽。

当时安徽的贫困，是在上海长大的叔叔完全无法想象的。他终于看清，这是中国大地的真实。因此，应该挑战的，是自己。几年挑战下来，他觉得连上海普通市民走柏油路、用自来水都过于奢侈了。

与他一起去安徽的，土改结束后就回了上海。但他没有回，找了江斯达，要求留在安徽做事。江斯达说："你这几年也看到了，安徽最大的灾难是淮河泛滥。我已经接受了治淮工程指挥员的职务，你也跟我去吧。"

于是，他又投身于赤脚挑泥的治淮工程。人更瘦更黑了，而且浑身是伤。

治淮工程告一段落，很多参与者又要回上海了，叔叔还是不走。他觉得自己的血肉已经和安徽长在一起了。再去找江斯达，江斯达说："像你这样一心要帮助安徽的人，最好做一个干部。但你又不肯入党，那就麻烦了，能做什么呢?"

在当时，加入共产党是做干部的必要条件，但叔叔却一直走不出这一步。理由是入党太风光、太荣耀，他受不起，而且也怕不自由。结果，又是江斯达给他做了介绍，到当地一家工厂做技术员，后又升任工程师。江斯达自己，则出任了这家工厂所在地的副市长。

这样，余家在上海只剩下一个人了，那就是我爸爸。他每年回乡探亲一两次，对我来说，很是陌生。

其实爸爸对家乡也很陌生。但他并不想克服这种陌生，只想一天天努力，什么时候能把家搬回上海。他不知道，那个家，已经在家乡生了根。他幼小的儿子，我，更是与那片土地密不可分。

隔代之悟

我的生命无法在单独意义上建立，而只是从多方借得。借自于世纪巨变，借自于天地元气，借自于艰辛长辈，其中极重要的一部分，借自于我的叔叔余志士先生。

这是一个特殊时代的上海青年，今后不可能出现类似的人物。他身材高大、英俊潇洒，英语流畅，知识丰富，却因向往革命而在一九四九年之后失去向往，逃身到污泥斑斑的万千劳工中。他为了抚养亡姐的孩子而坚持单身，今后走什么路，不知道。

这一节只为他留了两千来字，但谁都看出来了，如果把这些内容扩充成一部二十万字的传记小说，也完全可能。因为即便只是二十出头，他也已经果断凄楚、忧郁苍茫。在一九四九年的上海街头，他在自己理想实现之时反而感到了不适应。我写道："怎么，才半年，这些深藏密裹的秘哲，居然成了街道间很多职工的口头语？叔叔觉得，这样的城市没法再待下去了。"这番刻骨铭心的感受，与流行世俗完全逆反，却又非常真实，是他孤独的人格杠杆。我相信，产生过这种感受的，绝不仅仅是他。不同的是，别人学着适应，他却选择远行。

第 二 章

一　无产地主

一九四九年的政权更替，在家乡并没有发生战争。一天傍晚，有人远远地看到有几十名穿黄衣服的军人在快速行走，据两个过路的小贩说，这就是解放军。

第二天，来了一帮人，号称是“浙东农民接管司令部”的，敲着锣要村民到祠堂开会。大家去了以后，听一个首领站在凳子上宣布，要每个三口以上的家庭，在十天之内缴一担谷子和一匹布到吴山庙，供解放军用。十天不缴，就要加倍。再不缴，关起来。说完，这帮人又到别的乡去了。

其实，村里人已经认出来了，这帮人里有好几个是当地匪首陈金木的喽啰。果然，四天后，这批人被真的解放军抓了起来。

这让村民更害怕了，因为陈金木是一个让当地人一听就冒冷汗的名字，如果他来报复，一定是一场血腥恶战。

村民战战兢兢等了几天，没等来陈金木，倒是等来了一支“土地改革工作队”。一看就知道他们是城里来的知识青年，与叔叔去安徽的情况差不多。

这些村子本来也有乡长、保长、甲长，但都不管事。土改工作队一来，召集大家开会，说要“耕者有其田”，平分土地。因此，先要按各家土地划分出阶级，再把地主的土地分给贫农。

村民听了几次，还是说不明白，工作队有点苦恼。突然有一个邻村的中年男人找来了，斯斯文文的，坐下后把邻近四乡一切有钱人的户头和财产说得清清楚楚。工作队大喜过望，记下了他的名字：余颐贤。

从第二天开始，工作队就发现他提供的情况很少有错，因此把他确定为这个地方第一个“土改积极分子”。余颐贤提醒工作队，吴石岭、上林湖周边三十七个村落，最富贵的是朱家，也就是我外公家。但是到第六天就有人说了真话：这个余颐贤是盗墓的，村子里的人管他叫“夜仙”。了解各家境况，是他的专业功课。我曾外祖父朱乾利先生的墓多次被盗，相信都与他有关。

工作队一听大吃一惊，向村民们求证，村民都点头。但这时再找余颐贤，却不见了。他以一个文物商人的身份游走于杭州、绍兴、宁波之间，偶尔也回村，工作队不知道该怎么对付他。他总是在夜里回来，名副其实成了个“夜仙”。

那天，两个工作队员来到外公家。领头的一个告诉外公，自己是队长。

两个工作队员并不怎么讲话，只是静静地看了整个宅院的上上下下、里里外外。

房子比邻村所有的地主都讲究，但问来问去，朱家却没有地。两个工作人员立即决定，评为“破产地主”。

几天后，外公敲开了工作队的门，说："破产的说法不大好，听起来有点晦气。其实我一直没有地，那就改一个字吧，叫无产地主，听起来倒是名副其实。"

他不知道，新政权有一个光荣的词语叫无产阶级。

几个工作队员一听"无产地主"这个名词扑哧一声笑了出来。只有队长低声喝问："你这是什么意思？"

外公一听口气，就知道事情不妙，连忙说："没什么意思，没什么意思。"边说边转身推门离开，步子很快，像逃一样。

外公挨了几次批斗，还被抄了家。但是他与本村村民没有土地关系，也没有其他经济往来，批斗的时候找不到话题，大家也就没有怎么为难他。

农会抄家，并没有从外公家抄走什么东西。除了一些细软外，比较引人注目的，就是一把红木象牙太师椅。

这是外公的父亲早年从鸣鹤场买来的。听说还是道台家的旧物，清朝灭亡后道台家败落，流到了市场。原来是一对，买来后不久另一把散架了。这把太师椅从外公家抄出来之后，所有的村民都觉得它又笨又重又不实用，没人要，搁到了农会。一年以后，外公看到，东村一个叫李龙的人背着这把椅子在走路。

外公知道这个人，是一个游荡的雇农，其实是一个懒汉，绰号叫"滥料"。这样的人当时在周边几个村很多，平时有一顿没一顿的，等到时势有变就都冲在头里，像个革命者，但时势一太平他们又赖巴巴地不知道到哪里去吃饭了。

李龙从农会里要下这把红木象牙太师椅，是等着卖个好价钱。因此哪儿有集市就把它搬到哪里，一天天风雨无阻，一次次汗流浃背。

一天，外公来我家，祖母在闲聊中顺便提起：“听志敬说，你家有一把很讲究的红木象牙太师椅？”

外公说：“有。但现在不是我的了。”

“到哪里去了？”祖母问。

“李同志保管着。”外公说。

祖母问：“这个李同志是谁？为什么要他保管？”

外公说：“就是东村的李龙。”

祖母听了一愣，然后就放声大笑：“滥料啊，我的最没有出息的表侄儿！天下只有你一个人会叫他李同志，他是哪世修的？”

这件事，祖母每次想起总要笑出声来。她觉得可笑的不是李龙，而是外公。

“真是虎落平阳啊，”祖母说，“几年前，他摆酒席，恨不得把半个上海都请来。现在倒好，一把椅子都是‘李同志保管着’！”

隔代之悟

我记事早，三岁已有不少印象，当然，孩童的片段印象还不足以为文，因此书中早期的一些内容，主要是从妈妈、祖母、姨妈、舅舅那里听来的。上了小学，我的记忆开始清晰。

一场巨大的政权更迭，很多历史书都会重复讲述那些炮火连天、鼓乐齐鸣的著名事件，但是，真正的文化目光却会关注无数普通村庄发生的变化。村庄与村庄也有不同，我所在的村庄，并没有出现不少小说描写过的暴风骤雨，至少在表面上显得比较平静。

这种平静，与中国农村的族亲结构有关。家家户户都沾亲带故，很难从中硬划出阶级来分夺财产，其实彼此都很贫困。但是斗争一旦被外人挑起，也会发生一些想不到的事。例如我们那儿，就发生了一个酒徒和一个懒汉之间的“财产再分配”。酒徒是我外公，刚从上海回去，成了一个没有地的“地主”；懒汉是我祖母的表侄儿李龙，突然被收编为“革命者”，这个身份的结果是分到了一把外公家的太师椅。他们两个，都是糊涂的好人，而且也算亲戚。

这种事端说起来有点平淡和无聊，却是中国农村的普遍常态。相反，那种从“阶级斗争”的理念中编造出来的血海深仇，却很不容易遇到。

我希望后代读者能够凭着最简单的逻辑做出判断，这种平淡无聊，反倒是合情合理。营垒分明的剑拔弩张，在普通村庄中并不多见。除非，有了门族械斗，但那与阶级斗争完全不同。

这一节也写到，在改朝换代的隙缝中，连盗墓者和土匪也会有所动作。这中间一定充满了有趣而紧张的情节，但我只是从长辈口中粗粗听说，因此也只能一笔带过，不敢滞留。

二　妈妈下楼了

妈妈历来不问政治，对一九四九年的政权变更没有什么感觉。后来，见到那么老实的外公、外婆变成了需要抄家的“破产地主”，而神气活现的竟然是李龙这样的人，她心里有点窝火。

土改工作队走后，来了几个复员军人担任村干部，村长是一个跛脚的残疾军人。妈妈对军人有成见，因此心里还是灰蒙蒙的。除了做一些家务之外，她成天躲在楼上，哼一些上海流行的歌曲，看着我，等我一点点长大。

有一天，村里一片热闹，很多人奔走相告，说几个村的干部联手，配合解放军，领着民兵，把匪首陈金木抓住了。

那天，妈妈不再哼歌，下楼了。她陪着祖母坐在家门口，与邻居谈这件事。看到跛脚村长在远处走过，妈妈和祖母还破天荒地招呼他来喝茶。

妈妈端着一杯绿茶送到村长手上，说：“为民除了害，你们辛苦了！”

村长接过茶杯坐下了，他抬头一看，觉得对于眼前两位有知识的上海女人，应该谈一点大计划。他说：“这次在清除土匪时发现，多数喽啰都是村子里的懒汉。”

“那准备怎么办?”妈妈问。

“政府已做出决定，清除土匪之后，就要大规模地教育懒汉。让他们正常劳动，开荒地，种点蔬菜瓜果，自食其力。”

这件事几个月后就初见成效。连李龙，也约了另外两个懒汉到河滩地里种茭白，然后卖给小贩，有了稳定收入。妈妈看到，随着懒汉数字的一点点缩小，整个乡村的气氛变了。

在清除土匪、教育懒汉之外，妈妈看到了第三件事，更高兴了。原来，当地农家婆婆，传代性地存在着虐待儿媳妇的恶习，而且家家仿效，互相比狠。被虐待的儿媳妇，都憋着一股恶气，一憋二十年，只等着儿子快点长大成婚，她们可以在自己的儿媳妇身上报复。半年前，几个从城里来的女学生，在每个村子里发动成立了妇女会，一些最凶悍的“恶婆婆”被揭露，年轻媳妇在家里被打、被烫、被捆绑、被饿饭的事情也公布了。

那天妈妈向跛脚村长提了一个建议：把那些刚刚有了笑脸的年轻媳妇们组织起一个剧团，演戏。

村长立即同意，说：“好！只要不关在家里，在外面多聚聚，虐待的事也就不会有了。但是，谁会教她们演戏呢？你吗?”

妈妈说：“我不会教。但我知道有一个现成的人，村北的笃公。”

“笃公？那个特别贫困的孤老头?”村长很惊讶。他是复员军人，对村里的隐秘还不摸底。

妈妈直到晚年还记得很清楚，她发现笃公的秘密，是在刚嫁过来不久的一个晚上。

那天晚上，她在蒙眬的睡梦中被一种声音惊醒。是一个女人在唱戏，幽幽的，让人毛骨悚然。妈妈连忙划了火柴点灯，几次点不亮，像是被风吹了。后来发现不是风，是自己慌张的喘气。

第二天问祖母，祖母居然没有听见。正好李龙过来，祖母向他打听，李龙说："那是隔壁楼上的一个女疯子在唱，唱给村北的笃公听。"

女疯子？笃公？祖母和妈妈都好奇极了，细加盘问。李龙说不明白的，再问别人，终于弄清了事情的大概。

原来，笃公和那个女子是邻县一个流浪戏班的男女台柱，两人早已日久生情，形同夫妻。一天，笃公的父亲派人带来口信，说自己已不久于人世，命他快速回家完婚，对方是出生时就由双方父母订过婚约的族亲。笃公一听就回家了，去看望病重的父亲，再看看有没有可能解除那份婚约。但是，他的立即回家，让这位女子误解了。她解散了戏班子，自己削发为尼，进了余家村东边的尼姑庵。但那时尼姑庵中只有她一人，难以为生，又只好嫁给了住在我家隔壁的一位老木匠，不久就疯了。等到笃公在家乡为老父送了终，又解除了婚约，已是半年之后，回来已经找不到戏班子和这位女子。他苦苦打听了一年，才找到余家村，但那时，老木匠已死，那个疯女人把自己锁在楼上从不出门。笃公去敲过门，喊过话，都没有回应。只有在晚上，能听到她的哼唱。笃公也就在余家村找了一个屋子，住下了。

妈妈已经偷偷地去看过笃公。衣衫褴褛，面黄肌瘦，但身板还算硬朗。

跛脚村长是带着好几个年轻媳妇去动员笃公出山教戏的。笃公的屋里没有能坐的地方，大家都站着说话。笃公一口拒绝，说自己再也不会碰演戏的事。村长说，如果他愿意教戏，村里会有一些粮食津贴。笃公听了，看村长一眼，就走到苜蓿地里溜达去了。第二天他告诉村长，同意教戏。

村剧团一成立，我家里可热闹了，像是筑了一个喜鹊窝。年轻媳妇们管妈妈叫“阿秀姐姐”，而“姐姐”这个称呼在我家乡的发音，活像喜鹊的叫声。这些喜鹊嫌笃公家太脏，就把他拉到我家来教戏。

笃公每次走进我们家的这幢楼，都会不由自主地瞟一眼隔壁的楼窗。教戏时，他领唱的声音很轻，结果，村剧团的演出全变成了一种幽幽的闷声腔。

每天学完戏，总有几只喜鹊留在我家，缠着妈妈为她们写信。她们的丈夫，在上海、杭州、宁波等城市打工。

写信出去就有回信，妈妈又要为她们读信。几个月下来，妈妈觉得自己不能老在人家夫妻间“传话”，应该教她们识字。她想在村里办一个识字班，就与祖母商量。

祖母说：“这当然好。但这样的班一开，别的村也会来，你忙不过来，还要找一个帮手。”

妈妈想起朱家村有一个从外面嫁过来的新媳妇叫王逸琴，好像有些文化，就抱着我去动员。王逸琴一听很犹豫，后来被妈妈说服了。

识字班开张的前几天，来打听的人很多。这使妈妈犯难了：原打算在我家门口的堂前开张，地方够不够大？又从哪里去找那么多椅子、凳子？

她把那群喜鹊找来，要她们这几天暂停学戏，全力到各家去借椅子、凳子，大大小小都可以。

但是，借来借去总不够。一位老太太说，据她所知，我家隔壁楼上疯子的房间里还存有不少长凳。那是当年老木匠出于婚宴上的需要，自己打造的。

疯子肯借吗？几十年来这个疯子就靠着老木匠生前留下的积蓄在过最节俭的日子，只让一个哑巴女人每过几天去帮着做点事。前两年，土改工作组去敲门、妇女会去敲门，在门外说了好半天，她都没有开门。

喜鹊们轻轻走上了那架陈旧的楼梯，每步都像要倒塌。到了门口，也不敲门，只派一只喜鹊柔声细气地叫“婶婶”，然后把村里要办识字班的事仔仔细细说了一遍，最后才提出借凳子的要求。

讲完，大家都不吱声。一只喜鹊突然用手指点了点门，果然，有一种极轻微的声音从里边传出，但很快就消失了。这只喜鹊用手推了推，门居然开了。

喜鹊们蹑手蹑脚地进房，想对这位从来没有见到过的长辈敬个礼，却不见人影。一顶灰蓝色的帐子在大木床上垂落，主人应该就在帐子里边。

一眼就看到叠在那边墙壁前的不少长凳。喜鹊们想，既然开门就表示同意，可以搬这些长凳了。但是，刚想走过去，却发现脚下满地都是浅黄色的奇怪物体。蹲下去一看，全是用麦秆编成的各种小动物，密密层层地铺了一屋子，数量至少上千。

喜鹊们小心翼翼地把这些小动物略略挪移，让出一条路，好搬凳子。

妈妈听了喜鹊们的描述，愣住了："满地都是黄灿灿的麦秆小动物，还有一顶蓝色的大帐子？"

妈妈是懂艺术的。

识字班终于开张了。

所有的椅子、凳子很快就坐满了人，大批男女老少都站在后面看。许多纳鞋底的、抱小孩的妇女也挤在中间，高高低低都是人头，一片嗡嗡喤喤。

妈妈一看就知道这课没法上，得换地方。但是今天算是开学，应该勉力支撑一下。她教了几个最简单的字，领着大家齐声读了几遍，然后退下，让给王逸琴教阿拉伯数字。

王逸琴比妈妈更忍受不了这种混乱局面，不断停顿。她一停，下面的嘈杂声也停，于是她又讲。但她一讲，嘈杂声又响起来了。

突然，全场出现了一片肃静。王逸琴惊奇地仰头一看，发现所有人的目光都朝着一个方向。顺着这些目光找去，王逸琴浑身一哆嗦。

王逸琴见到，柱子边站着一个白衣女子。脸比衣服还白，白得如同古瓷。

这个女人没有表情，朝着王逸琴，却没有看王逸琴。

全场仍然一片肃静。王逸琴想讲下去，嗓子却像是被什么堵住了。这时，有一个黑影滑出了人群，那就是李龙。

李龙想让这个突然下楼的白衣女人与笃公见个面，最好说上几句。他跑到村北，骗笃公说，我妈妈想请他到识字班听听课，提点意见。

"阿秀太客气了。"笃公说。他觉得办识字班是村里的大事，就跟着李龙来了。

"这么多人啊！"笃公凭着年龄高声一叹。但就在这时，他的眼睛如遭雷击。而雷击他的那道白光，也猛然一抖，立即飘然而逝。

妈妈与跛脚村长商量后，决定把识字班办到祠堂里去。祠堂很大，离村庄有点距离，平日没有人去，办识字班正合适。

那天妈妈从祠堂回到家里，在后门窗台上看到了五个麦秆编制的小动物。

妈妈拿起来一一看过，又想了想，知道白衣女人今天又悄悄下过楼了。

祖母说："痴子明大理，这是她给你的奖赏。"

妈妈说："这可要收好，都是细细女人心。"

识字班最麻烦的事情是缺少课本。妈妈每天把要教的字写在黑板上，再发一些纸给学员，要他们照着黑板抄下来。但是，不识字的人怎么可能抄得下字呢，每张纸上都是一片涂鸦。妈妈曾经想由自己来制作课本，但乡下连蜡纸油印的设备也找不到。正犯愁，一天早晨，就在白衣女人赠送五个麦秆小动物的后门窗台上，出现了一捆书。妈妈打开一看，是几十本宁波出版的识字课本，上面还夹着一张字条，写着四个字："余颐贤赠。"

这些书对妈妈来说太重要了，但赠送者居然是"夜仙"，那个很可能挖过朱家祖坟的盗墓者，这使妈妈有点为难。她翻了一下崭新的课本，抬起头来看了看窗外的山岭，心想："我的祖父，会同意我接受这个人的赠送吗？"

问祖母，祖母说："这书不是送给你的，是送给大家的，你还不能不要。我笑这个人怎么做好事坏事，都偷偷摸摸。"

有了课本，识字班一下子就走上了正路。

到了上课的时候，妈妈和王逸琴都换上了结婚时穿过的旗袍，一个瓦青，一个藕紫，从两个不同的方向穿过黄灿灿的菜花地，向祠堂走去。这两个清瘦的年轻女子见面后轻轻地说笑几句，便进了祠堂。这些日子，她们觉得，周围这些村庄都进了课本，任她们指点、讲述了。

隔代之悟

这一节写到二十世纪中期改朝换代之初，在一个普通村庄发生的趣事。

记得我在二十年前去台湾时，当地很多民众对大陆政权做过的好事很不了解。我在多次演讲中一再说明，大陆近百年来是一片陷于战乱、匪患、赤贫、愚昧的土地。在这种背景下，只要有一个政权在和平环境中开始着手最初步的打扫，建立最基础的文明秩序，就会产生一种“改天换地”的巨大震撼。在这方面，新政权做得不错。

我在台湾演讲中说，中国大陆的广大农村，在什么时候出现第一条公路、第一所学校、第一家医院、第一个邮局的？都是在二十世纪五十年代初，也就是全由新政权打理的。这并不是说原先的国民政府不想做，而是因为在连年不断的战火中无法做。而且，国民政府中的“士大夫”官员们，严重缺少渗透农村、掌控农村的能力。

一九四九年建立的新政府正好相反，拥有庞大而又能干的农村工作团队，其中又有不少人就像我的叔叔余志士先生，是向往革命的城市知识分子，他们太知道应该怎么为荒昧的大地补文明之课、秩序之课、现代之课了。和平的来到，为他们的补课创造了最好的条件。

虽然由于基础太差，问题仍然很多，但是当时的中国农村，却是天天处于“惊喜连连、兴奋莫名”的状态之中。多数农民以前能见到的，只是权力不大、品行不佳的保长、甲长，现在却经常见到一批批头面干净、举止斯文的“工作同志”下乡来做各种好事，大家也就把所有的好感都投注给了新政权。台湾老一代的政治人物问我：“当时大陆民众难道不期待国军反攻大陆?”我说：“不期待。”而且，我还告诉他们，大陆民众把中国近代以来的屈辱和战乱全都与国民政府连在一起了，通称为“黑暗的旧社会”。如果真来“反攻”，普遍民心也无法接受。

像我妈妈这样一个毫无政治意识的“楼上少妇”，也被新政权清除土匪、教育懒汉、禁止虐待新媳妇等一系列举措所振奋，居然以一个城市知识妇女的良知，决定参与进去，把事情更往前推。她让那些从“恶婆婆”手下解救出来的新媳妇们在公开场合演戏，又开设识字班，为男女青年扫除文盲。她，很快就成了远近几个村庄的“文明引路人”。

这个过程很艰难，又很美丽。

美丽的力量无与伦比，她很快使那群原先只能“二十年媳妇熬成婆”的愁苦少妇变成了叽叽喳喳的欢乐喜鹊群，而且，还不小心引出了笃公和“女疯子”的凄美故事。

这个凄美故事，花多少笔墨进去都值得，而且已经具备了衍生为一个惊心动魄大故事的主要元件，但是我不能贪心，牢记自己正在写的只是记忆文学，没有太多衍生的权利。

其实我在幼小的时候多次见过隔壁楼上的这个“女疯子”。她每次见到我，总是要看我一会儿，并不微笑，也不发声，但眼神里好像有笑意。当她的眼神从我脸上移开，便恢复成一片茫然，对任何物象都不细看，并快速离去。妈妈见到她，不管原先在做什么，总是立即停下，专注地看着她，希望她提供一个打招呼的可能。但这种可能一直没有出现，她不再向这个世界打任何招呼。

这个静默而神秘的人，使我的童年一直伴随着一大堆猜测。我如果用想象和虚构编写成故事，那也就把猜测填实了，随之，我也就会失去小半个童年。因此我不能编写她，这个本来最容易编写的人物。

妈妈开办乡村识字班，连这个“女疯子”也有所响应，这便是文明的力量。另一个响应者，是一个盗墓者，而且，他的作用很大。

长期处于黑暗中的人，对光亮最为敏感。

三　夜晚

妈妈教识字班，总把我带在身边。在我四岁那年，东边的尼姑庵里办起了一所正式的小学，老师来挨家挨户动员，妈妈笑着问："还在地上爬的要不要？"

老师说："要。"说着就把名字登记了。

这就开始了我漫长的学历。

我去上学的前一天晚上，妈妈在灯前坐了很久。

桌上放着一只新缝的小书包和一顶新编的小草帽，这都是邻居送的。在书包和草帽边上，放着一方磨好了墨的砚台，砚台上搁着一支毛笔。一页已经开了头的信笺，摊在桌边。

妈妈本想把我上学的消息告诉爸爸，但一落笔，却觉得分量很重。

这个学校与上海的学校完全不同，不但校舍是破旧的尼姑庵，而且听说几个教师也只有小学水准。妈妈惊恐地想，当年结婚时决定在乡下安家，余、朱两家居然谁也没有考虑到这最冒险的一步：如何完成对孩子的早期教学？

妈妈握着毛笔在砚台上蘸了几次墨，仍不知如何下笔。最后，她像是横下了心，抓过那顶小草帽，在帽檐上写下四个大字：“秋雨上学。”

第二天早晨我戴着草帽去上学的时候，妈妈本想搀着我去，因为我毕竟只有四岁，而去学校的路并不近，要穿过村舍、农田和两条河。但是，祖母拉了拉妈妈的衣襟说：“不，让他自己走去。”

每天晚上，妈妈还是在给乡亲们读信、写信。后来村里成立了“生产合作社”，又要记劳动工分、算账了。

因此，我家成了全村最热闹的地方。每条长凳上都挤坐着三四个人，前前后后又都站满了。灯火像一粒拉长了的黄豆，在桌上一抖一抖的。全屋的人都围着灯前一个二十出头的短发女子，而这些人自己却都成了黑影。黑影显得十分高大，似乎塞满了四边墙壁，有几个头影还映到天花板上去了。

在这些夜晚，我总是趁妈妈在黑压压的人群中忙碌，溜到旷野里去玩。很快，我成了小伙伴中胆子最大的人。证据是，夜间去钻吴山的小山洞，去闯庙边的乱坟岗，去爬湖边的吴石岭，都是我带的头。

白天上学，也很好玩。教我们的何杏菊老师刚从外地的小学毕业，短头发，雪白的牙齿，一脸的笑，用现在的话说，是一个阳光女孩。她教我们识字、造句，全在做游戏。她每天都讲好听的故事，我们听不够，她说你们再学一点字，就能自己看书了，书上的故事更多。很快，我们真能自己看书了，我的第一本，是《安徒生童话》。但学校的图书馆一共只有几十本书，是天下最小的图书馆，怎么够同学们借呢？何老师定下规矩，写两页小楷，才能借一本书。我为了多抢几本书看，天天憋着劲儿写毛笔字。

几年后，我已“粗通文墨”。

有一天，妈妈与我商量，弟弟出生后，她家务太多，忙不过来，我能不能帮着她为村民写信、记工分。她知道这些事情会剥夺我玩乐的时间，因此想出了一个补偿方式。她说：“你所有的暑假作业、寒假作业，都由我来代你做。”

我的小学没有每天布置的家庭作业，只有暑假作业和寒假作业。妈妈的提议可以让我免除一切作业了，这样的暑假和寒假会多开心！我当场就答应了。

“但是，每天晚上写信、记工分也够烦的。”我说。

妈妈捋了一下我的头，说：“你听到过老人讲的四句话吗？手巧裁衣，身巧爬梯，识水下河，识字拿笔。”

从此，夜夜与油灯、黑影、劣质烟气混在一起的，是一个七岁的小男孩了。

比较起来，写信、读信比较方便，难的是每天记工分。因为记工分的时候，必须写明劳动项目，有一些字我写不出来。

最早是“挖渠道”的那个“渠”字，后来是“建防疫站”的那个“疫”字，我都写不出来，问了妈妈。妈妈说：“这不怪你。这些字，都第一次到这里，被你碰上了。”第三次，要记下一种新到的农具，叫“双轮双铧犁”，那个“铧”字连我妈妈都不会写，后来看了产品说明书才知道。

那些年，过几个月总有新名堂出来。村里的农民老是拥来拥去看热闹，还觉得跟不上。他们祖祖辈辈过着差不多的日子，来个小货郎都是全村的大事，现在真正的大事一下子来了那么多，连那些茅屋、老桥都像喝了酒似的兴奋着。

每个新名堂要出来，大多先由李龙在桥头石礅上瞎嚷嚷。这次李龙又在嚷："要放电影了！"

"什么叫电影？"坐在他身边的农民问。

"我问过了。是人做戏，那些人比我们真人还大，只能趁着天黑出来，白天不出来。做完戏，就飞走了。"李龙说。

"这算是鬼，还是魂？"大家问。

"大概是魂。"李龙说。

大家说他又吹牛了。李龙远远看到跛脚村长在田埂里走，就拉着身边几个人一起飞奔过去求证。村长说："真有电影，后天晚上在乡里放映，可以通知村民去看。我在乡里看到布告了，放的是黄梅戏《天仙配》。"

李龙带着一帮年轻的村民到乡里去看了这场电影。临出发时他突然转身把笃公也拉上了，边走边说："我们都是外行，请你这个内行帮我们讲讲。"

看完电影回来的路上，李龙和其他年轻的村民兴奋地说个没完。一声不吭的，是笃公。不管李龙怎么问，他都好像没有听见，只顾眼睛直直地看着夜路，往前走。

第二天，笃公找到跛脚村长，要求我们村放映一场。

村长说："我哪里做得了主？这至少也要由乡长发话。"

笃公立即转身朝着乡政府走去。

老人这么性急，村长觉得奇怪。

笃公当面向乡长叙述的理由是，村里成立了一个剧团，应该让剧团的演员看看这部电影。

“你们真有这么一个剧团？我原来以为你们村长夸大其词呢。”乡长说。

“剧团的戏是我教的，要不要我唱几句给乡长听听？”

乡长立即阻止，说：“别了，我答应您，去与电影队交涉，一定到你们村里去放映一场。”

当时在农村放电影是一件麻烦事。首先要运过来一台小小的柴油发电机，嗒嗒嗒嗒地响着，试试停停，停停试试。然后就是悬挂银幕，电影放映队问村长挂在哪里，村长说要问笃公。笃公义不容辞，指挥他们在我家堂前门口的场地里悬挂，一边系结在槐树上，另一边系结在屋檐间。笃公东看西看还是不放心，与我妈妈商量，能不能让他上我家的二楼，从楼窗上看看银幕悬挂的情况。

妈妈当然同意，笃公在我家楼窗口，指挥着银幕的悬挂。

那夜的电影，对我们村，是一种巫术般的降服。这里的农民好像都中了邪，满脑子全是那些黑夜白布上会动会唱的大头人影。七仙女、天仙配、董永、黄梅戏，这些都成了全村的口头语，从老太太到小孩子都随口说。

那天晚上放映电影的时候，月亮起了很大的干扰作用。当月亮钻进云层时，银幕的图像就清晰；当月亮出来的时候，银幕就模糊。农民都是第一次看电影，以为一会儿明、一会儿暗属于正常，但祖母和妈妈都在上海看过电影，知道毛病所在，便经常抬头看月亮。

突然，祖母捅了妈妈一下。妈妈转头看祖母，再顺着祖母的目光看去，发现月光下，我家隔壁的楼窗已经打开，一个白色的人影隐隐约约。

妈妈立即领悟，笃公为什么要争取电影到村里放映，为什么到我家楼上查看银幕。

妈妈和祖母天天晚上都在竖耳谛听。她们估计，这些天隔壁的夜半歌声会改成黄梅戏《天仙配》。但一直没等到，不仅《天仙配》没有，连以前经常唱的越剧《碧玉簪》也没有了。

终于，半个月后，当几只乌鸦奇奇怪怪地叫过一阵之后，一种轻轻的唱曲声在黑暗中响起。这声音比以前温柔得多，唱的就是那天晚上看电影时钻到每个人耳朵里的那一段：

树上的鸟儿成双对，
绿水青山带笑颜。
随手摘下花一朵，
我与娘子戴发间。
从此不再受那奴役苦，
夫妻双双把家还。

第二天吃早饭时，祖母笑着对我说："你天天给人家写信，顺便也给安徽的叔叔写一封吧。问问他，黄梅戏在安徽是不是人人会唱？他下次回家乡来，能不能教教村剧团？"

我当天晚上就写了。这是我第一次给叔叔写信，不久就收到回信，叔叔说，那个演七仙女的演员叫严凤英，由于这部电影，在全国出名了。他说他自己没学会唱黄梅戏，能唱几句的还是越剧。

一场电影使祖母又想念起了上海。她从不在村子里串门，对邻里间的事情毫无兴趣。不管在卧房还是在厨房，她总是长时间地看着北窗外那条新修的公路。

外公每隔几天会来一次，祖母一见就问："有没有外面来的消息？"

外公说："我也是想来问消息的，志敬来信没说起？"

两位见过大世面的上海人，实在是感到寂寞了。

隔代之悟

从这一节开始，我已经进入自己的记忆系统。

寻常的“回忆录”写法，是把自己套入一种人生标准。但是，我在妈妈影响下，从小就是一个逃离标准的人。大家看到了，我用最短的篇幅，简述了自己极不标准的早期教育。从一个破旧的尼姑庵里入学，到“粗通文墨”后在油灯下为村民写信、记账，都不符合任何标准。

这是我的生命奠基。此后一辈子，我都会以“不符合标准”的方式跨步。例如，在长期劳动中读中学，在连年苦役中读大学，都不符合教育标准。然后，在巨大灾难中偷偷写书，在没有做过一天副教授的情况下直接晋升为正教授，在没有做过任何小官的情况被选为全国最年轻的高校校长，又在仕途亨通的时刻辞职远行，都全然不符合标准。我这个人，不管何时何地，不管什么事情，只要发现符合了某种标准，就会快速厌倦，尽早离开。这个习惯就是在小时候培养的，几乎成了本能，无法摆脱，也不想摆脱。

尽管我后来被海内外那么多大学聘为荣誉教授、名誉博士、兼职教授，但对自己童年时代接受的极不标准的小学教学，深感满意。因为我正是在极不标准的情况下学会了毕生应用的大多数汉字，以及这些汉字与山河大地的关系，与乡村人情的关系。而且，也正因为极不标准，我产生了智力跳荡。这情景，就像在一个个没有正常路途的山谷中，学会了寻石攀援、借藤飞跃。

我非常感谢妈妈那么早就要我为村民写信、记账。这在技能上，使我到上海后很快获得全市作文比赛和数学竞赛的优胜奖；而在大道上，则使我产生了与普通民众不离不弃的责任感。我后来的全部著作，都是在给他们“写信”。

四　姨妈和表哥

上海终于有消息了。

那天，外公向祖母和妈妈宣布：上海的姨妈要带着儿子到乡下来探亲！

这个消息让外公、外婆、祖母、妈妈都紧张了，大家不知道如何来面对这位遭遇了不幸的亲人。

姨妈的不幸，大家毫无思想准备。

姨妈嫁入豪门后，自从生下了宝贝儿子，也就是我的表哥王益生，在王家的地位大有提高。她应酬很多，非常繁忙。只有偶尔坐着雪亮的法国汽车驶过安定盘路朱家的老房子时，才会突然梦醒似的想起在乡下生活的父母和妹妹。这时，她会快速从手提包里拿出手帕擦一擦眼角的泪花，再打开小镜子补妆。

一九四九年新政权建立后，王家的境遇不错，但姨妈也看到，窗外的上海却是麻烦成堆。打了十四年抗日战争，三年国共内战，在内战中失败的国民党政权从上海撤往台湾时带走了当时全中国的绝大多数黄金，还派飞机到上海来轰炸，炸了自来水厂和发电厂。更严重的是，几乎整个西方世界都彻底封锁中国，这对上海这么一座原来的国际商贸大都市而言，等于是抽筋断脉。表现在外面的图像是，工人大量失业，物资严重匮乏，处处需要抢救。

掌权不久的新政权领导人很快就看出来了，物资匮乏的问题与一批大老板的“囤积居奇”有关，应该采取行动。

王家的家长，也就是姨夫的父亲，进入了名单。

他一点儿也不想为难新政权，只是出于商人的本能，决定锁住仓库里的油料和纺织品，等个更好的价钱。他很清楚，上海的多数同行都会这么做。

他没想到，这次与他博弈的，并不是他的上海同行。

他以“囤积居奇，破坏经济秩序”的罪名被起诉，结果被判刑入狱，还被没收了绝大部分财产。

那天审判，不在法院，临时设在大众剧场。报纸已经连续预告了几天，因此前来旁听的市民人山人海。姨妈握着丈夫的手木然坐着，感到丈夫的手冰冷，还一直在颤抖。

法官上场，被告也被押出来了。但就在这时，姨妈突然发现丈夫的手不颤抖了。扭头一看，已经昏厥。她侧身一把抱住丈夫，并向法警请求，送去了医院。

一年后，姨妈失去了丈夫。

这就不难想象，姨妈即将到乡下来的消息，会在余、朱两家引起什么样的不安。

祖母天天在北窗口张望的那条新修公路，偶尔会开来一辆烧木柴的长途汽车。离我家最近的汽车站，是一个用稻草和竹竿搭成的棚。

这天，我妈妈陪着外公很早就在汽车站等了。直到太阳偏西，那辆长途汽车才到。

姨妈搀着她的儿子王益生下了车，已经累得走不动路。但是，对妈妈、外公来说，眼前这个女人，原来最熟悉的姐姐和女儿，仿佛来自如烟如雾的香色世界，已经有点陌生。

那天我也跟着妈妈去了，第一次见到了我的表哥王益生。他比我大一岁，穿一身白色的西式童装，脸面也很白，头发整齐，很像我想象中的外国人。我呢，乱乱的头发，土布的衣服，口袋里还鼓鼓囊囊地塞着不少刚从路边捡来的小鹅卵石。姨妈蹲下身来看了我一会儿，然后站起身来说："细细看，眼睛、鼻子、嘴巴，还是个上海孩子。"

妈妈说："他是一个地道的农村孩子。"

姨妈住在外公家。外婆事先已经请同村一个本家妇女把房间打扫了，把被褥拆洗了，把能够想得到的一切都整理好了。外婆也是从上海回来才几年，因此很清楚，最大的困难一定是厕所和洗澡。这一点妈妈也想到了，赶到朱家村与外婆一起商量了好半天，终于安排停当。

姨妈很满意。当天实在太累，洗洗就睡了。第二天一早起来，她把表哥益生托交给外婆，说自己要去余家，拜见我的祖母。

这天正好是星期天，我不上学。

先看到姨妈和妈妈相抱而哭，再看到姨妈和祖母关门长谈。我想，应该到外公家去陪表哥益生玩玩。

到了朱家村，我对外婆说："外婆，我今天不找你，找他。"说着用手指了指益生哥。

益生哥奇怪地问："找我？什么事？"

我说："玩。"

"玩什么？到哪里去玩？"他笑着问我。

我说："带你到山上玩。"

"到山上玩？"益生哥有点惊慌，转眼看着外婆。

外婆立即关照我说："益生没爬过山，你走得慢一点。也不要太远，到吴石岭就可以了，不要到大庙岭。"

益生哥一路上东问西问，什么都好奇，我就像主人一样一一回答着。终于见到了大山，益生哥停住步子，仰头看了又看，眼中有点害怕，却不讲话。我带着他走过杨家岙的东麓，往南走，往西一拐，就进了山岙。这时，他更是慌张了，但慌张得满眼光彩。

我拉益生哥在一块岩石上坐下，休息一会儿。

益生哥坐下后抬头看到了上林湖，立即惊恐地左顾右盼，然后"嗬"了一声。我问他怎么了，他说："这地方，我梦里到过。"

"那梦有点怕人。"他说，"也是这样一个山岙，那边也有一角湖，先听到哗哗的水声，有一匹石马从湖水里冒出来了，转眼石马就变成了活马，又不见了。"

益生哥讲得我毛骨悚然。一阵风吹过来，我们俩都用手抱住了肩。

"回家吧！"我领着益生哥赶紧下山。

姨妈与祖母谈完话出来，抬头看了看偏西的太阳，就对妈妈说：“时间还早，你陪我到秋雨的学校去看看吧。”

看学校？妈妈看着姨妈的脸，突然明白了姐姐这次到乡下来的意图。难道，她也可能带着儿子回乡来住？

姨妈看到我小学的陋屋歪墙时大吃一惊。她回头盯着妈妈的眼睛问了两次：“怎么，这就是小学？”

妈妈不知该不该把姨妈领进校门。幸好，校门里正好走出一个跳跳蹦蹦的女孩子，大声地与妈妈打招呼。

妈妈告诉姨妈，这就是我的班主任小何老师。

姨妈细细地打量着小何老师，问：“这么年轻就做了老师，中学刚毕业吧？”

小何老师笑了：“我的小学文凭才刚刚拿到。”

姨妈紧张地看了妈妈一眼。

她已经没有兴趣看小学了，妈妈领着她回外公家。路上，姨妈对妈妈说：“看来，你只能在秋雨做家庭作业时多加辅导了。”

“没有家庭作业。”妈妈说，“农民家节省，晚上舍不得点灯，老师也就不布置了。”

“那秋雨晚上做什么？”姨妈问。

“他可忙呢，”妈妈笑着说，“帮全村农民写信、读信、记工分，还要挤出时间到野地里玩。”

“你真想得开。”姨妈说。

姨妈在乡下只住了三天，就带着益生哥回了上海。

刚送走姨妈，妈妈就拿过我的书包，取出几个课本急急地翻了一遍，然后看着我发呆。

吃晚饭的时候妈妈也不避我，对祖母说："我知道在乡下上学没法和上海比，却没想到姐姐看到小学房子和小何老师的时候，那么害怕。被她这么一弄，我也有点害怕了。"

妈妈问祖母："要不，夜里不叫他写信、记工分了？"

祖母说："这么小年纪天天帮别人做事，是在修菩萨道。顶多，以后不考中学了，在村里做个会计。"

我连忙抢着说："我决定了，长大了放电影。"

隔代之悟

我在乡下，第一次遇到城市文明的冲击，是姨妈和表哥从上海回乡探亲。

孩子受到文明冲击，比大人更深刻。既好奇，又沮丧，觉得自己的一切都错了。但心里又不服气，因为背后有大山大湖支撑。

想想姨妈和妈妈，一对亲姐妹，由于婚嫁不同，立即进入了不同的生态文化。两个孩子，更是千差万别。

我从小孩的眼光看过去，从上海来的姨妈，时髦而又高雅，而妈妈却是那么土气。但是，时髦的姨妈很慌乱，土气的妈妈很从容。这又是社会革命带来的结果，留在上海的姨妈受到了重大伤害，而妈妈在乡下却忙得很滋润。她们两个长得很像，一种社会裂变发生在她们同样美丽的眉眼之间，因此显得更加不可思议。

五　上海的事

我读书早，九岁就小学毕业了。

我没有留在村里做会计，也没有去学放电影。爸爸决定，还是要考中学，而且是考上海的中学。顺便，履行他婚前的承诺，把全家搬回上海。

从农村搬一个家到上海定居，是一件非常复杂的事情，爸爸忙得焦头烂额。但他觉得其中最犯难的，是我考中学的问题。

姨妈的态度最明确。她对爸爸说："乡下那个小学我去看过了。秋雨到了上海应该先补习一年，明年与益生一起考中学。我会仔细打听，找一所容易考的学校试试看。"

益生哥虽然比我大，却是按照上海规定的年龄上学的，因此反而比我低一届。

爸爸不太赞成让我先补习一年的做法，但又没有把握，因此急忙写信给安徽的叔叔，要他到上海来与我谈谈，做一个判断。如果今年有希望考，那就要他对我做一些临时的辅导。

叔叔很快就来了。他穿得非常整齐，一见面，双眉微蹙，嘴却笑着，说：“现在辅导已经来不及了，还不如陪你熟悉熟悉上海。”

他本来想带着我去看外滩，但不知怎么脚一拐，走进了他每次来上海时必去的福州路旧书店。

我第一次看到天下竟有那么多书，被一排排地垒成了高墙。

叔叔几乎本能地朝《红楼梦》研究的书架走去，但只瞭了一眼就说“我都有了”，便离开，到隔壁柜台，问唐代书法家颜真卿的字帖。他躬下身来在我耳边轻轻地说，在所有中国古代文人中，他对这位书法家的品格最敬重。

一位上了年岁的营业员打量了一下叔叔，说：“我们最近收到了他的一部帖子，珂罗版影印的，可能有点贵，是叶家的藏品。”

叶家？那么大的城市，那么多姓叶的，是哪一家？营业员快速而模糊地把一家姓氏当作通用常识随口吐出，可见这座城市是有一些惊人家族的，能把千家万户都罩住。

叔叔是在上海长大的，但此时此地也没有勇气去追问是哪个叶家。这就是上海。

叔叔出高价买下了那个帖子，颜真卿的《祭侄帖》。然后，他又带着我在一排排书架间转悠。他不断地从书架上取下一本本书，放在我手上，给我介绍几句。我匆匆翻一下书，傻傻地问几句，又把书交还给他，他随手放回书架。开始时我问得有点害羞，后来胆子大了一点，问了不少。叔叔对每个问题的回答，总是又短又快。

这天回家后叔叔对爸爸说：“他用不着补习了，今年就报考，找一个好一点的中学。”

全家搬回上海后，祖母一次次把陈妈、吴阿姨、海姐这些老姐妹都叫来，说的全是老话，一会儿擦泪一会儿笑。这天，叔叔也乐呵呵地参与在里边。

海姐告诉祖母，姨妈为了一门心思把益生哥培养成人，不考虑再嫁。但她已经没有稳定收入，只得瞒着亲戚朋友，通过失业者服务公司的介绍，悄悄地做起了一家菜场的营业员。她自己要求，专做拂晓时分的早市。那是菜场最辛苦的时段，但对她来说，却可以躲开以前熟悉的一切目光。那些目光看到的她，还是在南京理发店做头，在德大西菜馆用餐，在原先法租界复兴公园的梧桐树下牵着益生哥散步。

她一个人过着两种截然不同的生活，每天重复着艰难的扮演，非常劳累。

只有一位姓杨的先生，发现了姨妈的两重生活。他先是在复兴公园的林荫道上被姨妈的美丽所震动，后来几天他从种种迹象判断这个女人只有一个儿子却没有丈夫，就开始盯梢和打听。他会起一个大早，在人声鼎沸、灯光幽暗的菜场里排着队向一位包着头巾的女营业员买菜，但那个营业员的眼睛从来没有抬起来看过任何一位顾客。当天晚上，他会坐在一张斜对面的西餐桌上偷看一位高雅女子在烛光下与自己的儿子轻声讲话。终于有一天，在公园的一把长椅上，他跟她开始了愉快的交谈。

但是，交往几个月后他还是被彻底拒绝了，由于他对孩子冷淡。任他再怎么保证，都毫无用处。

祖母说着这事，叹了一口气说："今后要是益生对他母亲冷淡，我会亲自教训他。”

叔叔显然还掉在杨先生的故事里，笑着说：“在上海，像杨先生这样的男人不可多得。这样拒绝，可惜了。”

这一来，话题转到了叔叔自己身上。祖母说：“现在你也可以在上海找一个对象了。”

叔叔说：“我已经习惯了安徽。到上海来就是看看母亲和全家，再买点书，看几部外国电影。完了就回去。”

妈妈问：“那在安徽有没有合适的？”

叔叔腼腆地说：“在母亲和嫂嫂面前我也不隐瞒了。那里看上我的人还真不少。我宿舍外面的过道上有一个小木台，每次回家把鞋子、外衣往那里一脱，总有人抢着把它们洗得干干净净。”

“调查出是谁了吗？”妈妈问。

“住在我对面的同事发现了，有好几个，有一个还是当地著名的演员。”叔叔说。

“演员？好啊！”妈妈高兴起来，“是不是黄梅戏演员？”

“不是黄梅戏演员，是另外一个剧种的，但人家也是名人，我不配。”叔叔说。

第二天，叔叔就买火车票回安徽了。

我是以高分考上中学的，家里人为了不使姨妈尴尬，只让经常串门的海姐顺便转告一句，我考上了。

这所中学，对我来说，连每个细节都不可思议。花岗岩台阶，大理石地面，雕花柚木楼梯，紫铜卷花窗架，窗外是喷泉荷花池。我怯生生地走进去，脚步很轻很轻。读了一年之后，学校扩大规模，另外找了个新校址，留在原来校址的部分改了个新校名。我两个地方都看了，经过比较，太贪恋原来校址的美丽和高贵，选择留下。

但是，我从来不在家里说学校里的事情。

有一天，爸爸问我："你们学校里发生了什么事？阿坚好几天不太理我了。"

原来，爸爸的老同学、老同事吴阿坚的儿子吴杰，与我一起考上了中学。爸爸觉得，阿坚没有别的原因突然不理他，除非是两个儿子在学校里发生了矛盾。

我想了想说："可能是学校重新分班的事吧，我昨天在校门口见到吴杰，他也不太搭理。"

"什么叫重新分班？"爸爸问。

"一个年级的十二个班级，全部按照成绩重新分配。我分在一班，吴杰分在九班。"我说。

爸爸认为，这样分班是错误的，既会伤害学生自尊，又会制造嫉妒和对立。因此，他立即骑上脚踏车去了我们中学。

一个小时后他就回来了，满脸笑容。原来学校的教导主任接待了他，说他的意见是对的，会改过来。更让爸爸高兴的是，他终于知道了我的学习状况。

他当着我的面对祖母和妈妈说："我今天进校门，左边墙上贴着最新语文大考成绩排序，右边墙上贴着最新数学大考成绩排序，两边的头一个名字是相同的。"他又转过头来对我说，"听你们学校的教导主任说，你还得了上海市作文比赛第一名、上海北片数学竞赛第七名？"

我说："数学竞赛不应该是第七名，我只是不明白题目上说的'燕尾槽'是什么东西。"

妈妈笑着说："这我就放心了。我原来担心他在乡下天天给人家写信、记账会影响学习。现在才知道，写信锻炼了他的作文，记账锻炼了他的数学。"

爸爸突然想起了什么，对我说："你应该主动帮帮吴杰的功课，尽量把你们的差距缩小。"

"不，不。"祖母连声否定，"不要主动去帮。他们父子，现在头痛的不是功课，是面子。一去帮，他们更没有面子了。再说，我也不希望秋雨把心思放在别人的高兴不高兴上。"

这就是祖母，无与伦比的祖母。

我一直认为，我毕生的人生课程，主要完成于家办的"私学"，拥有两位最称职的女教师——祖母、妈妈。

隔代之悟

我九岁到上海读中学，所有的亲戚都认为要跨越一个几乎无法跨越的学业鸿沟，结果却不是这样。

家乡小学的条件出奇简陋，而我到上海后各科成绩又出奇优秀，这让人惊讶了。但是，无论是爸爸、妈妈还是我本人，都非常平静，好像从来没有鸿沟，从来没有跨越，从来没有简陋，也从来没有优秀。

结果是，很多年来，只要有家长在我们面前大谈名校的选择、录取的比例、排名的前后，我们都装作没听见。因为全部事实证明，那一些都很不重要，不值得争取，甚至不值得谈论。

很多家长一定不认同我们的态度。但是，自从我担任院长之后，经常与其他高校的校长们见面，发现只要是著名高校的校长，都高度赞成我的观点。我们一次次欢笑着说，那些非常着意于成绩、名校、比例、排名的人，最多也只能在我们手下做做教授，却不可能做校长。校长，需要“野蛮生长”。

后来，我又遇到不少国际等级的大科学家，闲谈起来，他们也全部支持我的想法。可见，在人才教育的复杂工程中，除了大量表层规范之外，还有不少深层规范。人们很容易为了表层规范而牺牲深层规范。

我没有牺牲，其中有一个关键人物，就是我叔叔。他只是带着我到书店随口聊了几句，就决定我不用去“补习”了，报考好一点的中学。他究竟凭着我的哪几句话做出这个决定的？

不知道。回想起来，那天我在书店说得很少。因此，真正的天才是他，他发现了一些蛛丝马迹。他的发现，帮助了我。

这一节，又顺手写到了姨妈的情感片段，也涉及了叔叔这方面的点滴。长辈这些的事情，我作为晚辈不能说得太多，只是浮光掠影。但是，从这两位长辈一生的经历来看，他们实在太悲苦了。

六　饥荒

我到上海两年后，一九五九年，一场大饥荒突然降临。上海连摘野菜、网小鱼的地方都没有，大家干饿着。

祖母常常会叹口气，说："早知道有饥荒，还不如在乡下。"但是，后来听乡下亲戚说，乡下也不好。前两年敲锣打鼓的"大跃进"和"大食堂"耗去了农村太多的资源，又张扬了弄虚作假的风气，把饥荒成倍地扩大了。

家里的稀饭越来越薄，最后，每人每顿只能分到五粒手指头一般大的"面疙瘩"了，吃完还没走到学校就已经饥肠辘辘。开始我一直以为是我家的特殊情况，不敢告诉同学自己饿极了。后来才发现，大家都一样，包括那些最典雅的老师。

典雅中的典雅，是教生物课的曹老师。戴着金丝边眼镜，梳着很整齐的发型，每天全身笔挺。他除了校长来听课时勉强讲几句普通话以外，平常只讲老式上海话，又夹了很多英语名词。开课后不久就讲到了早期原生动物"草履虫"，他在黑板上画完长圆形的图像后，转身便说："这东西和我同名。"原来，他叫曹侣仲，一个很古典的名字。

一天，正是早晨上学时分，在校门东侧不远处，一个过路的中年市民咳了两下嗓子后，吐了一口痰在地上。这种事情如果发生在校内，任何人都有权要求那个随地吐痰的人用纸把痰擦了。但这是在校门外，又是一个中年市民，周围的同学都用眼光包围着那个人，却不知所措。就在这时，大家听到了熟悉的上海口音："请大家让一让。"只见曹老师从上衣口袋掏出一方叠得很整齐的白色手帕，弯下腰去，把地上的痰迹擦去了。这动作震惊了所有同学，包括那个中年市民，一时不知说什么好。而曹老师则完全不在意众人的目光，把那方白色手帕丢进校门口的废物箱里，静静地进了校门。

我们原先背地里都叫他"草履虫"，从这件事情之后，都改口叫曹老师了。我相信，只要是我的同学，不管是哪个班的，直到今天垂垂老矣，也没有一个人会有随地吐痰的习惯。曹老师那方白色手帕，实在是擦干净了一大批人的人生。

但是，饥荒来的时候，曹老师却遇到了一次重大打击。那天，就在曹老师曾经用白手帕擦痰的地方，出现了一个卖烘红薯的小摊子。一个半身高的泥炉子，当场烘烤着红薯，那香气，简直能敌过千军万马。以前也有这种小摊，为什么没有这么香呢？这个小摊的烘红薯卖得奇贵，每天早晨小摊的周围都拥挤着密密层层的人群，却很少有人掏钱购买，大家都在闻香气。其中，多数是我们学校的同学。

摊主一开口，就让同学们大吃一惊。他说："你们学过物理了吗？香气也是物质，你们再闻我要收钱了！"

他居然用那么斯文的语言嘲讽饥饿的学生，这话被正好过路的曹老师听到了。曹老师立即上前捡起一枚烘红薯让他称秤。

摊主像珠宝商一样小心翼翼地称过，便报出了一个价钱。曹老师二话不说就把一张大面值的钞票付给他，他开始低头找钱。这时，曹老师发现那枚烘红薯上有一块瘢，便顺手换了另外一个。

摊主正将一大把找零的钱数给曹老师，却听得有一个旁观者揭发，红薯已经换了一个。摊主立即来了精神，抢回曹老师手中的红薯再称，分量果然比刚才称的重了一点点，就扬起嗓子大喊“小偷”，拉着曹老师的手要去派出所。

这么小的事情一下子闹得这么大，也只有一个原因，那就是全民性的饥饿。只是有同学说，那个向摊主揭发的人，正是不久前随地吐痰的那一个。

派出所的警察一听便说：“这算不了偷窃，不是派出所管的事，有争执找居民委员会调解吧。”

居民委员会的老大爷、老大娘听完两方叙述，让曹老师按照后一个红薯的分量把钱补足了，就算解决了问题。

第二天一早，学校大门口就贴出了一份居民委员会署名的布告，上面写着：

> 昨天在中学门口发生的红薯事件，不属于偷窃性质。曹侣仲老师只是因为饥饿而偶犯小过，已在本会帮助下补钱改正，特此说明。

校长一看，立即命令撕掉，但已经来不及了，全校师生几乎都已经看到了。

不管多少人安慰曹老师，他还是决定不再上课，只愿在总务处做一个办事员。

这件事之后，所有的人不再掩饰饥饿。

饥饿会导致水肿，水肿的特点是用手指按在另一只手的胳膊上，陷下去的指凹一时弹不回来。与我同桌的万同学每天一早总是来按我的胳膊，然后说："还肿，还肿。"我伸手去按他，他一笑，说："也肿，也肿。"

就在最饥饿的日子里，我收到叔叔从安徽寄来的一封信。

信是寄到学校的，这很奇怪。我拆开才知，他是不希望祖母、爸爸、妈妈看到。

叔叔的信很厚，其实是写给北京国务院的，要我抄写三份，每隔一星期分三次寄出。他焦急地向北京报告，安徽农村的灾荒非常严重，很大程度上被隐瞒了。北京领导来视察时，当地官员临时把各处还没有成熟的庄稼"移植"到路边，掩盖了真相。这就大大加剧了灾情，已经有不少人饿死了。更严重的是，当地官员又扣下了一切写给北京的信。扣下后发现是报告灾情的，还会查验笔迹，找出写信人，进行处罚。

因此，叔叔采用了经由上海"曲线投寄"，并由我重新抄写的方式。

我觉得这件事分量很重，回家后立即像做家庭作业一般，埋头抄写。抄着抄着，我发现了一个熟悉的名字，叔叔指名道姓地控告了一个掩盖灾情的当地官员，居然就是江斯达！

江斯达，这位最早在上海吸引叔叔参加革命，并把叔叔带到安徽的好友，已成了安徽一个地区的主要行政官员。他掩盖灾情的行为一定是得到了省里领导的指令，但在叔叔看来，这也不可容忍。

我抄写了三天。这三天，我像是进入了洞窟修炼。我知道了正义，知道了勇敢，知道了友情必须服从真理，而真理则不必服从什么。我看出来了，叔叔原信的笔迹间有点点泪痕渗化墨水，于是我也时时抬起左手擦一擦眼睛。

我站起身来走到外间，祖母看我神色有异，问："这两天功课很难？"

我说："对，又深又难。"

我照叔叔的嘱咐，把那些信每隔几天一一寄向北京。

三个月后，叔叔来信告诉我，上次的事产生了效果。北京派人到他们那里调查，开大会时表扬当地"敢说真话"的人。表扬时还特地加了一句：有人甚至连续几次"借道上海"投寄举报信。

接下来是长达半年的调查。叔叔在一次发言中被调查组人员猜出是写信人，叔叔没有否认。

调查的结果是，安徽的省委书记被撤换。叔叔揭发的老朋友江斯达，受了一个记过处分。他还特地把叔叔请到办公室，对他的揭发深表感谢。

叔叔觉得这位老朋友毕竟有胸怀，因为他知道，安徽有一些地方曾经给揭露灾情真相的人戴上"右倾机会主义者"的帽子进行批判，有的甚至被划为"后补右派分子"，都没有平反。

但他不知道，在这些人中间，有一位将会成为他侄子的岳父。

同一场饥荒，同一个省份，可惜我未来的岳父马子林先生没有一个外省的侄子可以代为抄写举报信寄到北京。他只是当着官员的面直接发言，揭露他们掩盖灾情，于是被戴上了“后补右派分子”的帽子。

既然我叔叔的举报获得了表扬，我岳父的发言怎么还会成为罪状呢？

原来，岳父是一个剧团的编剧，出了“发言事件”之后，地方官员伙同几个文人一起检查岳父以前写的每一个剧本，把剧本中一些古人说的话分析成“有敌视现行制度的嫌疑”，而且，一再把剧本中反面人物的台词说成是岳父的“心声”。结果，他的罪状似乎已经与那次发言无关，而是在于写“反动剧本”。

在这里，自然灾害已经变成了人文灾害。我妻子，就出生在这双重灾害的夹缝中。

饥荒终于过去了。几顿饱餐竟然让我们觉得很不好意思。

年轻的生命永远是不可理解的奇迹。明明面黄肌瘦地饿了好几年，一旦得到浇灌，立即变得神采奕奕。女同学本来已经长大，现在营养刚刚跟上，便亭亭玉立地成了天然美女，走到哪个朝代、哪个国家都毫不逊色。男同学们不知从什么时候开始浑身爆发出一种青春豪情，学着男子汉的沉稳步伐天天讨论着天文地理，深信自己的学识一定不会低于地球任何一个角落的同龄人。

毕业时我们拿过学校发下来的报考大学目录，一页页翻完，再看背面还有没有，只嫌“够得上自己水平的大学”太少。当时的中国和世界，都互相关闭着。

我和两位最要好的同学相约，三人以抽签分工，分别考全国最难考的理科、医科和文科高校，目的是二十年后再聚，就能知道世界的全部了。

我不幸抽到文科，那年全国最难考的文科高校是上海戏剧学院。抽到理科的那位同学考的是清华大学，抽到医科的那位同学考的是第二军医大学，也都是当时最难考的。

在上海戏剧学院的课堂上，紧坐在我边上的同学叫李小林，著名作家巴金的女儿。但当时巴金的日子已经不太好过，班主任盛钟健老师轻声地告诉我，巴金在一九六二年五月的一次会议上公开揭露，中国作家处于提心吊胆之中，不可能创作出像样的作品，主要是因为有一群“到处乱打棍子、乱扣帽子”的所谓“批判专家”。他指的是张春桥和姚文元，但当时这两个人正受到上海最高领导柯庆施的信任。巴金的发言连美联社也报道了，他的命运可想而知。

这也算是我进入大学的第一课。我终于知道，中国文化界有一种人，以“批判专家”的身份乱打棍子，把自己打扮得好像在与强大的黑暗势力斗争，其实真正拥有权力背景的恰恰是他们。因此，他们是恃强凌弱的“文化伪斗士”。

我再一次问盛钟健老师：“巴金的发言是在一九六二年五月？”

盛老师说：“对。”

这正是饥荒最严重的日子。我的叔叔就在那时揭露了饥荒的真相。

巴金先生，在同样的年月揭露了“文化饥荒”。

我当时就想，这就是勇敢和崇高。

这年我刚满十七岁，还不知道天下的很多勇敢和崇高都面临着风暴。

隔代之悟

我做过多次试验，想把自己对“饥荒”这两个字的切身感受告诉年轻人，但都没有成功。

他们听我的描述，脸上露着微笑，接着会向我提出一些问题，我都不知道怎么回答。终于心里明白了：“饥荒”这件事，已经彻底结束了，结束在历史上，结束在感觉上，结束在理解上。

这当然很好，但对于遭遇过“饥荒”的人来说，心里却出现了别样的“饥荒”：这是一片不再有人进入的荒地，没有人能想象里边的沟沟坎坎。我们成了曾经深陷此间的最后一代，偶然想起还瞠目结舌，回过神来又深感寂寞。

不是饿一天两天，不是饿十天半月，而是饿了整整三年。而且，这正是我们长身体的三年。没有一家远方亲戚能来接济，因为这是全民饥饿。没有丝毫可以缓解的消息，因为每个角落都已被搜索过无数遍。

当时我作为一个中学生，除了自己难忍的饥饿外，还看到一些最文明、最高雅的老师在这场饥荒中的狼狈。这一节的前半部分，对此作了描写。

当文明狼狈了，所有的事情就不好办了。

第 三 章

一　八月的傍晚

人生中，会有这一天。

就像一队人长途赶路。在这天之前，你是一个被牵着走的人，跟在后面的人；在这天之后，你变成了一个搀扶别人的人，走在头里的人。

这是一个“成人礼”，却没有预告。

我的这一天终于来到了。

爸爸让我牵住了全家人的手。但抬头一看，前面的路没了。

那是一九六六年八月的一天傍晚，夕阳凄艳，十分炎热，我从学校回家。

爸爸小心地看着我，目光有点躲闪，嘴角有点笑意。好像做错了事，又好像要说他没有做，却不知如何解释。这神情，使我和他的关系突然产生了逆转。

爸爸扫了我一眼，对祖母说：“阿坚揭发了我。”

“阿坚？”祖母问，“他揭发你什么？”

爸爸支支吾吾地说，吴阿坚揭发的是历史问题。说是上海刚刚解放的几天之后，有一个人在路边拿出小本子写了一句反共的话给大家看，爸爸看了，却没有把那个人扭送到公安局。

爸爸说，阿坚已经把这个揭发写成大字报贴了出来。

祖母立即问："照阿坚的说法，他自己也看到了，为什么不扭送？"

爸爸苦笑一下，说："这是每次政治运动的规则：他一揭发我，自己就安全了。"

"这个黑良心，还是眼红我家。"祖母说，"你先定下心，看他怎么闹。"

"没法定心了。"爸爸说，"一人揭发，大家跟上。所有的老朋友都争着划清界限，大字报已经贴了一大堆。"

"老朋友？揭发什么？"祖母问。

爸爸突然语塞，低下了头。

祖母看了我一眼，轻声问爸爸："是不是真有什么把柄？"

"没，没有！"爸爸连忙辩解。他以最快的速度扫了一眼妈妈，说："也有大字报说我岳父是地主，是赌徒，还把大姐的公公判刑的事连在一起了。"

妈妈皱起了眉头。祖母的眼光立即从妈妈脸上移开，紧接着爸爸的话头问："他们有没有揭发你父亲抽鸦片？"她要把话题从朱家挪回余家。

"那还没有，恐怕快了，阿坚一定会揭发。"爸爸说。

"他揭发？那鸦片是在哪里抽的？鸦片馆是谁开的？你也该反过来揭发他！"

祖母说到这里突然噎住了，摇摇头，叹口气，说："别，我家不做这样的事，到死也不贴别人大字报。"

这时妈妈抬起头来，问爸爸："这么乱贴大字报，大家都咬来咬去，胡言乱语，你们单位的领导也不管一管？"

"领导说了，这叫大民主。群众大鸣大放，任何人都可以站出来打倒别人。这是中央刚刚发动的一场政治运动，谁也阻挡不了。"爸爸说。

妈妈疑惑地看着我，希望这个已经成为大学生的儿子能给她解释几句。

我看着妈妈，摇摇头。这时我发现，爸爸和祖母也都在眼巴巴地看着我。

两个自称从北京来的高干子弟，站在街边的一条长凳上发表演讲。他们甩了几下拿在手里的皮带，就像甩鞭一样。他们说，躲在中央的赫鲁晓夫，由全国各地的很多小赫鲁晓夫保护着。他们又说，全国的干部绝大多数都烂了，对劳动人民实行法西斯专政，因此必须全国造反夺权。接着，他们又举起拳头喊了很多口号。

口号只是一种引爆，仅仅几天，就成了一种全民性的互斗互咬。

与爸爸谈话的第二天一早，我又回到学校。学校已经停课，很多同学开始造反，扎着塑料皮带到处贴大字报。

我走进教室，心里忐忑不安。不是怕别的，是怕一句粗话。那就是造反派管父母亲被打倒的同学都叫"狗崽子"。我低着头，不敢看别的同学，只敢慌张地看我的邻座李小林一眼。

李小林也看了我一眼。我立即直觉到，她也恐惧着，而且恐惧的内容和我差不多。

正在这时，高音喇叭突然震响，几乎把所有的人吓了一跳。喇叭里的广播夹带着不少“革命谩骂”，然后又全变成了“革命样板戏”。

我正呆呆地坐着发愣，高音喇叭停了。我这才隐隐听到，教室楼下好像有人在扯着嗓子高喊我的名字，声音有点耳熟。

到窗口一看，是高中的两个老同学，一个姓许，一个姓万。好几年不见了，我赶紧下楼，拉他们到操场边的草地上坐下说话。

他们很焦急，说是昨天回了一次母校，发觉我们中学里的老师至少有一半都有了“历史问题”，被贴满了大字报。

教英语的孙老师在抗日战争中担任过美军翻译，大字报说，他很有可能顺便做了美国特务；

教历史的周老师的祖父考上过清朝进士，大字报推测，极有可能见过慈禧太后，既然见了就一定有政治勾结；

教地理的薛老师在课堂上说法国地图像男人的头，意大利地图像女人的靴，却独独把中国比作动物，说是像一只大公鸡，显然是汉奸；

教生物的曹老师的“历史问题”在时间上最近，那就是在饥荒年代偷窃过烤红薯；

……

我一听，说：“这一定是教师们互相揭发的。你们想，曹老师的烤红薯事件，后来的小同学们怎么知道？还有，什么美军翻译、清朝进士……”

许同学说："现在最麻烦的是孙老师，美国特务，不能回家了，被关在生物实验室的一个笼子里。"

"笼子里?"我惊叫一声。

我们三人，花了一小时想出了一个营救方案，并立即实施。他们两位到街上买了两个造反队的袖章戴上，回到中学，冒充毕业生要"揪斗"孙老师。中学生造反队毕竟是孩子，看到两个戴着造反队袖章的老校友站在前面，已经矮了半截，提出可以用一百张写大字报用的白纸换出孙老师。

我的那两个老同学一听有门，就假装认真地与他们讨价还价，结果只用了三十张白纸，就将孙老师转移出来了。

"好险！"事成之后的一星期，他们又来找我，庆幸地说："如果再晚一天，这样的事就做不成了。现在中学里已经成立了教师造反队，接管有历史问题的教师。"

他们告诉我，教师造反队的司令，就是曹老师。他实在受不住"偷窃烤红薯"这个罪名，干脆成立了一个"红薯造反队"。旁人一听，以为是郊区农民揭竿而起。农民造反，这在上海是稀奇事，因此在全市造反派联合会议上让人高看一眼。

曹老师当了造反司令，会怎么样呢?我们又为孙老师担忧起来。万同学的家离中学最近，我们要他常去看看。半个月后他又来找我了，说孙老师不仅没事，而且也参加了红薯造反队。这么一个上了年纪的老师戴着造反队袖章，看上去非常古怪。

"是不是曹老师想用这种方法保护孙老师呢?"我问。

"有可能。很多老师都参加了红薯造反队，因此也有对立的造反派刷出标语，说红薯造反队应该改名为黑薯造反队。曹老师厉害，到我们劳动过的青浦农村拉了一个老农民来做副司令。那个老农民站在凳子上用谁也听不懂的乡下话乱喊几声，对方就不吭声了。”万同学说。

“你见到曹老师了吗？”我问。

“我到他的司令部去找过，没见着。”万同学说，“只见那个老农民缩在墙角打呼噜。”

这几天下来我突然明白。“民主”前面加一个“大”，就变成了“群众运动”。“群众”听起来很大，谁也不敢阻挡，其实又很小，每个人都有资格这么叫。

我老实的爸爸，怎么能领悟这种秘密？

他狠命地要把别人揭发的“历史问题”一个个说清楚，每天写着交代，一沓沓地交给造反派。造反派收下后叫他再写，却从来没有看过一页。他早就患有糖尿病，眼睛本来就不好，这下眼疾大大发作，没法再写了。他要我代他写，我本想劝阻，却挡不住他近乎恳求的目光，就拿起了笔。

爸爸在我面前慢慢叙述着。我觉得，这已经不是爸爸向造反派的交代，而是上一代向下一代的交代。我现在写这本书，能记得那么多细节，都与爸爸当年的详细叙述有关。爸爸在叙述时，因眼疾要不断地用手帕擦眼泪，但也有可能是真哭。那些旧事，那些辛酸，那些死亡。

妈妈和祖母都在边上。有时她们会突然说出一个短句来纠正爸爸的回忆。

那时节已是深秋，窗外常常响起很大的风声。即便在家里，也已经冷得要抱肩。

一沓沓交代材料丝毫也没有改变爸爸的处境。后来有一个叫赵庸的同事揭发他十四年前为私营企业家说过好话，爸爸辩解说，那话是当时的陈毅市长说的。造反派说，陈毅也要被打倒了。爸爸顺嘴说了一句，对这样的老人不应该“过河拆桥”。

爸爸的话刚落音，造反队里一个戴黑边眼镜的圆脸小个子男青年突然站起来，用尖厉的声音问爸爸：“你这句话，主语是谁？你是说谁对陈毅这样的人不能过河拆桥？”

这个戴黑边眼镜的圆脸小个子男青年经过层层分析，严密地证明：有资格把陈毅这样的大人物当作一座桥可搭可拆的，只能是最高领袖。

因此，爸爸的罪名重了，当即就被关押起来。

好一个“主语”！

当造反派一戴上眼镜，语法也就变成了刑法。

这种“刑法”有一个最大的特点：一个人一关押，“广大人民群众”在一天之内就能提供大量罪证，而且条条都“怵目惊心”。连平日看起来最木讷的老大爷，都能随手扔出好几颗定时炸弹。

妈妈去探望爸爸后回来说，爸爸的问题非常严重，看来已经没救了。至于到底什么问题，造反派不肯说。

爸爸被关押在他们单位的一个小房间里，只有星期天看守人员休息时才被允许回家拿点衣物。

工资停发，每月发二十六元人民币的“生活费”，这是当时全国“被打倒对象”的统一标准。为什么是二十六元？很可能是每天一元，再扣去四个星期天。

当时我家是八口人。祖母、爸爸、妈妈、我、三个弟弟，再加上表妹。用每月二十六元要在上海这样一座城市里养活八口人，将会出现什么情景？首当其冲，当然是极度的饥饿。

妈妈每天都在寻找着家里一切可卖钱的物件。这样的物件不多，主要是她当年的陪嫁。其中有一些，还是外公、外婆结婚时留下的。妈妈知道每件东西的来历，晚上背着祖母，摸着、掂着、捂着，有的还在自己的被窝里放一夜，第二天藏藏掖掖地去了旧货市场。那时候旧货市场的收购价低得难以想象，妈妈常常在那里放下、拿回，再讨价还价好几次。每次都以失败告终，她极其疲惫地走进了食品店。

那一点点食品，放在饭桌上谁也不动。祖母干脆说生了胃病，躺在床上。我怕面对这种情景，尽量赖在学院里不再回家。

这天，一个同学告诉我，我的妈妈找到学院来了。我连忙朝同学指的方向赶去。妈妈连我中学的门也没有进去过，怎么到大学里来了？我有点惊慌。

当时的学院一片混乱，高音喇叭仍然在播放着刺耳的“革命样板戏”，到处都是标语、大字报。这是我天天熟悉的环境，但此刻只想快速穿过，不要让妈妈看到这一切。

路边有一位瘦瘦的老教师站在凳子上示众，口里不断说着“我讽刺，我讽刺……”已经第二天了。我希望妈妈千万不要走过来。

这位老教师姓徐，早年是美国耶鲁大学的留学生，运动一来自然也成了“被打倒对象”，每月领二十六元生活费。那天他突然贴出一张大字报，说对于自己这样需要改造思想的人，一个月发二十六元的生活费实在太高了，根本用不掉，不利于改造。他详细列出了前几个月自己每项生活开销，一算，每月只要十八元。

按照当时的风气，这张大字报一定会引来一个新标准，每月生活费会减为十八元，从我们学院推广到全上海、全中国。幸好，徐先生让造反派嫉妒了。“怎么，他比我们还要革命？”于是，造反派命令他站在自己贴出的那张大字报前，不断地说自己是“讽刺”。

妈妈没有迎过来，她静静地站在一道竹篱下。竹篱上缠着藤蔓，藤蔓下是一排泛黄的青草，青草间有不少很大的鹅卵石，这让人想到家乡。朱家村、余家村的路边，都有这样的竹篱。那年妈妈出嫁，轿子走的就是这样的路。

现在，她一个人站在竹篱边，等着她的儿子。

妈妈见到我的第一句话是：“你没东西吃了，我知道。”说着就把一张早就捏在手里的纸币按在我手上。

我不敢问这钱是卖了什么东西换来的，只把它挡在妈妈手里。妈妈没再推，也没把手缩回，两只手就这样隔着一张纸币握在一起了。

妈妈说，她今天到学院来找我，是因为昨天晚上与祖母商定，只能向安徽的叔叔求援了。

“家里断炊那么多天，不得不开口了。但这信不能我写，由你写，下一辈，方便一些。”妈妈说。

很快她又加了一句："不能让他太着急，你写得委婉一点。"

我说，我很快就写。

妈妈抬起手捋了捋我的头发，说："那我回去了，我实在受不住你们的高音喇叭。前天我到关押你爸爸的隔离室去看他，窗外也全是这个声音。说是样板戏，闹死了！听戏是开心的事，哪有拎着别人的耳朵强灌的？"

我知道，妈妈心中的戏，是她喜欢的越剧《碧玉簪》，是叔叔喜欢的越剧《红楼梦》，更是全村喜欢的黄梅戏《天仙配》。那些清澈神秘的夜晚，悠悠扬扬的声音。

妈妈走了一会儿，我突然想起忘了关照她，千万不要在邻居面前说"样板戏"的长长短短。

妈妈一定不清楚，由极左派扶植的"样板戏"已经不是戏，而是运动的图腾、政治的祭器，不能随便指点。就在妈妈来学院的半个月之前，我的忘年之交、著名戏曲史专家徐扶明先生，好心地从艺术上评说了一句，"样板戏中《红灯记》不错，《海港》不行"，就被一个叫曾远风的文化界同行揭发，说是"攻击样板戏"，立即遭到关押，情景比爸爸还惨。

好在，妈妈没有地方可以议论。自从爸爸出事后，她与邻居不再交往。

隔代之悟

人是脆弱的，平时看来还算本份，但内心一直藏有种种嫉恨，因此当民粹主义的风潮一来就会把所有嫉恨释放成了行动，快速地加入了暴虐的队伍。当这样的队伍日益膨胀，连真正的老实人也疑惑了，反思自己是否跟不上形势。于是，他们也渐渐从无法忍受变得习以为常。

这一节，写到我们家、我们学院、我们中学老师这三个我最熟悉的普通方位，一下子全都陷入绝路，大体已经说明，一场延续十年的运动是怎么起来的。

这场运动从一开始还充满荒诞。曹老师从偷窃烤红薯到司令，孙老师从笼子到造反队，还有那个比极端分子更极端的耶鲁大学留学生，都算得上是喜剧人物。

荒诞，总是真指本质。

二　同一个省

因“样板戏”而入罪的事，上海不止一件，报纸都报道了。大家一看才明白，这场带着“文化”之名的政治运动，现在果真狰狞到了文化。

当时上海的报纸是直接覆盖邻近省份的。安徽，我叔叔所在的安徽，听到风就是雨，比上海更狰狞。

有人揭发，那位主演了电影《天仙配》的黄梅戏演员严凤英，也曾经“攻击样板戏”。严凤英在观看样板戏《沙家浜》时说，这个戏后半部分“太长，有点闷”。就是这短短的评论，引来了同一个剧团演员们的轮番批斗。

她没做任何答辩，吃惊地看着这些天天一起演唱“树上的鸟儿成双对”的小兄弟、小姐妹，不知他们怎么突然变成了这副模样。

几次批斗会后，她看了看院子里密密层层的大字报，回家抽了一堆香烟，然后拿起水杯，吞食了一大把安眠药，自杀了。

造反派断言严凤英的自杀是一种挑战，并由此做出决定，文化艺术界的斗争要进一步深入。

于是，同一个省的另一个黄梅戏剧团的一个“后补右派分子”，我未来的岳父马子林先生，又一次被列为重点批判的对象。

他面临的必将是众目睽睽之下的当街批斗。他只担忧，自己的三个孩子看到父亲被捆绑在大街的高台上受尽污辱，会不会对人世种下太多的仇恨？他与妻子商量很久，决定赶紧把孩子送到一个陌生的农村去，他们认识一个上街来的农民。

孩子们被一辆牛车拉到了一个不近的村庄。最小的一个是女孩，才五岁，好奇地看着一路野花。那些日子，过得又苦，又野，又快乐，只是她一直奇怪：爸爸、妈妈怎么把我们忘了？

这就是我未来的妻子马兰。

十余年后，马兰主演的长篇电视传记片《严凤英》播放时，全中国万人空巷。这是一部迄今为止最彻底地揭露那场运动的影视作品，严凤英自杀前头发飘乱、双眼逼视，穿过屏幕质问着二十年后的山河同胞。这样一部作品很难想象能够被批准播放，但在八十年代却奇迹般地被通过了。

全国观众和专家一次次投票，把全国电视“飞天奖”和“金鹰奖”的最佳女主角奖，授予马兰。

说回去，严凤英去世时，五岁的小女孩马兰并不知道城里的父母在受难。同样，当时的我，也不知道安徽的叔叔在受难。

严凤英、我的岳父、我的叔叔，几乎都是同龄，又在同一个省。

妈妈亲自到学院里来嘱咐我写给叔叔的那封求助信，已飘飘荡荡地向叔叔飞去。家里遭遇大难，现在已经断炊，这会让叔叔多么心焦啊，但那时的叔叔，自己已走投无路。

叔叔所在单位的造反派，也因受到严凤英自杀事件的波及，正在寻找文化艺术方面的“敌人”。可惜那里完全没有这方面的人物，因此就把经常喜欢向年轻人讲述《红楼梦》的叔叔，当作了“疑似敌人”。

这个地区的领导人就是叔叔的老朋友江斯达。当时江斯达还没有被打倒，为了不让造反派把矛头指向自己，也出席了第一次批斗叔叔的会议。后来有人说，江斯达此举，可能还出于对叔叔几年前举报他隐瞒灾情的不满。

这次批斗会的主题是“狠批封建主义大毒草《红楼梦》”。当时，无论是造反派还是江斯达，都不知道毛泽东喜欢《红楼梦》。当然，我叔叔也不知道。

按照惯例，批判一定引来揭发，一个与叔叔同样着迷《红楼梦》的朋友在会上高声揭发，叔叔曾在一次读书会上说到，《红楼梦》的主角贾宝玉与书中写到的一位演员蒋玉菡，可能是同性恋。当时的中国人基本不了解同性恋，断定叔叔在散布下流色情。

叔叔被拉上了一辆垃圾车，挂着牌子游街示众。牌子上写着六个字：“红楼梦，同性恋。”在当时，民众看游街示众是一件乐事，每次都人山人海，一个个踮着脚、伸着脖子，指指点点，像过节一般。

叔叔那天晚上就割脉自杀。那个揭发他的朋友正从窗前走过，发现情况不对，与别人一起破门而入，把叔叔送到医院。抢救回来才三天，叔叔第二次割脉，又被抢救，因此有了第三次割脉。

叔叔是一个血性男子，他让我想到余家先祖，在一片血泊中举起的最后那面旗帜。

当时我写给他的求援信，他没有收到。几天后，他们单位通知了我家。妈妈和祖母决定瞒过我们下一代，两个人坐车去料理后事。

祖母怔怔地看着自己最小儿子的遗体，又横了一眼四周密密麻麻看热闹的人群，拉了拉妈妈的手，要她别再哭下去。

没有人理她们，在一片冷脸中操持完火葬事务，妈妈捧着叔叔的骨灰盒，与祖母一起走在寒风凛冽的江淮平原上。祖母脸色木然地看着路边的蓑草荒村，心想：这就是他的土地。我夜夜做梦都在猜测这片土地的模样，猜测他不愿离开的理由。现在，终于离开了，还是跟着我。

祖母对妈妈说："让我捧一会儿吧。"

祖母还是无泪。她说："我那么多儿女，现在只剩下志敬一个了，千万要让他活下来。"

她们一脚高、一脚低地走到了火车站。

火车开动后，她们从车窗里看到，有一个男人慌忙从月台上跑过来，看着这趟列车，双手拍了一下腿。

祖母说："这个人很像江斯达，他怎么会这样老了？"

“江斯达?”妈妈问，“他跑来干什么?”

后来，马兰听我讲叔叔在安徽自杀的事，每次都心事重重。她觉得应该为叔叔做点事。

“他太孤独了。”马兰说，“这片土地不应该这么对待他。”

就在叔叔去世二十五周年的祭日里，黄梅戏《红楼梦》在安徽隆重首演，产生爆炸般的轰动效应。这出戏获得了全国所有的戏剧最高奖项，在海内外任何一座城市演出时都卷起了旋风。

全剧最后一幕，马兰跪行在台上演唱我写的那一长段唱词时，膝盖磨破，鲜血淋漓，手指拍击得节节红肿，每场演出都是这样。

所有的观众都在流泪、鼓掌，但只有我听得懂她的潜台词：刚烈的长辈，您听到了吗？这儿在演《红楼梦》！

隔代之悟

这一节写到的安徽三个同龄人，互相毫无交往，却扯在一起了——

严凤英只是从专业角度随口说一台戏“太长，有点闷”，便被扣上了“攻击样板戏”的罪名而自杀；自杀被看成是挑战，因此要更严厉地斗争“文艺上的阶级敌人”，我未来的岳父再度遭殃，我的叔叔因热爱《红楼梦》而被迫自尽……

即便仅仅是这几个人的遭遇，起点居然都是样板戏。因此，直到今天，虽然电视上还经常在播出那几台戏，我和妻子是不愿多看一眼的。

当然，这一切也能埋下对抗的种子。

在八年之后，运动还在延续，我却冒险潜入外文书库，开始独自编写《世界戏剧学》，来对抗样板戏专制。

在叔叔去世二十五周年的祭日里，我妻子马兰主演黄梅戏《红楼梦》，一时轰动海内外。

这两件事都做得很大，社会影响更大，可以看作是我们两人对历史的回答。

我们因为一起回答历史而成为夫妻。只要我们还活着，那就要继续回答。

三　那个冬天

叔叔的死亡，使余家的生计失去了最后一个希望。

祖母与妈妈一起，想到爸爸单位去，要求他们看在全家要活下去的分上，多发一点生活费。但她们一去，正遇上批斗爸爸的群众大会。

她们从门缝里看到，爸爸站在台上被一个正在发言的批判者推了一个踉跄，台下所有的人都畅怀大笑。坐在第一排的是爸爸的老朋友们，祖母和妈妈都认识。平常来我家，他们都轻松得像自己家里人一样。但这下让祖母和妈妈吃惊了，因为他们笑得最开心。

“都是奸臣！”祖母在回家的路上气鼓鼓地对妈妈说。这是她一生用过的最坏词汇，是从老戏里看来的。她说：“这几个老朋友，明知我们全家有那么多人，已经活不下去……”

我听妈妈说了这个过程，觉得申请增加生活费的事，应该由我来做。

我打听了一下，爸爸单位的造反派归属于“工总司”，全称“上海市工人造反总司令部”。这个“工总司”可厉害了，几乎已经掌管全上海的各行各业。它的司令叫王洪文，后来高升为中国共产党的副主席。当时“工总司”的成员号称有上百万人，但我家里人一个也不认识。

百般无奈，我只得去找那两位来往较多的中学老同学。他们说，曹老师的那个“红薯造反队”地位太低，领导他们的最高司令部设在上海师范学院。如果疏通了关系，可能与“工总司”说得上话，帮一把我家，每月增加几元生活费。

我想到中学里还有一位不同班的张姓同学考上了上海师范学院，可以找到他问问看，认识不认识司令部的任何一位首领。当时这些首领，其实也是学生。

到了上海师范学院，很快找到了那个张同学。他告诉我，造反司令部今天正在礼堂里召开批判大会，他可以领我去看看。他还说，有一个姓金的首领听起来有点学问，可能与我谈得上话。

那个批判会气势不小，礼堂四周的走廊上都挤满了人。张同学告诉我，他们学院的造反司令部管得了全市十多所大学，因此台上那个女主持人并不是他们学校的。

我抬头一看，台上那个女主持人虽然穿着一身假军装，还戴着军帽，却非常漂亮。漂亮是一种遮盖不住的能量，隔得再远，也能立即感受到。可惜她参加了造反派，看上去还是一个首领。

我所在的戏剧学院由于专业原因，美女云集，但居然没有一个美女是造反派，真是奇怪。后来造反派掌权，她们也只是跟着跑而已。怎么这个美女在这儿破了例？

我带着这个疑问盯着她看了一会儿。她嘴里吐出来的也是流行的豪迈词句，不同的是，她的嗓音并不尖厉，而是用了中音，这就立即使语流显得宽松了。身边的张同学还在向我介绍，这个人是财经学院的造反派首领，学英语的，所以作风比较自由，大家都喜欢听她讲话。

美丽的女主持人讲话不多，她的任务是引出今天批判大会的主角，那个姓金的首领。主持人说他是造反司令部的常委，但说出来的名字听起来很奇怪。我便扭头问张同学："他叫什么？怎么听起来那么特别?"

张同学笑了，说这个人就喜欢玩词汇，这一年改过好几次名字，例如"金立新"、"金一反"、"金掌权"等等，今后还不知会改成什么，所以大家干脆叫他"金万名"。

金万名上台了，戴着塑料眼镜，看上去年龄比高年级学生还大一点。他一开口就说：对于学校里的反动学术权威，我们过去主要批判他们政治上的"反动"，而没有戳穿他们"学术权威"的假象，这种情况到今天结束了。他说，他要从几个文科教授的著作中找出一大堆文史错误，让他们原形毕露。

说着，他一挥右手，大声叫出一个我们以前似乎听到过的名字：魏金枝。一个教授就被推搡着出来，低着头站在台的一角。与此同时，有一个造反派学生搬着一堆书籍、杂志、教材放到讲台上。金万名拿起其中一本，翻到夹着红纸条的地方，开始"咬文嚼字"。每咬几句就举起手来喊口号："魏金枝不学无术！""魏金枝滥竽充数!"

但是，他把"滥竽"的"竽"读成了"竿"，台下一片嘘声。

金万名侧着耳朵听清了下面的叫嚷声，决定不予回答，便厉声勒令魏金枝教授下去。接着，他又大声喊出了另一个要押上台来的教授的名字，我分明听到："余鸿文!"

余鸿文，我家远亲，我祖父和外公的同学，我爸爸妈妈的婚姻介绍人，还是我已故叔叔的《红楼梦》教师，是他吗？今天的批判会是由很多大学联合举办的，他属于哪个大学？

我踮脚看着台角，是他。他走出来的样子，与刚才那位魏教授完全不同，显得很平静。金万名看着他，觉得这神态有问题，却又说不出什么，只是用手指点着他，说声"你——"没说下去。余鸿文先生朝他礼貌地点了点头，等着他的批判。

"你这本《红楼梦讲义》，我翻了翻，至少有一百个问题!"金万名开始了。

"这门课还没有来得及给你们讲。"余鸿文回答道，"什么时候学校复课了，我可以帮你们一一解答。"

"我要你今天就讲清楚!"金万名厉声说。

余鸿文先生说："这门课需要两个学期。你是说，学校今天就开始复课？"

全场一片笑声。很多同学随之起身，会开不下去了。

我连忙往前挤，想找到余鸿文先生，告诉他，我叔叔死了。

但是，人太多，我挤不过去。等到人散光了，我回过头来找领我来的那位张同学，也找不到了。

在剧场门口不远处，我看到有一堆人围着，走近一看，是一批学生围着那位美丽的女主持人。她已经脱掉军帽，知道自己漂亮，不断地左顾右盼，还朝我点了点头。

我也朝她点了点头，站住，想听她在说什么。她对眼前的几个学生说："你们的意见是对的，我作为主持人很抱歉。今天的大会证明，学生造反派已经无法把大批判进行下去了。所以我已经听到消息，工人造反派即将进驻大学。"

说完，她以一个向后撩长发的大动作，捋了捋已经剪短了的头发。她被军装遮盖着的婀娜身材，展现无遗。

这半天让我明白，企图托请高等学校的造反司令部去跟工人造反司令部联系，提高一点爸爸的生活待遇，是一个梦想。像金万名这样的人一旦遇上爸爸单位里戴黑边眼镜的圆脸小个子男青年，爸爸就没有活路了。再说，听那个美丽的女主持人讲，工人造反派很快就会进驻学校。

说时迟那时快，工人造反派真的要进驻大学了。

最早证实这个消息的，居然是很久没见的姨妈和益生哥。

那天他们敲开门，让妈妈和祖母呆了好一会儿。

妈妈伸出手去抓住了自己姐姐的手臂，这是她过去没有做过的动作，而且她的手还在微微颤抖。她怎么能说得清，自上次分手之后，爸爸被关押了，叔叔自杀了，家里断炊了。所谓"恍如隔世"，就是眼前的情景。

姨妈是兴高采烈地进来的，见到妈妈和祖母的神色，连忙问："还好吗？你们还好吗？"

祖母扫了妈妈一眼，说："好，好，来了就好。你们好些日子没来，一下子没回过神来。嘿，益生越长越登样了……"

姨妈这些年，不能提益生哥，不管是别人提还是她自己提，都会神采飞扬地滔滔不绝。她连忙接过祖母的话头："是啊，登样是登样，麻烦也来了。跟着我上一趟南京路，一路上女孩子都在瞄他，我走在后面一个个地看，没有一个配得上他。上海的小姐怎么越来越丑了？昨天他在厂里听说，工人都要去领导大学了，里边有一所上海戏剧学院，正是秋雨的学校。我想，戏剧学院里该有不少像样的女孩子吧，所以今天来问问秋雨，去得去不得。"

姨妈这些年，说话，越来越靠近上海的小市民妇女了。照妈妈和祖母现在的心情，更是听不下去。

益生哥没有考上大学，而且成绩差得很远，这使姨妈非常伤心，曾经到我家来大哭一场。益生哥去年到了上海机床厂当了翻砂工人，照今天姨妈的说法，他要成为工人阶级的一员来领导大学了。

这是真实的黑色幽默。所谓"工人阶级进驻大学"，其实就是前两年的落榜生到工厂转了一圈，踏进校门成了领导人。领导人与被领导人的唯一差别，就是中学里的成绩。

"我妈是说笑。"益生哥看着我说，"我是想问问你，像我这种文化程度不高的人到了你们大学能做什么事呢？"

"领导阶级斗争。"我说。

"那我不能去。"益生哥说，"阶级斗争我最搞不懂。我爸爸一直算是不法资本家，我怎么一年工夫倒成了领导阶级？"

他又问我："到其他大学也一样吗？"

我说："一样。都停课了。"

他说："那我哪个大学也不去了，老老实实在厂里翻砂。"

就在这时，妈妈已经把姨妈拉到一边坐下，把我们家这段时间发生的事简单说了一下。

姨妈一听，腾的一下站了起来，惊叫：“什么？志敬关了，志士没了？”

妈妈和祖母，一人拉一只手，把她按回到椅子上。

姨妈临走，还在妈妈耳边叹了一声：“原来以为你的命运比我好呢，唉！”

姨妈和益生哥来过后不到一星期，工人果然进驻了我们学院。他们打的旗号是“工人毛泽东思想宣传队”，简称“工宣队”。其实“宣传”是假，掌权是真，他们一进来，学生造反派就没权了。

与学生造反派不同，工人掌权者不打人、不骂人，但是极端主义的路线一点儿也没有变，反而用一种平静的行政方式固定下来。被学生造反派“打倒”的教师和干部，本来还心存侥幸，这一下就完全失望了，因为工人掌权者对他们一一成立了“专案组”，开始了冗长的审查。

这些工人让我常常联想到益生哥。他没有到我们学校来，在姨妈看来是少了一条求偶之路，因此我就比较留意这些工人在这方面的动向。让我惊讶的是，男工人对于我们学院表演系的女生还只敢斜眼偷看，而那些从纺织厂来的青年女工对表演系的男生却没有那么矜持，总是死死地直视着，还红着脸，好像马上就要谈婚论嫁。这些青年女工，其实都是由同厂的男朋友带来的。那些男工人一生气，就以更严厉的手段来对付学校里的所有师生了。

那些男工人大多把头梳得很亮，叼着香烟，讲一口带着很多脏字的“上海里弄普通话”，即使在说一些革命字句的时候也是这样。我很想举例引述一句，但实在脏得无法下笔。不管是男工人还是女工人，从服饰到伙食都比学校师生阔气得多。这就是“阶级斗争”理论中的法定主角。

看着这些工人掌权者，我想，人文灾害和自然灾害一样，常常产生于“地球板块的反常移动”。如果这些工人不到大学里来当领导，至多也就是工厂里一群游手好闲的浪荡子，作不了那么多恶。泥沙就是泥沙，扬到天上就成了公害。

让工人来管大学，其实就是否定大学。果然，那些工人宣布，所有的学生都下乡劳动。去多久？回答是一辈子。

从此不用读书了？回答是，农民就是教师。

这是中国自从四千多年以前进入文明社会之后，第一次因为非战争原因而全面废学。中国人历来重视文教传代，这下，家家户户都痛彻心扉。

但是，就在这时，上海的一个话剧团突然上演了一出新编的戏。这出戏，用一串生动的故事证明学校是害人的、文化是坑人的、教育是骗人的，年轻人应该全部到边疆去，那里是比任何家庭都温暖的地方。

这出戏被当时上海造反派中管文化的头目徐景贤看中，下令每个家庭都要观看。

上海的绝大多数家庭都不了解农村，更不了解边疆，看了这出戏，很多家长虽然将信将疑，却也松了眉头。不久之后，孩子们在荒无人烟的窝棚边朝着上海方向哭喊着爸爸、妈妈，再哭骂着那个剧作者的名字。但是，呼啸的大风，把他们的声音全堵住了。

我们家是从乡下来的，当然不相信戏里的胡言乱语，但是并不拒绝下乡，因为在上海已经活不下去了。到农村，总能吃到一口饭。

我们家第一个下乡的是表妹，到安徽的一个茶林场。怎么又是安徽？全家人心里一颤。二十年前叔叔从殡仪馆把她抱回余家的情景谁也没有忘记。叔叔当时曾许诺为了养活她宁肯终身不婚。果然终身不婚，已经死在安徽，而她居然又到安徽去了。

妈妈、祖母，包括还被关押着的爸爸，都把表妹去安徽的事当作大事。好像是在告慰叔叔，全家把能够抠得出来的最后一点点物资，都塞在她简陋的行李中了。

表妹走后，家里更没吃的了。未成年的大弟弟余松雨经一位老师傅的帮助，出海去捕鱼。两个年幼的小弟弟下乡“学农”，家里只剩下了妈妈、祖母和我。我下乡的日子也已经定下，还要过两个月。

但是，这两个月，我又以何为生？妈妈、祖母只能靠大弟弟的捕鱼所得糊口了，但那是极其微薄的，我怎么能去抢这一口？

学院里一位姓王的工人给我介绍了一个去处。说是复旦大学中文系有一位教师要给《文汇报》社写一篇评论俄罗斯戏剧表演理论的文章，但他不懂表演，想请我们学院的徐企平老师提供一点资料。我如果陪着徐老师一起去，说不定能够在报社食堂免费吃饭。

与预期的不同，报社食堂吃饭不能免费。二十岁的我实在熬不过那种要把人逼疯的饥饿，便几次红着脸向徐企平老师、复旦的那位先生和报社的编辑借饭票，我心里知道，这种“借”不知哪一天能偿还，其实是近乎乞讨。复旦那位先生还曾经要我为他的评论文章写一个初稿供他参考，我“借”了人家饭票很难拒绝，但又不会写当时流行的那种批判式字句，因此一拿出来就被“枪毙”了。这是我意料中的，而真正无法对付的是每天的饥饿。因此，一天天扳着指头计算着下乡的日子。

终于熬过了两个月，下乡的日子到了。我到家里与妈妈、祖母告别，祖母拉着我说了一段话。这段话，使我霍地站起身来，对这位已经七十六岁的老长辈看了又看。

祖母说：“既然都下乡了，为什么不回自己家乡？你爸爸以后放出来，也不会有像样的工作了，干脆都回去一起务农。上海是来错了，算是绕了一圈，我再带回去。”

她又说：“可惜家乡的老屋太旧了，住不得人。我先回去张罗张罗。凭这张老脸，请村里的后生补砖、添瓦、换梁、塞漏。这事有点急了，但现在家里拿不出钱买火车票。要是再年轻一点，我走都走去了。”

我连忙对祖母说：“再等几天。听说我们到农场劳动，会发几个钱。我只要拿到一点，就立马寄过来，给您买火车票。”

整个谈话，妈妈都没有搭腔，两眼看着窗外。这时她突然转过身来，叫了声祖母“姆妈”，说：“那年我们结婚，您特地陪我到乡下去住，一住就是十年。这次志敬还被关着，我不能陪您到乡下住了。您，一个人，没有钱，七十六岁……”

妈妈是想忍住不哭的，但哪里忍得住。没有大声，只是呜咽着，整个后背都在抽动。

祖母抚着她的背，我也过去按着她的肩。只是我自己也站不住了，抽出一只手捂着嘴。

三个人，只有祖母稳稳地站着，却不再说话。

我知道，这么冷的天下乡，至少要准备一身厚一点的棉衣、一双橡胶底的棉鞋。自从表妹下乡后，家里连一个小棉团都找不到了，但妈妈还在无数次重复地翻找。

那天我把自己喜欢的两摞书捆了起来，妈妈按住我的手说：“这不能卖，我再想别的办法。”

祖母走过来说：“不卖就买不来棉袄。要读书的人，总会有书。”她又转过头来关照我，“你再挑挑，留下几本吧。”

我挑了几本留下，还是捆了两摞送到废品回收站去了。称书的是位老大爷，瞄了我一眼，问：“下乡？”我点头，他称完说：“二元八角。”随手递给我三元，还捂了捂我的手。

听说八仙桥一带有便宜的衣物卖，就匆匆赶去。问了几家，我既要买棉袄，又要买棉鞋，最便宜的也要四元。那天正下雨，上海冬天的雨，最让人受不了，湿黏黏地渗透到骨头缝中，浑身存不下一丝热气。我在冷雨中从八仙桥往西走，希望能找到一家更便宜的，但是，一直走到徐家汇，还是没有找到。

徐家汇有一家第六百货商店，门口挂着油腻腻的黑色棉帘子。我已经走得很累，心想这是最后一家，如果还是买不到，只能到了农场再说了。

撩帘进去，找到卖棉衣的柜台，正想弯下腰来看标价，一个女营业员就冲着我叫了一声："啊呀，你都淋湿了，要感冒的，赶快擦一擦！"说着递过来一条干毛巾。我接过干毛巾，说声谢谢，便抬起头来看她。

她比我妈妈稍微年轻一点，一脸平静，就像庙里观音菩萨的雕像。"下乡？"她也只问我两个字。

简短有一种奇怪的力量，我立即对她说："我只有三元钱，想买一套厚棉袄和一双橡胶底棉鞋。"

她微微皱了一下眉头，想了一会儿。突然她问："工厂的野外工作服可以吗？是次品，我给你配。"没等我回答，她就转身去了仓库。

那天傍晚我提着不小的衣包离开时，还几次回头。记住了，冷雨中的徐家汇第六百货商店，那油腻腻的黑色棉帘子。

一个不知名的营业员，无意中救了一个处于绝境中的大学生。

一切仁慈都有后续。试想，既然有第六百货商店，当然还有其他标有"第几"、"第几"的号码商店，上海至少有十几家吧，后来都到哪里去了？只有它还在，扩展成了徐家汇商城。

隔代之悟

历史的阴霾会让一个年轻人提早成熟。尤其是，当他发现自己作为大儿子，已经要对全家的衣食负责。

但是，历史的阴霾还有更怪异的安排，那就是把他与全家硬生生拆开。

这个提早成熟的年轻人，这个要对全家衣食负责却又被迫与全家拆开的年轻人，就是我。

一个提早成熟的人，也就会提早拥有冷峻的目光。我自从肩上有了压力，对外部世界也就更加警惕、更加敏感。妈妈、祖母看到昔日的朋友们斗争爸爸时的开心表情，上海师范学院造反派对教授“咬文嚼字”的景象，工人宣传队男男女女“进驻”大学后的作为，都被我看在眼里了。

当然，也正是在绝对困厄之中，最能领略人格光辉。例如，祖母七十六岁高龄独自回乡前对于余家前程的构想，就让我感佩不已。

同时，对于偶然相遇的善良，也会长记不忘。例如，第六百货商店那位拿着干毛巾让淋湿的我擦一下的阿姨，也使我常常想起。改革开放后这家商店改制，我毫无目的地用稿酬投资，就与那个雨中记忆有关。

那个冬天，发生了太多的事，是我在凄风苦雨中迈出的人生大台阶。我去农场的时候，尽管闹心的事情一件也没有解决，但我的步子已经迈得比较平稳。

四　裸体

我们到农场那天，正下大雪。我小时候在农村都没有碰到过这么大的雪，看不见房，看不见树，看不见路，只是一天一地的白色旋涡。原以为看不见的东西是被大雪盖住了，等到在旋涡里挣扎了很久才发现，其实地上真的没有房，没有树，也没有路。

终于走到了大地的尽头，前面是一个冰封的湖。湖边有一些芦苇，我们要在芦苇荡边搭建自己的宿舍。

没有砖瓦，只用泥土一方方夯紧，垒墙，盖上稻草，算是房了。然后每人分四根竹子往泥地上扎，到扎不下去的时候就在上面搁一块木板，这便是床。

两个军人指挥着这一切，这里是军垦农场。

搭建了宿舍，军人宣布，我们的任务是砸冰跳到水里去，挖起湖底的泥，一点点垒堰，日积月累，在湖中开出一个新的农场来。而且，说干就干，立即跳下去。冻僵的脚在水底被芦苇根割得鲜血直冒，都没有感觉。

从水里上岸，还是一片滑溜溜的污泥塘。大家不断摔跤，爬起来又摔。就在这时，我脚下的奇迹出现了：只有我，稳稳地走着，不摔跤，还可以去搀扶这个，拉拽那个。一开始连我自己也有点吃惊，但立即就明白了，这是童年的历练，幼功未废。

我正是在这样的泥路上赤脚长大的。不是家里没有鞋，只是太享受赤脚在泥塘里滑溜的痛快。没想到那么多年过去，家乡和童年，还被我带在脚下。我由于有这点本事，立即在“难友”间建立了威信。

农场给我们每个人发了一点钱，可以购买一些日用品。我一拿到，就立即全数寄回上海，祖母应该已经买了火车票回到家乡。

我猜得出她要做的第一件事，一定是拉一个邻居小孩陪着，到吴石岭去上坟。那儿，有她的老伴，我的祖父，还有她的一堆孩子，包括不久前去世的叔叔。

“集合，集合！”这是管我们的排长在喊。他姓陈，一个朴实的军人，与我们已经很熟。他说，来了一个副营级的年轻军官，要对我们这些大学生训话。

我们在坑坑洼洼的泥地上排好队，那个瘦精精的年轻军官踱着步子站到一个泥堆上。他板着脸，压低了嗓门说：“大学生，没什么了不起。请诚实回答，你们蠢不蠢？”

一片沉默。

“我再问一遍：你们蠢不蠢？”

“蠢——”大家懒洋洋地拖着音，不知道他在玩什么幽默花招。

他来劲了，再问一句："你们傻不傻?"

"傻!"大家突然明白该怎么回答了，喊得回肠荡气，像是在高声欢呼。

"那好，"他得意地宣布结论了，"你们现在要全体脱裤子——"他故意在这儿停顿，双目炯炯地扫视了大家一遍，男女同学面面相觑。幸好他终于说完了全句："割尾巴！割小资产阶级的尾巴！正是这条尾巴，让你们又蠢又傻!"

他说完就转身走了，步态矜持而快速。大家立即笑成一团，包括陈排长。

大家打听，这个军官姓什么。陈排长说，好像姓齐，因为是副营级，大家都叫他"齐营副"，名字搞不清。

这事当天就被罗股长知道了。罗股长是正营级，即刻勃然大怒，当着我们的面说："什么东西，敢到我这里来敲锣卖糖！成天骗人家说自己是大学生，现在一见到真的大学生，就来训话过过瘾。还当着女学生的面说什么脱裤子，我哪天非派几个战士真把他的裤子脱掉不可，拖到这里叫他示范!"

大家笑眯眯地看着罗股长，觉得他真做得出来。罗股长扭头对陈排长说："别受他干扰。今天倒有正事，上级来通知，收缴大学生行李中一切不符合毛泽东思想的书。明天就办。"

这是一个晴天霹雳。我们下乡，知道是一辈子的事，都带了一些书，防止自己真的成了农民。这些书，有哪一本符合当时的政治标准呢？第二天，两只装满书的水泥船离开农场要到县城去焚毁的时候，大家都在水边默站着，就像送别自己的灵柩。

后来知道，每个人都想方设法为自己留下了一两本。我看到陈排长嗜烟如命，就向一位抽烟的同学借了一包烟，塞给他，顺便也就留下了一部丁福保编的《全汉三国晋南北朝诗》和一部黑格尔的《历史哲学》。这两本书，正是那天我到废品回收站去卖书前，按照祖母的指令留下来的。

陈排长把那包香烟塞进口袋，紧张地拿起这两部书胡乱地翻看了一会儿，便问："里边有没有反对毛主席的话？"

我说，没有。

"有没有反对林彪副主席的？"

我说，没有。

"有没有反对解放军的？"

我说，没有。

"你保证？"

我说，我保证。

农活，没有一个季节有空闲。我的肩，一直血肉模糊，因为天天有重担在磨，愈合不了。

但是农活也有一个好处，那就是一旦下手就牵肠挂肚。天天去看秧芽活了没有，禾苗站住没有，水沟渗漏没有。过一阵，又去看稻子抽穗没有，穗子饱了没有……为了这个，还要朝朝观云，夜夜听风，像是着了魔，差一点把外面的政治运动忘了。有时，把家里的伤心事也忘了。

终于到了潮汛季节，农场的堤坝受到了严重威胁。那天傍晚传来警报，东北段的堤坝已经出现险情。我一听大事不好，立即招呼二十几个伙伴飞速跑去，到了那儿正遇到决口。这一决口，整个农场都会淹水，我们所有的劳动全泡了汤。

我二话不说就纵身跳进水里，二十几个伙伴一起跟着跳了下来，我们紧紧地挽着肩膀，用身体堵坝，不让决口扩大，一直等到部队和农民赶来。我们被拉上岸来的时候已经冻僵，被送到宿舍后，一个叫沈立民的盲人伙伴，用双手把我们的身子一一按摩回暖。

我在身子暖过来之后躺在床上，突然对于自己纵身堵坝的行为产生了后怕。倒不是怕死，灾难年月大家对生命看得不重。我怕的是，一旦自己出事，爸爸、妈妈、祖母和弟弟怎么办？

由于这件事，农场认为我们是“英雄”，正逐级上报，准备颁奖。与报纸上经常宣传的英雄相比，我们的动机、动作和效果都与他们差不多。唯一的区别是我们还活着。

就在这个时候，从刚刚修复的堤坝上开来了一辆吉普车。我以为是报社记者来采访“英雄事迹”了，但很快发现不太像。

还没有来得及打听，它又开走了，却抓走了一个学生。两天后，又来了一辆吉普车，又抓走一个学生。

两个被抓走的学生，原来都是学生造反派的首领。这些天，还有不少上海工人乘长途汽车到县城，然后一批批朝农场赶来，他们也是来审查学生造反派的。

学生造反派，本来在学校里是我们的对头，但到农场后天天一起劳动，早已没有对立，成了朋友。想想也是，他们当时“造反”，只是响应上级号召罢了。我们不接受他们，也只是不理解上级号召罢了。现在上海的工人掌权者要大规模地整治他们，我们的立场立即站到了他们一边。更何况，与我一起跳到洪水里去以身堵坝的二十几名伙伴中，有十个是原来的造反派。我们早已“生死与共”。

突然传来消息，三连正在审查的一个学生造反派首领，跳水自杀了。

死者是女生，审查她的是上海财经学院的一个工宣队员，农场方面就让那个“齐营副”配合。他们两人一星期来天天轮流找她谈话，结果给谈死了。各连学生一听说，义愤填膺又同病相怜，立即就赶到了三连。

出了人命，罗股长显然急了。他用手指着“齐营副”和那个上海来的工人，厉声问：“你们说，到底查出了她什么问题?”

那个工人支支吾吾地说：“只说她在造反派中被人家叫外交部长，有向政府夺权的嫌疑……”

边上的学生立即大喊：“这是同学间开玩笑，他们上纲上线!”

罗股长立即明白是怎么回事了，铁青着脸上前一步，说：“我还被老战友叫过总统呢，你来抓吧!”

正在这时，一个胖军医从挂在一角的草帘子里出来，说：“所有的男性都走开十米，转过身去，留下四个女同学帮她换衣服!”

我们立即转过身去，走开几步，站住。女生不是留下四个，而是拥挤着一个也没有走。

她们很快自动地围成了一个圈，组成了一堵人墙。这人墙很厚，有好几层，密密层层地护卫着自己的伙伴，最后一次更衣。

更衣的过程很长，大家屏息静候。

终于，胖军医的声音从脑后传来："大家可以转过身来了。现在要有四名男生与我一起，摇船把她送到县城。"

那位已经停止呼吸的女同学躺在担架上，头面干净，衣着体面。她非常漂亮，直到此刻，表情也没有任何异样。但我觉得她的脸在哪儿见过。对，一定见过，让我想一想……她，她不就是在上海师范学院那个大会上的女主持人吗？

什么都想起来了，女中音，用大动作撩头发，还朝我点了点头。正是她，宣布工人造反派即将进驻大学，而置她于死地的，正是这些进驻者。

此刻，她显得比那天还漂亮，我知道原因。那天她穿的是没有腰身的军装，而今天换上的，是一身最合身也最普通的上海女装。她这一身，把周围所有女生宽大而破旧的劳动服全比下去了。女生们早已忘记了自己也有这样的服装，今天由她一穿，都惊醒了。

我想，刚才女生围着她更衣的时候，还曾被她的肤体惊醒。突然全裸在姐妹们面前的银白色，更是一面镜子，映出了生命的真相。

担架上了船，很快解缆启橹。岸上的男女同学都在岸边跟着船跑，却没有任何杂音。

从第二天开始，罗股长派人调查女学生自杀的具体原因，上海财经学院的那个工人和农场里的"齐营副"，老老实实地接受一遍遍询问。

据他们两人说，这个女学生，由于经常主持大会，出头露面，拥有大量追求者，在上海高校造反派首领中就有五人。这次，他们每个人都“揭发”了她。

对于她的死因，那个工人和“齐营副”都说不明白。三连的同学们说，他们两人也有疑点。那个工人到农场后一见她那么漂亮，眼睛都直了，谈话时只问她与那几个追求者的关系，问得越来越细致，越来越下流，有两个同学偷听到了。至于那个“齐营副”，白天轮不到他，只能在晚上把她带到大堤边，迎着月光坐在土堆上，不知谈了些什么。

这情景我一想便知。很多剧团动手打那些女演员的，主要是暗恋她们的人。批判某位作家的，多数是这位作家的崇拜者。半是追慕半是破坏，通过损害来亲近心中的偶像。

人间的多数灾难，出自非分之爱。

这个女同学一死，整个农场很久没有回过神来。

“那裸体……”女生们一遍遍回忆着。

“那裸体……”男生们一遍遍幻想着。

男生宿舍里，开始讲一些奇怪的故事，听下来，都与裸体有点关系。

我讲的故事是真实的。后来看到有人写过类似的小说，不知是巧合，还是传出去了。

一个极其炎热的夏天，一个离我们农场不远的小镇。一位刚过门不久的少妇在屋子里洗澡，很多窗户里的眼睛在偷看。这在居住拥挤的小镇夏日，是天天发生的事。那年月家家都没有浴室，也不习惯装窗帘，不看人家洗澡还能看什么？但这位少妇实在是过于妖娆了，她丈夫才特地装了个窗帘。

这天，少妇已经从木桶里站了起来，慢慢地擦干了身子，一转身发现没拉窗帘便轻轻地惊叫了一声。隔壁的丈夫听到叫声走进屋子，对窗的偷看者都躲过了身子，只有一个小学教师，还在发傻。

本来这只是一个最小的笑话，但当时小镇的“运动”也开始了，正找不到斗争对象，刚刚也在偷看的几个人就站出来，与那个丈夫一起，把小学教师当作了“坏分子”，拉到街边示众。这几个人，也顺便算成了小镇的造反派。

小学教师不知所措地站在那里，四周有很多人围着，问长问短。

“不怪他，是我自己没拉窗帘！”那个少妇突然出现了。她带来了一大罐子水给小学老师喝，还拿起一把芭蕉扇，为他打扇。

这情景一时引起轰动，半个小镇的人都挤过来看。少妇的丈夫十分生气，要拉少妇回家，两人当众发生了激烈争吵。

连续送了几天水，打了几天扇，吵了几天架，结果是离婚。

几乎全镇的人都觉得，这位少妇应该与小学教师结婚。

少妇去找了那几个与自己前夫一起造反的男人，说：“我与小学教师结婚后，总不该再叫他坏分子了吧？天下哪有偷看妻子洗澡而成为坏分子的？”

那几个男子说：“还是坏分子。因为他偷看时，你们还没有结婚。”

结婚之后，这位少妇成了“坏分子家属”。她的这一身份的全称是：一个偷看过老婆洗澡的坏分子的臭老婆。

但是，这对新婚夫妇过得很好，天天形影不离地从街上走过。妻子叫丈夫“坏分子”，丈夫叫妻子“臭老婆”。叫久了又嫌长，一个叫一声“坏——”一个叫一声“臭——”在大庭广众下互相招呼，格外亲热。

街上的老人看着他们说：“只要是漂亮人，什么帽子戴在头上都好看。”

“你这个裸体太保守了。”同宿舍的一个男同学听完了我的讲述，笑了一声，“我的裸体事件壮观极了，是我在云南农村的同学写信来说的。”

他说，上海的一批青年学生到了云南山区后，一个个分散住在山民家里，日子过得非常艰难，又非常寂寞。好像男生只能娶那家山民的女儿，女生只能嫁那家山民的儿子，至多在自己的小村庄里寻找，除此之外山高路远。更麻烦的是，按照农村的习惯，他们都已到了婚嫁的年龄，不能再等了。就在这时，县里突然召开了一次“上海知识青年大会”，一切都改变了。

每个青年学生都是赶了很远的山路才到达县城的。县里的干部在会上说什么，他们一句也没有听进去，男同学都热辣辣地看着女同学，女同学都热辣辣地看着男同学。

开完会，谁也没有回到山民家里，整个儿集体失踪。县里以为他们偷偷回了上海，派人到上海一家家找，也不见影子。周围一切可疑的地方全找遍了，都不见踪影。

直到半年后，一个猎人说，在一座荒山的半山腰里，飘出了炊烟。那座荒山过去安扎过土匪营寨，只有一条险道能上，现在已被巨石堵死。

县里派出民兵前去侦探，连续三次都没有上去，直到第四次增加人手才把那方巨石移开。

民兵是轻手轻脚一步步摸上去的，到了上面只见一块不小的平地，种了庄稼，养了鸡鸭，却不见人。悄悄地走近一所仓库一样的房子，从门缝里一看，都呆住了：几十个男女青年，都彻底裸露，白生生的，在里边欢乐。

“确实壮观！”男生们听了一致叫好。

就在这时，一个刚刚出去上厕所的同学回来了。他一进门就把食指搁在自己的嘴唇前，要大家不要再高声。接着，他指了指门口，又用手掌轻轻地贴了贴耳朵，表示外面有人在偷听。

几个男生说：“听故事就进来吧，别鬼鬼祟祟！”

那个刚进来的男生告诉大家，在外面偷听的，是“齐营副”。

听说是他，两个男生追出去。但是，只看到快步离开的背影。

大家说，他一定去汇报了，明天我们会挨批评。

但是，第二天我们没有挨批评。中国发生了一件大事，半夜紧急传达文件，全体军人都到师部开会去了。

这就是发生在一九七一年九月十三日的林彪事件。

虽然听起来疑窦重重，但连傻瓜也知道，这件事情有多么重大。

我对政治素来毫无兴趣，但这天晚上却和同学们坐在农场田埂上谈开了。中心话题是：出了这个事件，年迈的领袖一定气坏了。当年发动这场“运动”，就是为了让林彪取代刘少奇，成为第二号人物。现在一出事，第二号人物已经变成周恩来，周恩来这人看起来比较温和，他会赞成全国继续废学停课，让我们一直待在农村吗？而且，“运动”还搞得下去吗？

最粗糙的判断有时是最准确的。我们很快接到通知：全部回上海，一天也不能停留！

军人们快速调集来一批船只，排列在河道口。我们在一个场地集合，回头看看农场。这里的一切都是我们亲手打造的，哪怕是一根木桩、一片竹林、一条小沟。这个农场会留给谁呢？不知道。

突然记起，这个集合的场地，正是那次“齐营副”问我们傻不傻、要我们脱裤子的地方。抬头一看，今天“齐营副”恰好也在，像当年一样，踱着步子。一个同学冲着他高声喊：“齐营副，要不要和我们一起到上海去？”只见他像是完全没听见，依旧深沉地踱着步。

上船了。就在这里，两船要去焚烧的书籍，一位要去焚烧的女生，逶迤远去。今天，我们所有的人都走了。

船到一处，再步行很久，去赶火车。快如行军般地回到上海，却没有任何机会通知家里。

家，很久没见的家，怎么样了？

家里只剩下了妈妈一人，但我不知道她在不在。傍晚时分进的门，我小心翼翼地踩踏着一级级楼梯，不知道该响一点，还是该轻一点。响了会吓着她，轻了也会吓着她。

我以前走这个楼梯，从来不用去抓两边的扶手，“噔、噔、噔”，就上下了。但今天为了放轻脚步，背上又有行李，就伸手去抓扶手。刚一摸上去，就觉得上面有一层灰尘。

妈妈是一个勤快的人，以前经常会擦拭楼梯扶手，现在肯定很久没擦了。我立即就猜出了原因：一擦就有等待，她已经关闭等待。

我抓着扶手走了几级，一抬头，看到一个不可思议的景象：家里那张八仙桌，四周无人，却在自己移动！

我停住脚步，定睛再看，桌子还在移动。

连忙跨上两步，终于看清，却又惊讶得说不出话来。原来妈妈钻在桌子底下，用肩膀驮着桌子在挪步。

桌上搁了好几碟蔬菜，还有小小的烛台和香炉。原来她是在独个儿祭拜余家祖宗。她想把桌子移到阳台门前，没有人帮她，只能采取这个办法。

妈妈算得上一个现代知识妇女，过去对祭拜的事并不热心，只是跟着祖母在做。但现在余家只剩下她一个人在守门，她扛起了修补余家香火的祈愿。

我怕吓着妈妈，没有立即上前帮忙。妈妈把桌子放稳了，正要低头钻出来，却看到了我泥渍斑斑的脚。

她惊叫一声，抬起头来。

我伸出双手弯下腰去，却不知怎么跪了下来。

妈妈！

那场政治运动也有它的哲学形态。

大致上，可分为低级形态和升级形态。

低级形态的主要特征是冲冲杀杀，口号是“横扫一切牛鬼蛇神”、“砸烂整个旧世界”、“老朽滚蛋”。至于什么叫“牛鬼蛇神”，什么叫“旧世界”，完全没有定义，没有范围，重点在于“一切”和“整个”，也就是见到什么就是什么，立即动手。只有“老朽”划了一条界线，那就是四十岁。但这一划就产生了麻烦，因为把这群“小将”的衣食父母也包罗进去了。

真正值得关注的是升级形态。主要特征是全国停课、废学，彻底否定此前的一切教育。口号是“上山下乡”、“接受贫下中农再教育”。

为什么说它们是“哲学形态”呢？因为低级形态是否定秩序，升级形态是否定文化。这两种否定思维，是一切暴行的起点。

开始在否定秩序的时候，很多学生都成了造反派；但是一到否定文化的时候，这些学生也受害了。这一节写到的那位美丽女学生的离世，就是典型的例证。

不知道今后世界上还有哪个地方会如此系统地来否定秩序和文化。我竟然碰上了，虽然当时天天惊愕，但过后又觉得是千载难逢的深刻体验。

其中，有一个体验曾经让我大惑不解，后来便上升为一个痛苦的判断。那就是：中国文化源远流长，但是，当文化遇到危难的时候，广大民众都不懂得保护。我在这一节写到的进驻大学的工人，以及这一节写到的农场里的军人，都不是坏人，但他们在践踏和嘲谑文化时都显得从容自如。其实自古以来都有类似的现象。为什么会如此？原因非常复杂，我在《雨夜短文》中有一篇《他们的共性》，稍有涉及。

当青年学生身上所有的文化向往全被剥夺，剩下的，只有赤裸的生命了。赤裸的生命自有另一番逻辑，而且由于年轻，这种逻辑相当强大，构成了一种历史性的反讽。

在这种反讽面前，再大的负面力量也会蓦然一惊，自惭形秽。

反讽，是人性的特殊体现形式。

后代读者也许不太容易读懂这些章节，那就请读得慢一点。看似简略的文字，聚集着太多难言的唏嘘。

五　稍稍打开的窗

当天晚上就知道了，我在农场期间，爸爸单位的造反派已经下台，一些老干部在掌权，但他的问题还没有得到解决。爸爸平时可以回家，一有“风吹草动”，还要去单位报到，接受关押。

现在掌权的老干部，在运动初期也是与爸爸一起被“打倒”的。为什么他们没事了，爸爸还有事？到底什么事？

我怕触动爸爸的伤心处，没敢问。

过了两天我试探性地问爸爸：“什么叫‘风吹草动’？”

爸爸说：“不大清楚，好像是指外面的阶级斗争形势。”

我顺手拿起桌上的一张报纸，说：“现在外面的阶级斗争形势是，连美国总统尼克松都要来了！”

尼克松是一九七二年二月下旬到上海的，周恩来要与他在锦江饭店谈判，他的车队从西郊宾馆出发，要经过南京路。

那天我回家，看到爸爸、妈妈都准备出门。

尼克松的来到，就是爸爸上次所说的“风吹草动”，而且是大吹大动。爸爸作为被审查对象，有破坏嫌疑，必须到单位关押。这对他来说早已不用做什么准备，心情轻松地坐在一边等妈妈。他单位正好在南京路，可以与妈妈一起走。

妈妈为什么要去南京路？是为了站在沿街的窗口欢迎尼克松。这不是出于对他们的信任，而是看上了他们对南京路沿街住户的陌生，因陌生而构成安全制衡。

我问妈妈："上级对你们提过什么要求吗？"

妈妈说："规定了，三分之二的窗关闭，三分之一的窗打开。我幸好被分在关闭的窗里。"

我问："为什么说幸好？"

妈妈说："打开的窗子里要挥手，很麻烦。规定了，不能把手伸出去大挥大摇，因为他们是帝国主义；也不能不挥，因为他们是毛主席的客人。"

"那怎么挥？"爸爸好奇地问。

妈妈说："居民委员会主任已经做过示范。不伸手臂，只伸手掌，小幅度地慢慢摇摆。面部表情不能铁板，也不能高兴，而是微笑。"

爸爸按照这个标准练习起来。妈妈说："你不用练，你的窗户一定关闭。"

正说着，阳台下有人喊妈妈。我伸头一看，下面很多中老年妇女已经集合，中间还夹杂了一些老年男人。

爸爸、妈妈下楼了。我在阳台上听到居民小组长在说："你们两个都去？太好了，我们正愁人数不够。"

爸爸说："我还有别的事，只是顺路。"

我暗笑，"别的事"，就是去关押。

在爸爸、妈妈的窗口下经过的尼克松，与周恩来签署了《中美联合公报》。随之，中国又要恢复联合国的席位。整个局势转眼间就发生了重大改变。

后来才知道，周恩来在尼克松访华前就在上海下令，为了应对重返联合国和推进中美关系的紧迫人才需要，大学应该复课，教师应该回校编教材、编学报、编词典。

大学中文系的教材最容易受到极左派指责，按照当时的主流意识，只能用“革命样板戏”和毛泽东诗文做教材，但周恩来决定，先以鲁迅的作品为教材。因为鲁迅是真正的文学家，经由他，可以兼及现代文学、古典文学和外国文学的各种文体。同时，周恩来还考虑到，鲁迅是毛泽东肯定过的，先用他的作品做中文教材，极左派虽然不高兴，却也不便反对。

这件事，就与我有点关系了。

周恩来指示成立的鲁迅教材编写组设在复旦大学的一个学生宿舍，由上海各文科高校的教师组成。我受学校的指派去参与，但分到的事情很少，只注释了鲁迅的两篇小说，写了鲁迅在广州几个月的事迹，三天就做完了。我自己要编的，是一部极有可能引来祸殃的秘密教材，那就是直接对抗“革命样板戏”专制的《世界戏剧学》。前面已经提到，很多艺术家只是对当时那几个戏提了一句半句温和的艺术建议，就面临死亡或身陷囹圄，我决定拼将最大的勇气，以一部权威性的国际教材来发起“一个人的起义”。这等于颠覆了当时极左派们的文化图腾，意义重大。这事我在上海戏剧学院已经着手，通过一个熟人潜入外文书库，边译边写。但那儿资料毕竟太少，而刚刚重新开放的复旦图书馆则好得多了。正是在复旦图书馆，我把《世界戏剧学》要论及的国家，从八个增加到十三个，堪称完整了。

我当时无法想象这部书能出版，因此，直到今天我还在为青年时代的自己深感骄傲。

在复旦大学，我看到，几乎所有的教师都立即手忙脚乱地抢时间，要把损失的几年补回来。他们当时所写、所讲的内容，还比较粗糙，来不及筛去时代的杂质。可理解的是，这是在救急，就像救灾的米麦中夹带着杂质一样。

我由于前几年已经彻底绝望，因此面对这样的大转折，走在校园里一次次眼眶湿润，心里总重复着四个字："天佑中华。"

我这个人一直对高层人事缺少了解，但对于在灾难中恢复教育文化的周恩来，却是佩服。因为如果他不在一九七一年就开始做这件事，中国教育文化的精气神难免散尽，再收拾就不容易了。我曾说，为什么后来恢复高考时所有的大学都有能力立即开课？因为周恩来在五年前就已经开始做准备。

但是，这么重大的壮举，在极左的造反派看来是"右倾翻案"，必须"反击"。这使编教材的教师们又紧张起来了，因为复旦中文系也有这样一个人。我却不太在意，心想，什么都经历过了，还有什么好怕的？

就在这时，我爸爸得了重病。急性肝炎并发糖尿病、高血压，已从关押处转到医院，医院连续发出六次病危通知。

医院里的爸爸，脸色萎黄，骨瘦如柴，看到我，居然满眼抱歉。他的意思是，带着那么多麻烦没有解决，却要离世而去，要把整副家庭重担撂给我这个还没有工作的大儿子身上了。

爸爸看来已经凶多吉少，没想到，一位叫姚鸿光的医生用中西医结合的实验，救了他一命。

我的几个弟弟都在农村和渔船上艰苦劳作，只能由我陪妈妈到医院照顾爸爸。

因此，我暂时停止《世界戏剧学》的编写，与妈妈轮替着去医院。爸爸的病情，似乎在一点点好起来。我觉得这是天大的侥幸。

就在这时，我突然听到，医院附近有一家创办不久的文学杂志《朝霞》，遇到了大麻烦。

这家文学杂志等级很低，堪称蹩脚，却有一篇小说被认为有讽刺"工总司"之嫌。这可不得了，"工总司"司令王洪文在林彪事件后已跃升为中国的第三号人物，这使他在上海造反时的小兄弟骄纵万分。"谁敢讽刺我们？"他们二话不说冲到《朝霞》编辑部，横七竖八地贴了大量威胁标语，说如果不立即认罪就要来"捣烂"、"踏平"、"血洗"。

我去看了一眼编辑部，在树林般的飘飘纸幡下，那些编辑被吓得面无人色，不知道该怎么办。

"又是工总司！"我想，爸爸被他们折腾了那么多年我都找不到他们，他们竟到这里来撒野了。第二天我离开爸爸病房后就去找了当时被称为"写作组"的文教管理部门，那家杂志应该也是由他们管的。

谁知他们那里更加惶恐，原本联系《朝霞》的一位陈女士已经逃走，不知躲到哪里去了。他们看出了我对工总司的厌恶，就说："我们的人不能去了，你方便，去看看工总司的动静，好吗？"

我说："早就想会会他们了！"

我去了编辑部，避过两个号称"工人作家"的疑似"工总司"坐探，与其他编辑一起想了一个办法：找几十名工农业余作者，满满地挤在编辑部楼梯口的那间大房间，听我的文学讲座。这样，工总司如果来动武就有困难了。

但是，"工总司"如果真来动武，我还是非常危险。他们一定会把我抓走，然后查出我爸爸是被他们打倒的对象，后果有点严重。因此，那些天，我真正算得上大胆。门口有了较大的响动，我心一哆嗦，然后吸一口气，继续讲。

后来，据说王洪文在北京遇到更高层的矛盾，不希望上海的兄弟再折腾这等小事，危机过去了。那个先前躲起来了的陈女士重新高调出现，我又回到了爸爸的病床边。

这期间，外面的政治形势发生了重大变化。一场名为"反击右倾翻案风"的政治批判运动又在全国掀起。

当时周恩来总理已经病危，"反击"的对象是他的助手邓小平，因此又叫"批邓"。这场运动直接关系到中国的政治接班，可谓生死予夺。因此全国一片肃杀之气，任何人都必须参加，谁也不能对抗。

正在这时，传来了周恩来去世的消息，上海的当权者生怕干扰"反击右倾翻案风"，禁止一切悼念活动。我一听很愤怒，便拉着一位与我一样愤怒的赵纪锁先生，立即组织了一个隆重的追悼会，由我主持。

这可能是当时全上海唯一的追悼会，已经受到“工总司”的密切关注。几天后，一个曾经一起编教材的“工总司”辅导员，姓孙，前来“探望”；第二天，上海戏剧学院戏剧文学系的一个政治干部，姓周，也来“探望”。他们本来与我没有交往，不存在“探望”的理由，而且来了之后神情诡谲，都假装随意地问起召开周恩来追悼会的事，打听参加者的名单。我知道情况有异，当天晚上，快速逃离。

好不容易通过一个熟人，找到了一个仅能容身的小窝棚。直到弟弟送来一封信，说我早年的老师盛钟健先生要到上海来看我。

盛钟健老师弯着腰看了看我的小窝棚，又用手按了按那张用木板和砖块搭起的小床，说：“这不行，不是人住的地方，一定要搬出去。”

我说：“外面一片嘈杂。”

盛老师说：“如果你只是怕嘈杂，不怕艰苦，我可以到乡下山间给你找一个住处。”

他回去后不久，就来信说找到了，并告诉我坐什么船，再坐什么车，他在何处等我。

就这样，我七拐八弯，住到了奉化县的一处山间老屋边。

隔代之悟

那场政治运动一般以十年计算，大致分为“前五年”和“后五年”。所谓“前五年”，也就是从一九六六年到一九七一年，正好是十年的一半。就在这中点上，传来了不能不听的消息，那就是接班人不见了，尼克松要来了，我们也要离开农场了。

在逻辑上，那场政治运动已经结束，但那些人怎么会甘心？于是出现了半是收拾残局、半是加紧反扑的“后五年”。

收拾残局的，是周恩来。他的关键行动，是领导复课、编教材。正是这个行动，使中华文化没有彻底断裂。这也使我对他产生了特别的尊敬。

就像在跌跌撞撞的半路上突然看到了岔道，立即就明白哪条道更符合自己的心意。后来几年我的很多行为方式在别人看来非常大胆，其实都是误会。我只是找回了自己，做了一点出于本能的事。

因此，那场政治运动对我自己来说，只有五年，而不是十年。因为后来的五年，我已经把自己释放出来了。读者如果不信，可以看看我那部《世界戏剧学》，哪里有当时极端气氛的痕迹？

真正的危难，只有“里应外合”才能成立。一个人，完全可以身处危难之中，心在危难之外。当然，反过来也成立，身在危难之外，心在危难之中，就像我们在生活中经常看到的那些天天满面愁云的人物。

六　老人和老屋

这山间老屋已经很有年岁，处处衰朽。隐隐约约，还能看出当年一点不平常的气息。楼有两层，盛老师在当地的两个朋友用一把生锈的钥匙打开一把生锈的大锁，破门开了。走上一个满是灰尘的楼梯，在转弯处有一个小小的亭子间，大概有四平方米吧，这就是我的住处。

我知道周围山间都没有人住，那两位朋友已经为我架好了一张小床，留下一个水瓶，关照我不要忘了关门，就走了。我一个人坐下，盘算着什么时候下山搜罗一点耐饥的食品，再到山溪打一桶水。这个晚上，我第一次感受到天荒地老般的彻底孤独。

夜里风雨很大。无际的林木全变成了黑海怒涛，尽着性子在奔涌咆哮。没有灯火的哆嗦，也没有野禽的呻吟……

第二天上午，风雨停了，我听到一种轻轻地推开楼下破门的声音。正因为轻，把我吓着了。

更让我发怵的是，破门又被轻轻合上了，传来更轻的走楼梯的脚步声。

再一听，好像不是脚步声，可能只是老楼梯的木头在自个儿咯咯作响。

我把自己的房门推开一条最小的缝往外看，只见一个极其清瘦的老人，朝我的房间走来。我立即转身把自己贴在墙上平一平心气，等待着有什么事发生。但是，老人并没有进来，他在我门口转了个弯，又继续往上走。到了二楼，他从衣袋里摸出钥匙，把那间朝南正房的大门打开了。他进了门，但没有把门关住。

老大爷显然并不知道我住在这里。但他是谁？在这里做什么？那间房间又是干什么用的？陪我来的那两位朋友并没有提起。

本来，被吓着的应该是我。但是他老成这个样子了，我却担心起他被我吓着。我故意用手在门框上弄响了一点声音，老大爷听见了，从二楼门口看下来，我随即跟他打了个招呼，并告诉他，是谁让我住在这里的。老大爷和气地点了点头，我也就顺便上了楼梯。

楼梯正好十级。我站在二楼正间的门口往里望，嗬，满满一屋子的旧书！老大爷邀我进屋，我坐下与他聊了起来。

他看了我一眼，说："我们奉化是蒋介石的家乡，这你应该是知道的。这是蒋介石的图书馆，按他的名字，叫中正图书馆。"听得出来，他对现代年轻人的历史知识有怀疑，因此尽量往浅里说。

我问："能看看吗？"

他说："请。"

我走到第一个书橱，就在《四部丛刊》前停了下来，并伸手打开橱门，取出一部，翻看了一下。

老大爷有点吃惊，便随口说："这《四部丛刊》和《四部备要》，都是当地一个叫朱守梅的绅士，在一九三〇年捐献的。"

我说："一九三〇年捐献的可能是《四部丛刊》吧，因为《四部备要》要到一九三六年才出版。"

老大爷眼睛一亮，立即走到另一个书橱前，从里边取出《四部备要》翻看。然后把书放回，笑着对我说："你是对的，一九三六年，中华书局。"

我看到这满屋子的书早已喜不自禁，为了进一步取得老大爷的信任，不得不继续"显摆"下去。我说："中华书局是冲着商务印书馆来的，《四部丛刊》应该是商务版。"

老大爷从我眼前取出一套翻了翻，说："你又说对了。看来中华书局后来居上，《备要》比《丛刊》好读，新式排版，干净清晰。"

我还在说下去："商务也有更清晰的，你看这，王云五主编的《万有文库》。"我用手指了指对面的一个书橱。

就这么扯了几句，老大爷已经完全对我另眼相看。

他拉了把藤椅让我坐下，自己坐在我对面，说："我不知道你从哪里来，但你住在这里，这些书算是遇到知音了。"

"我能随意借阅这里所有的书吗？"我兴奋地问。

"随意。但不能离开这个房间，到你那个亭子间也不许，这是一九三〇年定下的规矩。"他说。

我一笑，心想，造反派暴徒没发现这儿还算侥幸，他居然还固守着一九三〇年的规矩。但是，这种不识时务，让人尊敬。

"那您几天来一次？"我问。

“如果你要看书，我可以天天来。”他说。

“这多么麻烦您啊。”我说。

“我平日没事。你来看书，我陪着高兴。”他说。

果然，以后老大爷天天来，我也就能天天看书了。

这些书，大一点的图书馆都有，否则我哪能随口说出它们的版本？只不过，所有的图书馆都在城里，没有这里的安静。在这里读书不仅没有干扰，而且也不存在任何功利，只让自己与古人对晤。

没有功利，却有动力。我刚刚经历过的家庭灾难和社会灾难，至今尚未了结。中国怎么了？中国人怎么了？我要在这些书中寻找答案。起点是黄帝、炎帝和蚩尤，重点是老子、孔子和墨子。

这山上，经常有半夜的狂风暴雨。老大爷傍晚就下山了，可怖的天地间只有我一个人。这是我与古代完全合一的时刻，总觉得有一种浩大无比的东西随着狂风暴雨破窗而入，灌注我的全身。

我每隔四天下山一次，买点最便宜的吃食。不同季节的山野，景色变化无穷。脚下总是厚厚的落叶，被湿湿的岚气压了一夜，软绵绵的，踩上去没有任何声音。但是等我上山，太阳已经晒了好一会儿，连落叶也都干挺起来，一下脚便簌簌作响。欢快的蝉声，因我的脚步时起时落。

走山路的经验使我想起家乡。从这里看过去，隔着青灰色的雾霭，有一些水墨峰峦。到了墨枯笔抖的地方，就到了。那儿也有很多老屋，其中一间的屋顶下，住着我的祖母。

祖母。至今余家的最高精神领袖，穿越了多少人生恶战，还在屋檐下设想着聚族而居。我本来打算在这里住一阵之后搭一辆长途汽车，再走多少路，去看看她。但是，这一楼古书已经开始了我的另一份学历。我请祖母稍稍等待，等我研习完这一段，就过去。

我在山上，由于盛老师的两位当地朋友，得知发生了唐山大地震，又由于路过的两位山民，知道了领袖的去世。

在知道第二个消息的当天，我就立即下山，赶往上海。

我有预感，一个时代结束了。

到上海一看，一切依旧。天下所有的大变动，都会有一个"憋劲"的时间。乍一看，风停云沉，鸟雀无声。

一见面，妈妈就忙忙乱乱地去给我寻找洗澡的替换衣服了，爸爸严肃地看着我，说："益生去世了！"

啊？我呆住了。

益生哥才比我大一岁，生了什么病？爸爸说："是自杀，为了结婚的事。"

我问了半天，终于把事情的轮廓搞清楚了。

原来，益生哥听了我的话，没有参加"工宣队"进驻大学，但同厂的多数工人都去进驻了，结果生产停顿，无所事事。他成天待在家里不上班，便养起了一缸金鱼。有一天他发现，对窗也有一缸金鱼，比自己养得好，而金鱼缸后面的女主人，更让他眼睛一亮。上海居所拥挤，所谓"对窗"也就是一竿之遥，两人从隔空讨论养金鱼的经验开始，渐渐好上了。但是姨妈听说对窗女子有过一次婚姻，便竭力阻止。

他们母子两人，就此展开了长达几年的游击战。益生哥烦不胜烦，干脆躲到了乡下，住在外公家里。但他与自己的恋人已经很难分开，两人多次在乡下幽会。于是，那位我们的长辈都认识的海姐，出了一个坏主意：打电报给益生哥，宣布姨妈昨夜上吊自杀，正在抢救。

这个伪造的消息本来是要诱骗益生哥快速赶回上海的，但是，老实的益生哥只觉得母亲一生全是为了自己，“她死不如我死”，便仰脖喝了农药。

“这么说，他是在家乡死的?”我问。

“对，死在家乡，葬在家乡。”爸爸说。

“姨妈怎么样了?”

“几乎疯了。”妈妈说，“长时间住在乡下，天天给儿子上坟，一次次用头撞墓碑，鲜血淋漓。”

“她还立了遗嘱，”爸爸补充道，“说自己死了不与儿子葬在一起，怕儿子烦心。但她一定要葬在附近，到了阴间也天天向儿子道歉。”

这是我听到过的最悲苦的真实故事。

益生哥和姨妈，在政治运动中并没有受到过任何批判。但是社会乱成这样，人人无法沟通，个个都走极端，爱恨全成畸形，连他们也活不下去。

几天后，爸爸急匆匆进门，喘着气，说：“北京那几个最讨厌的人，被抓起来了。三男一女，现在都叫他们‘四人帮’。”

妈妈说：“真爽气!”

我一听便霍地站了起来，说：“爸爸、妈妈，我马上到乡下，把祖母接回上海!”

先坐海轮，再乘长途汽车，第二天傍晚我就回到了老家。

进村就见到背靠槐树站着的李龙，奇怪的是他一点也不老。

我叫了他一声“李龙叔”，他一抖，因为从来没有人这么叫过他。然后，他走近一步，直愣愣地看着我：“你是谁啊，上海来的吧，那就是……秋雨！没错，秋雨。”

“跟我来。”他边说边陪我去见祖母。

像村里的其他人家一样，祖母并没有把房门关严，留着一条缝。李龙要去推门，我把他拉住了。我担心祖母那么年老了，经受不住突然的惊喜，便伸手敲了敲门。

一个快乐的声音从里边传出，是祖母。她说：“秋雨到了，进来!”

我连忙推门进去，走到祖母跟前，弯腰捧起她的手，问：“祖母，您怎么知道是我来了?”

祖母拉我坐下，看着我，得意地一笑：“第一，村里没有人会敲门，要敲也不是这种敲法；第二，我知道你这两天会回来接我，北京的事情我在广播里都听到了。”她指了指屋外挂着的一个拉线广播盒子，每家门口都有。

祖母还是祖母，判断力无人能及。

“行李我已经收拾好了，但你要在这里多住几天。看看外公，再上一回山。”

我满眼佩服地乖乖点头。

外婆几年前去世后，外公一个人过日子。他没有祖母那么好的判断力，一见我吓了一跳。然后，他搓着手憨笑，坐下来开始毫无次序地讲各种事情，好像有十辈子的话要吐给我。我假装都听明白了，不断点头。最后他说："你要上山，好。你余家长辈的坟都在上面，所有的墓碑都是我写的。"

说着，他突然把自己坐的椅子朝我撤了一撤，轻声说："我在志士的墓碑上还特地写了'同志'两字。我看出来了，这报纸上谁的名字下加'同志'了，也就算平反了。"

这完全出乎意外。首先用这种奇怪方式为我叔叔申冤的，居然是他老人家。想当初，余家要请他为祖父写墓碑的时候，年轻的叔叔还坚决反对。

我想告诉外公，但没有说出口：叔叔一生，与谁也不是"同志"，就他一个人。

三天后，我陪着祖母回到了上海。

隔代之悟

一个延续长久的历史事件结束之前，会有一种大动荡，也会有一种大安静。

大动荡和大安静，看来完全相反，却是一种必要互补。对于不同的人来说，有的人处于动荡的尖端，有的人处于安静的深处。

好像冥冥之中有一个分工，我，总是被分派到一个大安静的角落，顺势完成历史的大穿越。

这种分派，让我产生了一种习惯。只要面临真正的大事，立即就会安静下来。

我居然在一幢早被人们遗忘的半山藏书楼里，度过了一场政治运动的最后岁月。

说起来，把我推到这间偏僻屋子里来的，是几股正在着手查缉我的邪恶力量，但结果却是很好。那些邪恶力量老是在关键时刻做成这样的好事，因此，我也就老是默默地感谢它们。

在我的大安静远处，是大动荡，那就是唐山大地震。

于是，一段历史眼看就要结束了。

几十年后，《中国文化课》出版，此书《自序》的第一句话是："我的生命基调，是以最大的安静，穿越最险的峡谷。"

很多读者突然看到这句话时怔住了，苦思起来。但是，听了我上面的叙述，大家就很容易理解了。我的这种生命基调，开始建立在半山老屋。

第 四 章

一　紫玉楼梯

祖母回到上海后的那个冬天，我家的楼梯有点拥挤。

多年来在外面“上山下海”的家里人，都陆续回来了。为了补偿多年来在外面对这个楼梯的想念，每个人登楼时都故意把脚步放重。“嘭、嘭、嘭”，觉得这下终于踩实了，不在梦里。

敲门声更多，一听到，家人又会“嘭、嘭、嘭”地冲下楼梯去开门。然后，好几个客人的脚步声就传了上来。

有客人来，妈妈又要去擦拭楼梯扶手了。但下去两次，都笑着上来。原来那么多人穿着肥肥的棉袄上上下下，早就把扶手擦得纤尘不染。妈妈故意拿着一块雪白的新抹布去擦拭，上来后把那块抹布塞到我眼前，说：“真是，连一丁点儿的污渍都没有。全是衣袖磨的，快要磨成紫玉水晶了！”

来得最多的是爸爸单位的同事。爸爸与他们见面，完全不存在“劫后重逢”的喜悦，而是非常尴尬。

一个满脸络腮胡子的中年男子，进门就冲到爸爸跟前，结结巴巴地说：“老余，那次批判会上我失手推倒了你，是造反派强要我……”爸爸这才明白，现在单位里已经反了过来，在查十年迫害的事了。

“那次是我自己没站稳。”爸爸说。

“这下你可以放心了。”一起来的赵庸笑着对络腮胡子说，“只要老余不揭发，你也就没事了。”

爸爸没有把头转向赵庸。

赵庸靠近爸爸一步说：“一切都是那个黑边眼镜的事，这次我们为你整理了一份他迫害你的事实，你签个名，我们交上去，就可以逮捕他了。”说着把一沓材料塞到爸爸手里。

这时爸爸才转向赵庸，说：“就是那个戴黑边眼镜的青年？我并不认识他，他也没有揭发我呀。”

说着，爸爸抬起手来，把赵庸刚刚递给他的那一沓材料撕了。当时的纸质很脆，那么厚一沓，他撕得一点也不吃力。他撕得很慢，也很轻。边撕，边嘟哝：“材料，材料，总是材料。”

赵庸失神地看着爸爸的动作，没有阻止。他知道今天讲不成什么话了，但临行又回身对爸爸说：“那个阿坚，吴阿坚，他也受了苦，托我……”

没等他说完，爸爸就打断了他：“已经托了六个人来说过了。你转告一下，我不会揭发他，说到底也不是你们的事。”

过了几天，又有三个人敲门找爸爸，说是区政府来的，还给爸爸看了介绍信。他们说，爸爸是单位里受迫害最深的一位，现在拨乱反正，希望爸爸能够负责单位的清查工作，清算造反派，然后把全部领导工作承担起来。

爸爸说，自己有高血压、糖尿病，又生过肝炎，身体不好，希望可以提前退休。来的人反复劝说，爸爸就叫妈妈把抽屉里的病历卡拿出来给他们看。

一个月后，那个络腮胡子又来敲门，一次次感谢爸爸对他的原谅，使他免予处分。从他嘴里知道，那个黑边眼镜最近已经被正式开除，由公安局发配到边疆劳动改造。单位的清查工作由赵庸负责，而单位的领导人则是选定了吴阿坚。爸爸因病提前退休的申请也获批准，过些天会举行一个隆重的仪式。

爸爸随即抽出钢笔写了一张字条，叫络腮胡子带去。条子上没有写吴阿坚和赵庸的名字，只是光愣愣的一句话："感谢批准我提前退休，我不会来参加任何仪式。"

爸爸的事，总算了结了。

那天，敲门后踏上楼梯来的，是两个陌生男人。他们在楼梯上轻轻讲了几句话，祖母听得并不清楚，却一下子跳了起来。

那是安徽话。

两个陌生男人一上楼就认出了祖母。一个年纪大一点的男人从中山装的口袋里拿出一份东西，打开，然后对祖母说，他要朗读他们市委为我叔叔"平反昭雪"的文件。

读完文件，他们两个坐下，掏出香烟点了起来，准备说话。看到祖母对着飘过去的烟雾皱起了眉，他们立即把香烟按灭在烟灰缸里。还是那个年纪大一点的男人开口说话，嗓门很响，中气十足。他说，我叔叔"是国家难得的人才，不仅技术精湛，而且道德高尚，为捍卫祖国优秀的文化遗产而献出了宝贵的生命"。

我慌忙看了一眼祖母。

年纪轻一点的好像看出了我的不满，抢过话头说："这次的平反工作是江斯达书记亲自领导的。江斯达书记一再指示，余志士先生作为一个上海知识分子，把自己的一生完全贡献给了安徽大地……"

听到江斯达的名字我又看了祖母一眼，但祖母好像没有听到。她此刻的眼神，涌动着一个年幼女孩被夺走了手中珍宝的无限委屈。她，已经八十四岁。

两个陌生男人也看到了祖母的这种奇怪眼神，怕出事，连忙停止对叔叔的歌颂，改口说："老太太，让我们化悲痛为力量，加入新长征！"

祖母显然没有被"新长征"感动，抖着嘴唇开始说话："他第一、第二次自杀后救活，你们为什么不通知我？"

那个年纪大一点的男人说："老太太，这是第一次文化大革命，大家都没有经验，等到第二次文化大革命就好了……"

"你们还要搞？"祖母问。

"嗯。"

"什么时候？"

"再过七八年吧。主席说过。"

祖母不再讲话，站起身走进了里间。

事情确实让人悲观。没过多久，那位下令逮捕"四人帮"的最高领导人又下了令，凡是毛泽东做出的决策，都必须继续遵循。

这一来就麻烦了，十年之间几乎所有的大事都是毛泽东决策的，于是什么也不能否定。不能否定运动，不能否定造反，不能否定工宣队，不能否定废学，不能否定全国性的大批斗……这也不能否定，那也不能否定，却又要“清查”，能“清查”什么呢？结果，反倒是周恩来布置的文化教育重建工程，毛泽东没有做出什么决策，成了“清查”的主要对象。

我本人，也因为随口说过一句“发动这场运动是一个错误”而受到“清查”，而且和我爸爸十年前遇到的麻烦完全一样：这句话的主语是谁？那个原来与我们一起编过教材，后来又追查过我主持周恩来追悼会的“工总司”辅导员孙某人，成了“清查组负责人”。总之，仍然是他们这帮子人在忙碌。上海这种“清查”的惊人之笔，是枪毙了华东师范大学一个叫王辛酉的人，罪名是反对“文革”。

我看到这一切就坐不住了，不断给北京的中央办公厅写信，报告上海的情况。

我知道，每到邮筒投寄一封信，都可能成为返回到自己身上的炸弹。但我，已经不怕。

那一个个由水泥砌成的灰绿色邮筒，已经很有年头了。投信口的铜板上还刻着精致的英文字，应该是上海租界时期的遗留。我十几年前按照叔叔的指示从这里投寄过他写的上诉信，结果使安徽的人为灾难产生转机，而他自己则为此失去了生命。

幸好，一九七八年十二月北京召开了一次重要会议，叫“十一届三中全会”，那场政治运动终于被否定。会议还宣布，中国要解放思想，停止阶级斗争，着力经济建设，开始改革开放。会后没几天，上海的那些“清查组”全部解散了。那些人立即消失得无影无踪，完全找不到了。只不过，他们忙碌了一年多的所谓“清查”，还是在很多人的档案中留下了颠倒是非的污渍。例如，他们“清查”出我曾议论过领袖的错误，又违反禁令主持过周恩来的追悼会，便下结论是“说了错话，做了错事”，写进了我的档案。

半年后，我应邀参加了在庐山召开的全国文艺理论研讨会。这个会议开得非常盛大，绝大多数劫后余生的文化名人都参加了。

很多老人见了我都会说一句：“你的事情我听说了，很勇敢！”不知他们听说的是哪一段。

我是这个会议最年轻的代表，在总结大会上被选为全国艺术理论研究会秘书长。

坐长江轮回上海，我在甲板上看着橙黄色的江水做出决定，不赶“秘书长”之类的热闹了，还是返回安静。《世界戏剧学》已经完成，紧接着应该系统地投入把中国文化与世界文化融合在一起的宏大著述计划，为中国补课。

长江轮很拥挤。很多人背着大包，挑着担子。特别令人注目的是一些年轻人，行李简单，头发飘洒，不管是男是女，都清瘦俊朗，风尘仆仆，都像我一样，在甲板边默默看着江水。

他们是去寻找在灾难中分离的亲人？还是已经找到了，刚刚在哪个码头分手，现在各自要找自己的道路？他们看完江水再抬头看岸边，岸边，唐代的山川连接着现代的莽原。

他们让我联想到，第二次世界大战的炮火刚停，很多还没有找到家人的欧洲难民，都挤到了尚未修复的音乐厅，听巴赫和贝多芬，试图让音乐唤醒自己未溃的灵魂。

这些长江轮上的年轻人，现在和我一样也在倾听。那音乐，不是巴赫和贝多芬，而是“高山”、“流水”，太早太早的曲子，属于这条长江。

一个新时期的开始，受到很多复杂因素的制约。

例如，结束那场运动的政治人物，当然也会匆忙清查一下十年间的重大人事，但他们的心思主要是稳定局面，更着眼于今天和明天，而不是昨天。因此，对于过往历史的清查，一定不会太在意。当时的口号是："一切向前看"。

第二，稳定局面的惯用策略是，撤换首恶，不动构架。一九四九年政权变更时接管城市，也采取了"基本留用"的方针。因此这次清查也是由以前的行政构架在实施，清查人员都是老面孔。结果如何，可想而知。

前些年的作恶者们表面上已经失势，但他们多么机灵，几乎在第一时间就成了"新形势下的积极分子"。由于身份让人疑惑，因此发言更加慷慨激昂、滔滔不绝。其中有少数人，更是以守为攻，贼喊捉贼，反噬受害者。

中国普通民众只想在灾难之后喘一口气，过"随遇而安"的太平日子，缺少追查的决心、权力和资源。

因此，转眼之间，所有的受害者、加害者、起哄者、助恶者，全都成了"革命群众"。连我去查问是谁害死了我的叔叔，是谁关押了我的爸爸，答案也都是"革命群众"。所不同的是，那些"清查人员"在我叔叔和爸爸的"档案"上，加了一页"平反结论"。

我最感好奇的，是那些"清查"的老面孔，以及他们手上的“档案”。

这一节的正文非常简短，只是轻轻描述了我家和我自己在那些年的几个闪动画面。但请注意，这几个闪动画面，却是概括了中国当代史的一个重要节点。历史在这里转折，大事在这里发生，世人在这里改变命运，世界在这里重新审视中国。如此重要却被我写得如此省俭，实在是因为这段历史已被那些投机者说得太多。“真知者寡言”，我不想与他们拌嘴。

二　齐华

从庐山回到上海，学院的同事告诉我，好像上海人事部门的一个科长找过我，留下了地址、电话，和一个潦潦草草的“齐”字。

人事部门找我会有什么事？我两次打电话过去，都没有人接听。一个星期天的下午，我按照地址找到了高安路的一个门牌号，伸手敲门。

门开了，眼前站着一个瘦精精的人，但是，那间房子西窗的阳光直射过来，使他成了逆光中的剪影，我看不清他的脸。他亲热地叫了我的名字，并侧过身来。这下我看清了，却又僵住了：他竟然是农场里人人讨厌的“齐营副”！

我敢说，农场难友们对“齐营副”的讨厌，一定达到了最高等级。那个漫长的苦难岁月是从他问我们蠢不蠢、傻不傻，又要我们脱裤子割尾巴开始的，而又结束在他对美丽的造反派女学生的审查上。很多男同学都下决心要找机会打他一顿，为此宁肯接受任何处分，可惜很快就离开了，没打成。他，怎么钻到了上海，还在人事部门当科长？

我的脸立即冷了下来，正在犹豫进退，却听到了他的声音："我知道你们都讨厌我，我也讨厌自己。坐下听我说几句吧，听不下去你再走。"

听他这么说，我看了他一下，却看到了一种非常诚恳的眼光。眼光很难骗人，稍有伪善也能立即发现，但他今天的眼光里没有。

我坐下了，他给我倒了一杯茶水。

"先说公事。你前两年写到北京中央办公厅的很多信，都转回到了上海，这几个月才由我们部门接收。几位同事看了，都对你非常佩服。你已经看到，上海市的主要领导苏书记和文化部门的主要领导车部长都已经去职。"

"那没用。"我没好气地说，"中央的事我们管不着，我只问民间：我叔叔死亡的直接责任者究竟是谁？严凤英死亡的直接责任者究竟是谁？老舍死亡的直接责任者究竟是谁？把我爸爸关押了那么多年的直接责任者究竟是谁？我怎么一个也不知道？怎么变得似乎人人有份又人人没有责任？"

他没想到我会以这么激烈的口气批评大局，张大眼睛看着我。

我憋在心里的话一旦挑开，就再也关不住，也不管眼前的人是谁。我继续大声说："还有，我们的对头造反派，最多也就闹腾了一年多时间，后来八年多时间谁在掌权？工宣队和军宣队。所有的斗争、审讯、迫害，都是他们在指挥。但是请问，到今天，全国究竟有没有追究过任何一个工宣队员和军宣队员？把最长时间里最主要的责任人都放走了，他们连一个地址也没有留下!”

我还在说下去:“全国学校里几十万宗历史冤案,都是谁揭发的?全国报刊上几百万篇批判文章,都是谁写出来的?怎么一转眼,每个教师和文人都成了‘受迫害的知识分子’?那些揭发、那些批判,都是天上掉下来的?

……

听到这里,他伸出手来阻止我,说:“你所说的问题都很大,我要好好想一想。有一点是肯定的,我们再也不能继续生活在虚假中。”他顿一顿,又说,“我想与你多谈一会儿,换一个话题。这个楼下有一个小饭馆,现在时间不早了,如果你不嫌弃,我请你吃个饭,边吃边聊。”

对他这么一个并不熟悉的人,我单方面地倾吐了那么多话,突然觉得有点不好意思,就点了点头说:“好吧。”

那个饭馆很小,六张小桌子,除了我们没有别的顾客。我们点了一个葱烤鲫鱼、一个臭豆腐,还点了两个什么菜,忘了,只记得菜价很便宜。

“我叫齐华,不要叫齐科长,更不要叫‘齐营副’了。那个‘齐营副’已经阵亡。”他给我夹了几筷子菜。

既然提到了“齐营副”,我就不客气,把藏在心里很多年的疑问提了出来:“那次你问我们蠢不蠢、傻不傻,是从别的地方搬来的吧?”

“那是司令员给全体文化教员做报告时问的。当时有一种流行的说法,读书越多越愚蠢,司令员认为文化教员比较愚蠢,我觉得你们大学生比我读书多,应该更愚蠢。所以那天就学了司令员的腔调，连站相和手势都是模仿的。”

我听着笑了一下。他立即说：“我知道你要问脱裤子割尾巴的事了。”

我说：“你猜对了。”

他说：“这是部队里的一句土话，我那次讲，有一点不健康心理。”

“怎么说？”我问。

“其实是流氓心理。我从来没有见过那么多漂亮的女大学生，就故意这么说，想看看她们狼狈的表情。”他说出这句话有点艰难，越说越轻，低着头。

这倒确实是流氓心理。但是，能这么直言的人是不多的，何况他是个转业军人，是个科长，与我也不熟。

“齐科长，不，齐华，我觉得有点奇怪，你为什么要把这种心理告诉我？”我问。

他抬起头来，说：“为了一个人，那天她也在下面听了我的这句脏话。我……我们能喝点酒吗？”

我向服务员要了一瓶黄酒，一人一杯斟好，他缓缓喝了一口，说：“是这个女学生彻底改变了我。”

“谁？”我问。

“就是那个自杀的女学生，她叫姜沙。”

“那时，她母校的工宣队到农场来查她，农场要我协助，我就在旁边听了他们的全部谈话，工宣队还给我看了他们带来的揭发材料。简单一句话，原来追求她的所有男朋友，都揭发了她。

“这些男朋友都是当年的造反派首领，工宣队希望激怒她，让她反过来揭发他们。但是，她看了那些揭发材料后只有一个念头，那就是想死。

“我看得出她决心已下。在那个时代，所有人的思路都非常狭窄。她完全不知道像她这么漂亮、善良、有学问的女孩子有多么广阔的世界。我当时也不知道，想劝，又找不到话。好几次，我着急得流出了眼泪，又不能让她看到，更不能让那个工宣队看到，连忙擦去。谁知道，她不知什么时候在我的笔记本里夹了一张小字条。”

齐华说到这里，解开上衣的第二颗纽扣，把手伸进去，从衬衣口袋里拿出一个对折的牛皮纸信封。打开，从里边取出一张小小的白纸条。再打开，小心翼翼地递给我。字条上写着——

齐华：你是这个世界上唯一为我三次流泪的男人。谢谢你！

姜沙

“她死了以后你没有把这张字条给领导看？”我问。

“当然没有。这是写给我个人的。”齐华说。

叹了口气，他又说：“我当时没有勇气对她说：活下来，与我一起过日子。我可以放弃一切，全为她。我倒不是怕别的，就怕她看不起我。读了这字条，我才知道，不一定。”

这天，从下午到晚上，我只是傻傻地倾听，一时还无法消化这个让我震动不已的故事。听齐华说，他转业到上海，是自己要求的，就想照顾一下她的家，再每年扫扫她的墓。

在小饭馆门口与齐华告别时，我握着他的手，却说不出话。

他倒说了："一个人会彻底改变另一个人，我好像有了一个新起点。我想请教你，如果想集中钻研一下人性和爱情的价值，应该读什么书？"

我说："读莎士比亚和《红楼梦》，反复读。"

隔代之悟

历史的变革颇多缺漏，不要紧，因为最大的变革是集体人格。

在历史的打盹处，人格醒了。

在历史的喧闹处，人格静了。

而且，人格的变革，常常发生在出乎意料的地方。

因此我要说一段比较乐观的话了。新时期开始后，最大的变革好像是政策方向，其实是社会人格。虽然以前的印痕还遍地都是，但是，以往的罪人脱罪了，以往的架子散架了，以往的虚假放下了，以往的官员反思了，以往的小人躲藏了，以往的隐情倾诉了……

这就是那个时代的可爱之处。很多年后我曾经询问过好几位像我一样在新时期开始后就被大家推举为领导干部的朋友："那时候各种条件还非常低劣，为什么我们都意气风发、勇猛前进、毫不退缩？"答案每次一样："那时候没有小人捣蛋。小人在过去十年暴露无遗，人们记忆犹新，他们集体躲藏了，因此能够大行君子之道。"

所以，集体人格的重建，是那个时代的命脉所在。

这一节所写的齐华，是人格变革的典型。我在这个典型身上，集中了两个人的经历。

三　祖母无名

那天，我正在家里想着齐华和姜沙的事，楼梯上拥上来一群老太太。上海的老太太一成群就喜欢高声谈笑，我和妈妈连忙为她们端椅倒茶。

她们是来找祖母的。女人在这个年龄上多年未见，变化比男人大。但是，一会儿我就认出来了，领头两位，一位是吴阿姨，一位是海姐。

这样的称呼把辈分搞混了。“吴阿姨”，应该是爸爸、妈妈他们对她的称呼，“海姐”，更应该是祖母一辈的称呼了。但那两个称呼已经成了她们的别号，我们心里也这么叫，只是表面上一律尊称“阿婆”。

今天她们领来的，都是抗日战争时期与祖母一起在难民收容所工作的朋友。后来大家都各忙各的，没有什么来往。现在总算安定了下来，而她们也都老得可以不必忙了，所以来走动走动。

但是，祖母一见吴阿姨和海姐，还是卡住了。卡在心里，也卡在脸上。卡住海姐的理由很简单，她为了阻止益生哥的恋爱，出主意伪造了姨妈自杀的电报，导致益生哥真的自杀。这件事，亲戚朋友圈里都哄传过，海姐早就被老太太、老大爷们斥骂得抬不起头来，今天一见祖母也是怯怯的。祖母一道凌厉的目光扫过去，她立即低下了头。

卡住吴阿姨，当然是因为她的儿子吴阿坚。正是吴阿坚的揭发，成了我爸爸十年蒙冤的导火索。但这事，其他老太太都不知道。祖母在这痛苦的十年间曾经无数次地想起自己的老朋友吴阿姨，很想让她知道，由于她的儿子，我们家陷入了什么样的困境。但祖母又知道，吴阿坚放了第一把火之后，却没有再做火上浇油的事。

祖母凌厉的目光扫向了吴阿姨，但吴阿姨没有低头，反而大咧咧地上前一把拉住了祖母的手，大声说："你倒好，到乡下隐居去了，留下我家在上海受了那么多年的屈！"

"什么？你家受了屈？"祖母十分诧异。

"我家当年开鸦片馆的事，被揭发了。我当时还猜想，这鸦片馆害过你老头，很可能是你儿子揭发的，但阿坚摇头，说不会。阿坚在单位里换了好几个工作，不管换什么，揭发信总是跟着来。半年前终于平反，销毁材料时一看才知道，是当时鸦片馆里的一个小伙计揭发的。你看，我在心里冤枉了你儿子这么多年！"

我祖母听她这么说，头顶就像被浇了一桶泥浆。怎么？你儿子点了我儿子第一把火之后，自己也遭了殃？你那么多年还在怀疑我儿子揭发了你儿子？这世间的事，真是太荒腔走板了！祖母以一个老练女人看另一个女人的眼睛判断，吴阿姨没有撒谎。

面对这么一个老姐妹，该是从头向她说明余家受她儿子伤害的真相，还是该抱住她大哭一场？祖母没有选择这两项。她长长地吐了一口气，连吴阿姨也没有听到，她只是吐给自己听。

老太太们在交流着过去这些年的奇怪经历。说了好几个小时了，还没有停的意思。

突然吴阿姨高声说："现在总算听出来了，每个人家都被别人揭发了。那么我要问一句，我们这些老婆子为什么怕揭发？干瘪了的茄子难道还怕霜打？"

这个问题立即使屋子里一片安静。

吴阿姨的声音低了下来："这事我想了好几个月，后来想明白了，是为了儿孙的名声。"

"太对了！为了儿孙的名声！"一位老太太在应和。

"现在好了，那些政治历史帽子一笔勾销，谁也不用怕了。"这又是吴阿姨的声音，"更想不到的是，年轻人可以出国留学了。这两个月，我儿子阿坚一直反对孙子吴杰到美国留学，倒是我坚决支持，这事才成。"

我听了一笑，原来我中学的老同学吴杰也要到美国留学去了。近半年来我周围的人几乎都在忙着出国留学，但按吴杰的年龄，大概不是去读本科，可能是做访问学者。

半天没说话的海姐终于开口了。她说："这正巧了，我家也是一样，孙子要出国留学，他爹不同意，我同意。"

这下祖母说话了，一开口就高于一般老太太的水平。

她说："我知道原因。我们这批老婆子，年轻时在上海都知道留学生是怎么回事。到了儿子一辈，中国和外国互相封锁，就不知道了。现在封锁解除，是该由我们把断线接上。”

海姐说：“我家孙子不让我接。他说，出去后就怕不能为我送终，就决定不出去了。”

海姐说完，屋子里又没有声音了。

海姐总是这样让人不喜欢，她这么一说，好像别家孙子出国都不如她家孙子孝顺。而且，送终不送终的说法，在这么一堆老姐妹的谈笑间又是那么不合时宜。

一位老太太站起来说：“时间不早，我要去做晚饭了，大家散了吧！”

众老太起身下楼，没有了来时的欢乐。

祖母没下楼，一个人坐着。见我送完老太太们回来，就叫我坐到她身边。

祖母直愣愣地看着我问：“你为什么不出国？也是怕不能为我送终？”

我说：“您想到哪里去了。我不出去，是为了我自己。”

“怎么说？”祖母要我说明白。

我想了想，说：“打个比方吧。我们一直住在一个贫穷的村庄却无法离开。现在传来两个好消息，一是可以离开了，二是村庄有可能变好了，祖母，您会选择离开还是留下？”

祖母一笑，说：“我听懂你的意思了。”

我在上海东北角的一个小房间里又开始了苦读、苦研、苦写，时间长达七年。从古希腊、古印度开始，一点点往下啃，钻研了几十个国家的人文经典。前些年在灾难中冒险写《世界戏剧学》，已经开始这个钻研过程，却必须严格保密，现在可以公开、大方地进行了。治学的整体环境一转变，我对于戏剧学之外的国际学术思潮，就有了更广泛的选择。其中对我影响最大的，有德国的韦伯、英国的罗素、瑞士的荣格、法国的萨特。

在这过程中，我又出版了一系列学术著作。这些书出版时都遇到一个困难：撞上了“批判资产阶级自由化”的风潮，几乎注定夭折。但是，八十年代毕竟是八十年代，一切思想障碍都能快速冲破。我正咬着牙齿准备坚守风骨呢，事情却已发生逆转。这些学术著作不仅一一出版，而且相继获得各种大奖，其中包括文化部全国优秀教材一等奖、上海哲学社会科学著作奖等。不久，我在复旦大学、华东师范大学一批著名老教授的合力推荐下，破格晋升为当时中国大陆最年轻的文科正教授。那就是说，我连一天“副教授”也没有做过。

我的第一部学术著作获得的一个奖座，是一件仿制的骆驼唐三彩。陶质，很大，属于易碎物品，不容易从北京捧回上海。更麻烦的是，这只骆驼的嘴里还翘出一条又长又薄的舌头，一碰就断。据评奖部门的工作人员说，他们拿到发奖地点时已断了一大半，因此不断去换。

既然这样，为什么不去更换一种奖品呢？

他们说，这个骆驼太具有象征意义了：在那么荒芜的沙漠中居然也能走下来。看到它就想起沙漠，那个刚刚走出的文化沙漠。

一位小姐压低声音补充道：“还有一层象征，走过那么干涸的沙漠居然还骄傲地翘着舌头。但这个舌头，时时就可能断了。”正因为这种种象征，他们不换。

我抱着骆驼小心翼翼地坐飞机回到上海，舌头没断；到家，没断；放在写字台上，没断。

我松了一口气，见骆驼上有一点灰尘，拿着一方软布来擦。一擦，断了。

没有料到的是，国家文化部根据连续三次全院的“民意测验”，决定由我执掌学院。

我推辞了四个月，还是扛不住老师们的细磨慢劝，勉强答应了。同时，上海市教育委员会为了破除“论资排辈”的顽疾，任命我为上海市中文专业教授评审组组长，兼艺术专业教授评审组组长。

有一天，上海各报都刊登了一条消息，上海市有关部门为了表彰我的学术成就，给我连升两级工资。我们学院的教师还为此聚餐庆祝，但细问起来，是从月薪七十八元人民币升为八十七元。一位与我同年龄、同专业的香港教授对此深感惊讶，说他的工资是我的整整一千五百倍。我却为他担心，说：“这怎么用得了？”

当时我和很多人一样，没时间考虑待遇，只想赶快多做一点事。我知道天下的局势不会那么顺利，迟早会有反复，如果能在新的灾难来到之前做出一个样子，那就能给中国留下一个看到过的文化之梦。

各种冲突几乎天天发生。所有长期扭曲的历史力量全部释放了，立即产生纠缠和打斗，一次次让我目瞪口呆。

例如那些老干部，在刚刚过去的这场政治运动中受尽造反派的冲击，现在又出来担任各级领导了。但其中不少人，竟然左得比造反派还厉害。那天，一位很有“革命资历”的老太太在会议桌边霍地站起身来，手上拍着一个油印的本子大声说：“反动！反动！”我细问，原来，这是一个叫赵耀民的学生写的剧本，第一句话是舞台装置的说明：“舞台中央放着一把空椅子。”

老太太说：“舞台中央，当然是影射党中央；空椅子，什么意思？说是中央没人，他们要来坐天下吗？”

另一位与她一样资历的老太太比较平静，拍着她的手臂要她坐下，说：“这样的人现在也不必抓了，戴上‘反动学生’的帽子，开除吧。”

所有的眼睛都看着我。我说：“这是文字狱。今天终于明白，造反派的极左是有来源的。被打的人，很可能是打手的师傅。”

两位老太太一起站了起来，冲着我说：“你这是什么意思？包庇反动学生，应该立即下台！我们会向上级反映，等着吧！”

我说：“请赶快反映，我从一开始就不想上台。”

过后，我在办公室等着下台的通知，但没有等到。

在办公室等到了一个我认为非常重要的人，一个蒙冤二十几年的教师获得平反昭雪，从流放地新疆回来了。荒沙大漠中瘦骨嶙峋的知识分子，自然应该成为我重振教育的骨干力量。见面后谈得不错，但后来发生的事情却让我不知所措：他几乎每星期都给我写字条，报告教师中的“不良思想”。我几次劝阻，他只是改换了字条上的语气，仍然频繁交送。原来，这是他在受难期间养成的习惯，戒不掉了。

我看着老人的背影，在笔记本上怆然写道：

灾难的最后恶果，
是人格崩溃；
崩溃的第一标志，
是毁损他人。

中国千年官场，历来鼓励互相揭发，而不在乎揭发的真假。一次次政治运动，更是以毁损他人为基础。这种长期训练，积累成一种集体本能，时时在很多人身上迸发。

不久之后，有一个机会，让我更强烈地感受到了这一点。那就是我在担任上海市中文专业兼艺术专业教授评审组组长时，不断地收到各校教师对候选人的各种实名揭发，数量很大。照道理，对这种实名揭发，不能置之不理。我们派出不少人与各校相关部门会合，进行调查。调查的结果是：完全诬告的，大约占七成；严重夸大的，大约占二成；事出有因的，大约占一成。

而且，在调查过程中发现一个有趣的事实：揭发别人有什么问题的，往往自己在这方面劣迹斑斑。

我听了一笑，说："当然只能如此。汉奸眼中，人人都会变节；色鬼眼中，天下只有淫欲；盗贼眼中，世间无偷不立。"

但在当时，我们对此毫无办法。能做的，除了专业公正外，只对申报者中那些确实的极左派打手，予以否决，静观他们今后的作为。

这种“静观”的结果也很幽默。十年后，我所受到的种种诬陷，大多来自他们。要他们不报复，是不可能的；而要十年后的民众知道起因，也是不可能的。

对我而言，如果预知这种结果而当初收手，更是不可能的。

这就是永远无法被以前和以后理解的八十年代。一切都在剧变，一切都有可能，动荡、紧张、勇猛、断裂、解构、逆转。

我已经没有时间回家看老人，年迈的祖母眼巴巴地只希望自己离世前看到大孙子结婚，我想起祖母的惊人履历，就草率地搭建了一个不真实的婚姻。对方完全不明白我的极端繁忙和极端贫困是为了什么，赶着潮流去广东经商了，五年多没有任何音讯。上级人事部门和胡志宏书记经常查问对方地址，我完全不知。他们就希望我结束这种状态，后来也就很快结束了。

所有的老邻居都记得，那年月，我妈妈每两天就会背着灰色的食品袋出现在我的宿舍，而后面还跟着爸爸。这情景延续多年，直到马兰出现。

在马兰尚未出现时，我的祖母去世了。

那是一个初夏的夜晚，突然响起了急促的敲门声。

连忙开门，是小弟弟。他气喘吁吁地说：“大哥，阿婆走了。”

这句话，我们似乎早有准备，却又毫无准备。

祖母是在家中去世的，没有什么病痛，却没有了呼吸。

当然还要送到医院“抢救”，但医院能做的只是对她逝世的确认。这就是祖母，走了就走了，不接受抢救。

祖母离开之后，我有很长一段时间不敢回忆她的生平。这就像面对一座突然被大雪覆盖的高山，不敢去细想它的无数陡坡。

正是祖母，这位不姓余的女性，在每个危难关头，把余家带出了险境。

追悼会上要挂横幅，大家又一次难住了：祖母到底叫什么名字？谁也不知道。户口簿上的名字，是祖母叫登记户口的女孩子“随便写一个”的。她真正的名称，只有一个“余毛氏”。

祖母无名。

仅仅为此，我泪如雨下。

这次回乡上山祭拜祖母的墓，又是李龙陪去的。李龙在这几年间突然变得非常苍老，白须白发，连眉毛也白了，还穿了一身灰白的褂子，似妖似仙，刚见面时我几乎没认出来。

在下山的路上，李龙突然问我：“笃公和女疯子，你还记得吗？”

“记得记得，我正想问你呢……”

“他们都是长寿。笃公是五年前走的，临终前对我说，不管女疯子同意不同意，他想和她葬在一起。女疯子是两年前走的，临终时只说了五个字：和他在一起。后来的事都是我办的，石料是乡亲捐的……”

“好！李龙叔，这事你办得好。有空上山，多给他们这对老情人上上坟，割掉一些杂草，点三炷香，他们都是爱漂亮的人。”我说。

“我会去。”李龙说。

“还要托你办一件事，”我又对李龙说，“你知道，我姨妈已经在去年去世，按照她的遗嘱，没有与她的儿子益生哥葬在一起。我托你，再过一段时间，找两个帮手，把他们的坟合并在一处。费用你算一算，等会儿下山后我给你。”

李龙说：“这事我早就想好了，你放心。要什么费用，两把锄头的事。”

走了几步，李龙一笑，问我：“听镇里文化馆的老杨说，报纸上登了，你做官了，什么院长……”

“那也不算什么官……”

“再过几年，说不定还能做上县长！”李龙鼓励我。

这下引起了我开玩笑的劲头，说：“不骗你，我现在就管着十几个县长。”我指的是学院的处级干部。

“嗬，”李龙退后两步，看着我，说，“那还了得，我家隔壁桂新，前几年瞎碰瞎撞与一个副县长握了一下手，回来后吃饭时拿山薯都翘着兰花指。后来有人告诉他那人不是副县长，是副县长的弟弟，他那手指才踏实。”

隔代之悟

这一节，写了我的第一个人生大选择，那就是拒绝当时上海教育界的出国风潮，留在国内，为文化的大规模重建而争分夺秒。

为什么是“大规模重建”？这事说来话长。五四新文化运动之后，军阀混战、抗日战争、国共内战，到一九四九年之后的打理废墟，实在没有可能来建立一种既无愧于传统、又无愧于国际的文化大格局。即以我所在的上海戏剧学院而言，一切系科的主要教材，都必须从零开始一一编写。据我所知，其他高校也大体如此。因此，当时文化界提出的所谓“恢复民国时期”或“恢复建国初期”，都只是一种安慰。那些年代并没有留下多少像样的教材可以“恢复”，我们必须以破釜沉舟般的决心，开始清理荒原，然后打下一枚枚基石。

那年月，我几乎日日夜夜都是边翻译、边著作，还到处讲课，忙不堪言。结果是，出了很多书，得了很多奖，还受到广泛拥戴。

正是在我极端繁忙的时候，祖母去世了。

我们余家遇到的危难实在太多，如果没有祖母，全家一定会更加狼狈，也未必会有我现在的生命状态。现在我的名字已被广泛印刷，但是，这位把我们带到今天的女性，尊敬的祖母，却没有留下名字。我甚至不知道如何来写她的墓碑。

四　在位和退位

怪不得那么多人想做官。

担任院长之后，我每天收到的邮件都来不及拆了。

拆开一个很厚的邮件，是湖北一位姓古的人寄来的，一篇研究我的“学术成就”的万言长文，要我推荐给任何一家杂志发表。他还在另一篇文章中宣称，我将以卷帙浩繁的著作对艺术做出终极回答。我看了一笑，退回了那篇长文，在心里给他起了一个便于自己记忆的名号——“古终极”。后来北京又有一位姓肖的编辑人员评价我是“民族的脊梁”，我同样给他起了一个好记的名号——“肖脊梁”，与“古终极”并列。

如果不小心，一做官，天天都可以遇到一个个“古终极”和“肖脊梁”。

今天与我吃饭的人，倒是我自己约来的。

他就是戏曲史家徐扶明教授，因为说过样板戏两句话，被人揭发，关押了很久。他的案子早就应该平反，但由于没人管，一直拖着。我向有关部门询问过好几次，也没有得到回应。这次我以院长的身份再问，立即解决了。这就是做官的好处。我已经约了他好几次，他老说“不便打扰”，这又是做官的坏处。

今天他实在推不过，终于来了。我在学院后门口找了一家小饭馆，拉他到墙角的一张桌子边坐下。他穿得像一个老农民，缩着脖子，嗓子哑哑的，笑着与我握手，手很热，握了好一会儿。

“昨天文化局当着我的面，把那个人揭发我的材料焚烧了。”他说，“这很可惜，留着多好呢。你我都是研究文化史的，最看重原始材料。为难的是，我如果坚持不让烧，很可能以为我还要记恨。”

“那人现在在哪里？”我问的是当年揭发徐扶明“攻击样板戏”且给他造成多年冤狱的那个曾远风。

“在这里。”徐扶明从口袋里取出厚厚一沓折好的报纸，放到我眼前，用手指点了点折在最上面的一篇文章。

我一看，那是一份南方有名的周末报，文章的标题很长，作者正是曾远风。

我吃惊地匆匆看了几眼。曾远风在那里用愤怒的口气写道，有人要掩盖历史，他绝不答应，一定要战斗到底。

徐扶明教授告诉我，曾远风在好几年之前就已经摇身一变，成为历史的批判者。很多读者完全不知道他在前些年是如何让人闻风丧胆的。

“你难道不想给南方的这家周末报的编辑部写封信？”我实在气不过，问徐扶明教授。

“这没用。”他说，“老弟，人生如戏，角色早就定了。有人永远是打手，有人永远是挨打。那些报纸，只是打手们挥拳的平台。”

他摇头苦笑了一下，又缩起了脖子。猛一看，真像曾远风说的要想掩盖罪行的逃犯。

这很像我爸爸，被关押了那么多年，现在平反了，却像是自己理屈，躲躲闪闪地过日子，从来不控诉、不揭发、不声讨。那些慷慨激昂的事，仍然由当年慷慨激昂的人在做。

是的，社会政治话题可以不断翻转，但揭发、声讨、控诉的，却大多是同一批人。把他们的徒弟算进去，也是同一帮人。前后之间的程序、逻辑、对象也一模一样，只是内容相反、时空倒置而已。

与徐扶明教授碰面后大约半个月，一天下午，傍晚时分，一个高高大大、鼻子尖尖的老人敲开了我办公室的门。他进门就说：“院长，我叫曾远风，有十万火急的事找你！”说着伸出手来要与我握。

我听说是曾远风，心里一咯噔，没有伸手去握，立即回身坐到我的办公椅上，问：“什么事？”

曾远风走到我的办公桌前，神秘地说：“上海在极左时期演过一台彻底否定教育的话剧，你知道吗？”

我既没有吱声，也没有点头，等他说下去。

“这是当时最坏的戏，比样板戏还坏。样板戏剥夺了人民看别的戏的权利，那台话剧剥夺了青年上学的权利！”

听到这话我抬起头看了他一眼，要不是想到了被他伤害了多年的徐扶明教授，我还有可能点一下头。

但是，我看他一眼，已经对他有了鼓励，他的声调提高了："这个月，正是当年上海学生到边疆去二十周年，受害者们已经集中起来，准备找那个姓沙的剧作者算账，要他归还青春。现在，这个剧作者已经像热锅上的蚂蚁。我听说，他已在托人找您，请您出场去说服那些受害者。我今天紧急赶来，就是劝您千万不要为这个文痞出面！"

不管曾远风是不是夸大其词，如果一群二十年前去边疆的人员真的包围住了那个剧作者，这可不是小事。大家一激愤，极易造成围殴事件，闹出人命都有可能。

我便问曾远风："真有这事？"他就把消息来源详细说了一遍，我听完，就把他打发走了。

我立即把我的好朋友胡伟民导演找来，与他商量这件事。胡伟民像我岳父一样是个"右派分子"，长期不在上海，不知道有那台彻底否定教育的话剧。但他显然看不起那个剧作者，理由是那人实在太左，又太喜欢哗众取宠。我说："有那么多人来讨二十年前的旧账，可见那个戏确实很坏。但当时逼迫青年学生下乡，是北京的号令。那个剧作者只是曲意逢迎，现在如果把历史责任都推到他一个人身上……"

"这不妥！这不妥！"胡伟民立即明白了我的意思。

两天后，那个剧作者果然来找我了。这是我第一次见这个人，他的态度，不是我预想的那样忧虑和谦恭，而是一种带有一点滑稽的友好，这使我觉得比较舒服。

第二天傍晚，我就出现在那个现场。是安福路上一个剧场的门厅，我去时已经挤满了人，门外还有不少人要挤进来。一看就知道，全是二十年前上山下乡的学生，社会上统称为知识青年，又简称为“知青”。

那个剧作者靠墙坐在一把塑料的折叠椅上，“知青”们都站着，由于后面推挤，对他越逼越近。我怕出事，就站到了他身边。

一看就知道，这些人不是来闹事的。他们最好的年月都被拿走了，但是谁也没有为这件事承担责任，只是草草地让他们回了城。城里已经没有他们的位置，他们找不到出路，于是像没头苍蝇一样撞到了这里。安福路在上海是一条小路，并不好找，但他们还是找来了。眼前这个坐在塑料折叠椅上的胖乎乎、矮墩墩的男人，显然不是他们真正要找的人。但是，除了他，他们再也找不到别的人。

这种无言的包围，令人窒息。

幸好有人用平稳的口气打破了沉默。这是一个高个子的中年人，他叫了一下那个剧作者的名字，说：“不瞒你说，在江西龙南县的深山里，我们有几个人曾经多次商量，只要回上海，就要打你一顿。”他顿了顿，接着说，“但是我们终于长大了，不会再有这种念头。今天只是想问你，你自己读过大学却说读书不好，你要我们到农村去自己却不去，这，能安心吗？”

剧作者脸上的微笑一下子僵住了，他不知道要不要站起来回答，便征询似的看了我一眼。我正犹豫，四周的话匣子却打开了：“编剧编剧，怎么能胡编乱造！”

“你也是有儿女的人，请想一想二十年前的我们！”

……

虽然大家很激动，但话说出来了，情绪也就释放了一大半。我觉得应该说话了。

我站出一步，说：“大家知道，我也去了农场。最痛心的是，一位女同学在农场自杀了。我刚才还在想，活下来，就是胜利。前面的路还很长，我们还不老！”

“余院长，我们老了。”这声音，悲凉中带着点儿谐谑，气氛松动了。

“你们这样还算老？请看看我！”一个我非常熟悉的声音从后面传来，我伸头一看，是胡伟民，他也来了。

胡伟民一身牛仔服，叼着根香烟，缓步上前。一个大导演的自然风度有一种无形的光，大家纷纷后退一步，为他让道。

他走到了这个门厅的台阶上。台阶是通向剧场的，现在剧场正锁着门，他踏上三级，就在那扇锁着的大门前站住了，转过身来，对着大家。

他扫视了一下全场，平静地自我介绍：“我是在一九五七年从上海戏剧学院刚刚毕业时被打成右派分子的。”这就是说，他高出大家整整一辈。

“我当时算是阶级敌人，被发配到北大荒，零下四十摄氏度还必须在野外干活。”胡伟民说。

这几句话，把这个门厅收纳得鸦雀无声。胡伟民知道所有的目光都在自己身上，便慢慢地抽一口香烟，再把白烟圈缓缓吐出。大家等着他，他让大家等。发现香烟即将燃尽，他便弯下腰去把烟蒂按灭在花岗石台阶上，直起身来再掏出一盒香烟，抽出一支，衔在嘴上，摸出打火机点上，抽一口，再喷出白烟，才重新讲话。

他说：“我算过，我比你们各位的平均年龄，大十八岁。

我真正做专业的事，是在三年前才起步的。你们算一算，那时候我几岁了？”

他又抽烟了。我连忙抓住机会说：“胡伟民先生是目前上海戏剧界无可争议的第一导演，也是全国四大导演之一。他的全部业绩，都是这几年从头建立起来的。”

“所以，”他又把烟圈吐完了，接着我的话说，“你们现在起步，一点儿也不晚。我们中国，只要方向走对了，所有浪费的时间都能追回来。如果方向错了，再让你们回到二十岁，也没用！”

全场肃静。突然响起了掌声，很快全场响成了一片。胡伟民，就像他每天在舞台上谢幕一样，一手叼着烟，一手挽着我，朝周围点着头，缓步离场。我顺手把那个剧作者也拉在一起，三个人一起离开。

胡伟民在一个路角停下步来，弯腰打开了一辆十分破旧的脚踏车的锁。这辆脚踏车，我和他都叫“老坦克”。按照往常的习惯，他会推着这辆“老坦克”与我一起步行一个多小时，边走边聊天，但今天因为多了一个人，他走了几步就翻身上车了。上车时他还特地关照了我一句：“你也早点回家休息。”为了玩帅，他骑得很快。

第二天，那个极左派剧作者又到我的办公室来了，一开门就对我和胡伟民昨天晚上的及时解围，深表感谢。

我说：“昨天的事，结束得很好，主要是胡伟民的功劳。不过，你老兄也要吸取一点教训。在过去那样的年代，任何文人都可能写错一点什么。但是如果遇到了要不要文化、要不要教育、要不要学校这样一些最基本的人类学问题，却千万不要——”我本来要说“昧于良知”，但毕竟是两个人在聊天，便口气一软，说成了“马虎”。

他说：“我真不清楚那个戏的后果那么严重。但我确实很不满意自己。”

他认错的口气很诚恳，我立即联想到那个曾远风，并产生了对比。

这件事之后，这个剧作者和我、胡伟民的关系越来越近。他后来请求我为他的新作集写序言，我写了。他又在报纸上发表文章，说我的著作是“神品”，这听起来有点不是味道，但我也没有阻止。因为当时中国文化界又在发动“批判资产阶级自由化”之类的运动，极左势力再度抬头，我几次看他，居然痛改前非，也与我们一起反对极左势力，我就把他当作了“改恶从善”的朋友，顾不得用词不当的小节了。后来，上海市文化局来向我征询意见，我还推荐他做了一个剧团的团长。

有一次，胡伟民骑着“老坦克”到我家来，在我家吃饭。他边吃边对我说：“我们的那位朋友，最近有点让人看不懂了。我在广州偶尔看到他在香港发表的几篇文章，从口气看，要把自己打扮成‘异议分子’了。但他能有什么像样的异议？我们还不知道？”

我说：“他啊，仍然是急于表演多种角色的职业病。”

胡伟民说：“我看他是挂羊头卖狗肉，不知道会不会被那些真的‘异议分子’打一顿！”

我一听就笑了：“到时候我们还要再救他一次。”

事情的发展，远比我们的谈笑严重。

一九八九年六月二十日午后一时左右，我在院长办公室里呆坐着，胡伟民敲门进来了。他坐在我对面，一支支地抽着烟，不断地摇头叹气。那些天我正又一次被人揭发，受到国家文化部的审查。揭发的是最新的政治态度问题，我因为跟不上形势，又不想立即改变自己的观点，因此麻烦不小。

北京来的审查者却很同情我，只想“大事化小，小事化了”，企图把我的问题解释成“保护学生”。胡伟民看着我，说：“大家都不好受，朋友间你担子最重，管着这么一个学院，带着这么一批学生，千万要保重！”

“那个人被我开除了！”过了一会儿他突然说。

“谁?”我问。

“还有谁?那个被我们解围的极左派剧作者，开除出朋友圈!”他厌恶得连名字也不想说。

我一听就明白了。前两天那人在报纸上代表剧团发表了一个惊人的声明，正好与我们前一段时间在一起时的态度彻底相反。

我看到报纸后曾打电话向那个人严厉质问，那个人在电话里慌忙解释：“我是处级干部，必须表个态，实在没办法。”

我立即大声说：“你是处级，我比你高两级，所以很清楚，上级并没有要你这么表态!”随即摔了电话。

没想到，胡伟民比我更厉害，直接找上门去了。

“你去找他了?”我问胡伟民。

“辩论了整整一个晚上。我当面对他说，我最痛恨的不是你的观点，而是你的投机。一个搞艺术的人，怎么可以没有人格!”胡伟民边说边站起身来，说，“我们怎么交了这么一个朋友，气得我浑身颤抖，胸口发闷!”

说着他拍了拍我的肩，像是要走。

我问:“你现在去哪里?”

他说:“半个月来身体一直不好，昨天晚上又这么一吵，伤了元气，想到华山医院配点药。你要保重!”

我把他送到办公室门口，看他下楼梯。然后，我又急忙回身到窗口，看他翻身骑上“老坦克”。他知道我在看他的背影，扭身抬头看我的窗，腾出左手向我挥了挥。左手上，还是夹着香烟。

华山医院就在学院东边不远。他把“老坦克”搁在医院门边的砖墙前，锁上，就进了医院。

很长时间过去了，昏黄的路灯照着这辆脚踏车。它的主人，再也没有出来。

深夜的街道上，没有人知道它此刻的意义:它驮载过上海戏剧的一个辉煌时代，而这个时代刚刚结束。

就在这时，我家的电话铃急促地响了。平日深夜来电话的只能是他，我拿起话筒就叫“伟民”。

不是他，但有关他。

两天后，我在追思会上说:“一个人的去世，会使另一个人改变与行业的关系。从今以后我将不再与上海戏剧界交往，因为我的朋友已经死在那个地方。”

我在发言前已经看到，那个极左派剧作者，还有那个曾远风，都来了。那天回家，我遵循胡伟民有关“开除”的决定，给那个极左派剧作者写了一封斩钉截铁的信。

在胡伟民去世之后半个月，对我的审查也结束了。

审查者做出了一个温和的结论，果然说我当时站在学生一边，只是为了保护学生。学院里一位教授悄声在我耳边说：“胡伟民的在天之灵保佑了你。”

我随即去了新加坡，在那里滞留了八个月。好几年前，新加坡的大艺术家郭宝昆先生曾邀请我和高行健、赖声川三人一起去那里聚会和讲课。当时我们三人都还很年轻，也不出名，不知道是怎么被郭先生挑上的。这次重返，他们两人都不在那里了，这座热带城市显得有点冷清。郭宝昆先生经常在浓郁的树丛下长时间地看着我，不说话。

我叹口气，说：“一九七九年至一九八九年，中国这难忘的十年，结束了。”

“我知道。”他说，“赖声川已经联系上了，他会过来陪你。高行健一直联系不上。”

我在新加坡滞留期间，密切留意着国际时事和中国新闻，顺便讲一点课。蕉风椰雨，一次次把我掩埋，又一次次让我泅出。

在我回国一年多之后，郭宝昆先生又赶到上海，想看看我的处境。他希望我顺利，更希望我不顺利。

因为如果不顺利，那就有理由把我再一次拖到他们那里讲课了。他在宾馆的客房里对我说：“我们国家小，你的听众多，哪怕每天讲一首唐诗，日积月累也会成为一件大事。”

唐诗！我笑了，说：“这儿的经济发展比想象中快，但是文化领域却深陷泥淖。因此，我不想一走了之。”

“那你准备做什么？”他问。

我说：“从五四运动到今天，都重复着一个共同的毛病，那就是：忙着激烈的文化批判，忘了自己的文化身份。”

他眼睛一亮：“文化身份？”

我说：“欧洲文艺复兴，仅仅问一句‘我们是谁’，就走出了中世纪。”

郭宝昆先生对这段历史很熟悉，他深深地点头。

我说：“现在的中国文化界，都在竞相高谈‘传统的劣根性’、‘丑陋的中国人’。所以我很快就会辞职远行，去寻找中华文化遗迹，去追赶你所说的唐诗时代。我要用雄辩的实例告诉世人，那些遗迹背后的中国人是一个伟大的族群。”

原以为，既然有那么多人想做官，辞职还不容易？但我想错了，这在当时，非常艰难。

首先是学院的上上下下已经无法想象我的离开。因此，我没有试图说服大家，只向上级机关用力。

我先是认认真真写了几份辞职报告递上去，很长时间没有回应。于是我就亲自到上海和北京的相关单位，直接找领导人当面提出。他们以为我是想调动工作，因此都说：“我们会考虑，你不要急。”

终于，在北京大雅宝的空军招待所，两个阶位很高的领导人正式找我谈话。

他们和颜悦色地说："在目前全国厅局级的正职干部中，你是年龄特别轻、文化特别高，又深受群众拥戴的一位。现在有两个职位可供你选择，都是副部级。"他们所说的两个副部级职位，一个在北京，一个在上海。那个年代，老干部们都成批地离休了，上上下下很多职位都空着，升迁要比现在方便得多。

我一听就知道他们误会了，连忙说："不，不，不。"他们觉得很奇怪，因为那两个职位实在已经很显赫了。

回到上海之后，我静下心来，把辞职的事当作一个系统工程来操作。

一是继续打辞职报告，二十几次，全部石沉大海；

二是借着一次因尿道结石住医院的机会，无限夸大病情，串通学院的胡志宏书记和医务处一起夸大，还鼓动文化部的一位局长朋友参与夸大，开始有了效果；

三是请常务副院长胡妙胜教授主持工作，造成即使我不在学院也能很好运转的强烈印象；

四是给直接主管我们学院的国家文化部副部长高占祥先生写了一封措辞极其生硬的信，声称如不批准辞职我将自行离开。

终于被批准"暂时辞职"，却要挂一个"名誉院长"的头衔。我又一次花费不少口舌，把这个头衔也推掉了。

在一个极为隆重的辞职仪式上，我即兴发表了一个讲话，现在还能找到录音——

感谢国家文化部和上海市委批准我的辞职请求。但是，刚才几位领导对我的评价实在太高，就像是把追悼会提前开了。（众大笑）

这些年我确实做了不少事，而且天地良心，确实做得不错。（热烈鼓掌）但是，这不应该归功于我，而应该归功于“势”，也就是从社会到学院的大势所趋。我，只是顺势下滑罢了。

想起了一件事。前些年云南边境的战争中，一位排长以身体滚爆山坡上的一个地雷阵，上级决定授予他特等英雄的称号。但是，他对前来采访的记者说，那次不是有意滚雷，而是不小心摔下去的。记者说，特等英雄的称号立即就要批下来了，提拔任命的一切准备工作也做完了，你还是顺着“主动滚雷”的说法说吧，这样彼此省力。但是，这位排长始终坚持，他是不小心摔下去的。

结果，那次获颁英雄称号的是另外两个军人，现在他们都已成了省军区副司令。但那位排长很快就复员了，仍然是农民，在农村种地。有人问他是否后悔，他说：“我本是种地的，如果摔一跤摔成了大官，那才后悔呢！”（鼓掌，笑声）

我做院长的顺势下滑，与那位排长的摔跤下滑，差不多。因此，他是我的人生导师。（热烈鼓掌）

我的另一位导师陶渊明说：“归去来兮，田园将芜胡不归？”

所不同的是，我没有田园，连荒芜了的也没有。（笑声）因此，我不如陶渊明，也不如那位排长，无法回去，只得寻找，去寻找我的田园。

找到或者找不到，我都会用文字方式通报大家。（热烈鼓掌）

谢谢！（长时间的热烈鼓掌）

半个月后，我就裹了一件深灰色的薄棉袄出现在甘肃高原，独自向公元七世纪的阳关走去。

接下来，再从阳关出发，走向秦汉，走向春秋，走向炎黄。我的身后，越来越热闹，我的脚下，越来越荒凉。四千多年的历史，沉睡得那么彻底，看不到任何苏醒的可能。

我也遇到很多实际困难，无法一一细述。例如，我的文化考察还没有形成一个个具体的课题，因此无法申请任何经费，只能全靠自己支付。这对于当时的我，实在是非常困难。感谢妻子马兰，她说她虽然不“走穴”，却也积累了四万多元存款，可以帮我成行。

一路上见到最多的，是古战场上密集的坟堆，很少见到人。我想，这儿，也许就是我的祖先一会儿匍匐沙丘，一会儿呼啸扬鞭的所在。

归去来兮。家乡可以很近，也可以很远。生命可以是五尺之躯，也可以是万里苍原。

隔代之悟

这一节，写了我的第二、第三个人生大选择。

第二个选择是当官，第三个选择是辞官。

当官也算是人生大选择吗？算。

我当院长，是几度民意测验的结果，好像是被选上的。但是，被选上的人还可以有自己的选择。我本来的心意，九成是拒绝，一成是摇摆。后来由于黄佐临先生、胡志宏先生和陆谷孙先生的动人言词，又由于师长们的劝说，终于选择上任。

我出任院长，完全没有名利观念。因为我如果继续一本本出书，无论是名还是利，都大得多。但是，做了院长，却可以利用权力完成全院专业课程的系统重建，可以对文化界各种历史是非和现实冲突做出最明快的判断，可以遵照生态美学来治理早已脏乱不堪的学院环境，可以调动青年学生的生命激情来投入文化创新……

不仅如此，我在职位上展现出来的工作能力，加上我此前已经取得的学术地位，使我在上海和全国文化界显得越来越重要。许多大事需要我来参与和过问，而且在上上下下的赞誉中，已有二三个更重要的职位在争夺我。这很容易让我迷失，把做官当作了专业。幸好，我在关键时刻重新憬悟了自己的文化身份，明白自己是“唐诗的后代”，于是决定辞职。

辞职在当时非常艰难，但仍然决不回头，因此就成了我第三个人生大选择。

后来一直有人在设想，如果我不辞职，理所当然地成了级别很高的官员，中国文化界会出现什么情景。我总是立即回答，请再读读《文化苦旅》、《中国文脉》等著作吧。我面临的课题，不是为自己选择仕途，而是为当时中国文化选路。那就是，从百年苦难，选择千年辉煌。但是，千年辉煌正陷于漫漫风沙，因此必须是苦旅。

五　绣花婴儿鞋

祖母去世之后，我很少回去看望爸爸、妈妈。

以前是因为繁忙，后来是因为远行。

爸爸、妈妈很想能经常见到我，却完全不想知道我在外面做什么。对于我写了什么书、走了什么路，怎么做了院长，又怎么辞职，他们都不清楚。

为了更深入地了解中华文明，我不仅要走完中国古路，还要摸遍世界废墟。但是，那数万公里，却是古墓荒草、血污凶道。直到今天，国际间没有另一个人文教授走通。这个纪录，要由我来打破了。

那一次，我准备出发去考察全世界所有最重要的古文明遗址，目的是与中华文明进行全方位深度对比。因此，决定不乘飞机，只驾吉普车贴地而行。这当然是九死一生的漫漫长路，马兰抿着嘴唇看了半天世界地图，最后一撩长发说："那就必须与爸爸、妈妈做一次隆重告别。"

到了爸爸、妈妈那里，只是出神地看着他们，什么也不说。谁知，妈妈向马兰招手，把她引进了卧室。

妈妈对马兰说：“今天我要送你一个好东西。”说着，打开了一个绸布包，取出一双精致的绣花婴儿鞋。

“这是秋雨出生下地后，穿的第一双鞋，你收着。”妈妈说。

马兰立即激动起来，说：“妈，您知道不知道，就是那双肉团团的小脚，走遍了全中国，还想走遍全世界！”

由于路越走越远，越走越险，也就越来越不能告诉父母亲，我去了哪里，将去哪里。

在中东和南亚的恐怖主义控制地区，每时每刻都有可能失去生命，而这生命是父母亲给的。我心头突然一恸：他们的东西丢失在他们从来没听说过的地方，这对他们很不公平。

马兰瞒着双方老人，也陪着我走了一段。

那些堆积如山的废墟，那些巨石贮留的辉煌，那些不知由来的恐怖，给这位典型的中国艺术家带来了巨大的冲撞。每次，她都会快速攀登上那些发生过重大流血事件的山冈，前前后后看个究竟。更让她震撼的是眼前一系列破碎的艺术遗迹，虽然非常陌生，却立即就能感知非常伟大。她听到雄浑的晚祷声，黯然泪下，一次次披上当地的白色长巾在神秘的碑刻前长久站立，我曾为她拍下几张照片。

记得在耶路撒冷一条小巷道的石窟咖啡馆里，我们坐在一起，看着门外慌乱行走的神秘人群。我移了一下凳子，郑重地告诉她：“我对文明和文化的看法，全变了。”

她说：“我的看法也变了，先听你说。”

我说：“我出发的时候，只想对比中华文明和其他古文明的差异。但一路上看到，不同文明之间的差异并不重要，重要的是，所有的文明都面临着共同的大灾难：恐怖主义、核竞赛、族群仇视、传媒蛊惑、地震海啸、气候暖化、大规模传染病。美国哈佛大学的亨廷顿教授看不到这一切，只看到不同文明之间的冲突，我现在完全明白，他错了。”

马兰对这些问题并不陌生，立即同意我的看法，但她又叹气了：“我们中国的多数文化人，连亨廷顿的文明冲突论也不关心，更不要说全人类的大灾难了。他们中不少人，只想给身边的人制造点灾难。”

“恰恰是，中国多数民众喜欢观赏别人的灾难。这一点，连罗素都说过。”我说。

“那我们该怎么办？”她问。

“忍受小灾难，呼唤大善良。唤不出还是唤。一生只做一件事。”我说。

她握住了我的手。

一些埃及民众听说我们这几个中国人将要驾着吉普车继续向东，穿越目前世界上最恐怖、最危险的地区，不禁大吃一惊。他们断定我们此行凶多吉少，便在金字塔前开了一个“送别中国英雄”的音乐会。

马兰未被允许继续前行，她受到埃及朋友的感染，也深深地为我担忧，却又不便多说什么，便上台唱了一首歌，送给我。

后来我们终于知道，埃及朋友的隆重送别并非夸张。

一九九九年十一月七日，我和几个伙伴要在无法办齐手续的情况下冒险进入伊拉克，此后行程的恐怖层级大大提高。马兰未被允许进入，要坐车返回，我们夫妻俩在约旦佩特拉的山口告别。

这很可能是生死诀别，因此不知道说什么话。她上车后，我绕到她坐的窗口，那窗是密封的，她的脸贴着窗，我的手掌从外面拨去窗上的尘沙，画着，按着。

她后来告诉我，车开走后，她看我像一根木头一样插立在中东的旷野里，一动不动。等到看不见了，她的手就从窗里边合着我刚刚留下的手掌印，很久。这儿的天气已冷，车窗很凉，她只想，什么时候，我的手掌印能够重新回暖。

当天我日记上写的是："妻子，但愿我们此生还能见面。"

但是，当她回到国内家里，打开电视，听到的是我们几个在伊拉克失踪的消息。

其实是伊拉克当局封锁了我们所有的通信工具，包括手机，我们像无头苍蝇一样到处乱窜。

她知道中东的局势，判断我凶多吉少，就每天不出门，不吃饭，不睡觉，不梳洗，成天趴在电视机前，面无人色，蓬头散发。直到我们找到大使馆，报告我们还活着，她才大哭一场。

其实，比伊拉克更凶险的，是伊朗、巴基斯坦、阿富汗的边境地区。

在那里工作了十几年的外交官和记者都不敢去，他们都无数次地来劝阻我们，特别是劝阻我。劝阻的理由很充分，因为当地的恐怖主义组织早已习惯通过绑架外国人质来索取赎金，包括一次次绑架中国人质。

但是，古代文明发祥地陷落为当代恐怖主义的泥淖，这个事实太震撼、太艰深了，我必须一一抵达，并向全世界报道。

真正完整地穿越这些泥淖的第一人居然是中国学者，我隐约看到了张骞和司马迁的远天微笑。

终于活着回到了国内。

好几个国家在第一时间翻译了我每天传回的考察日记，出版后极为轰动。我也想把一路的灾难感受好好地告诉国人，完成一系列宏观的文明比较。然而没想到，国内正用一种浓缩的灾难“欢迎”我，那就是全国大量报刊都登载着诽谤我的文章。

明明看到了老家的炊烟，却又遇到了剪径的马帮。

隔代之悟

很多朋友都会高度评价我在不正常的时代偷偷潜入外文书库编写《世界戏剧学》的勇敢，以及后来在仕途亨通之时断然辞职的举动。其实，我认为更重要的行为是在二十世纪最后的年月冒着生命危险考察了人类各个重大文明遗址。为什么更重要？因为——

一、这是在为中华文化寻找国际对比坐标；

二、这么完整的考察，在世界人文学者中是第一人；

三、沿途时时与恐怖主义遭遇，确实非常危险；

四、这个行程受到各国目光的密切关注，彰显了中国文化人有可能达到的行为能力，我也因此被外国媒体评为“跨越世纪十大人物”；

五、这个行程让我对恐怖主义、文明冲突、人类危机等重大课题产生了新的判断，并通过一系列文章和演讲中成了国际话题。

正因为这五点，美国哥伦比亚大学夏志清教授赞誉我为“当今世界最重要的文化探险家”。

这是过誉，但事情确实不小。我，这个从灾难中走出的人，终于完成了对灾难的三重体验：体验家庭灾难，体验国家灾难，体验人类灾难。

三重灾难逐次扩大，我也就把自己的人生建筑在“灾难哲学”之上，并把这种哲学伸拓到了人类学的高度。

我在小时候就知道，人生离不开灾难，人品就看怎么面对灾难，首席导师就是我祖母；在青年时期又知道，家庭灾难就是国家灾难、人民灾难，因此应该抗争，首席导师是我叔叔；在成年之后知道，国家灾难和人民灾难虽然庞大，却可以靠我们自己来逐一转化，首席导师是我自己；终于到了世纪末，我更知道，世界的灾难远远超出人们的想象，我们只有在广阔的时空对比中重建理性和慈爱，才有一点希望，首席导师值得期待。

在中东和西亚的恐怖荒原上，我一次次在踽踽独行中打量自己在沙漠残阳中长长的影子，心想，这个在第二次世界大战灾难之后出生的婴儿，一生与灾难耗上了，即使到了如此绝望的远方，也能平静地来审视更大的灾难。

曾经翻译过我不少著作的一位日本教授发表了这样的评论："为什么这条世界灾难的长途首先由一个中国学者走完？因为他生于灾难，立于灾难，又走出了灾难，最懂得灾难哲学。"这话让我高兴，但也有一点异议。

人类永远不可能全然走出灾难——这是灾难哲学的第一课，也是最后一课。

这一节的实际体量很大，读者有兴趣可参阅《千年一叹》、《行者无疆》、《门孔》等著作。我用"绣花婴儿鞋"作为此章标题，一方面是想把柔软的起点与万里险途构成文学对比；另一方面则是表达一种神秘：我妻子在我出发探险前一刻从我妈妈手中得到这双绣花婴儿鞋，仿佛是天地暗示。

六 雨天长谈

过了几个月，忘了从哪里回到上海，已经有一位广西来的年轻学者在等着我。这位学者个子不高，眼睛很亮，很像历史资料里描写的李白。

他叫杨长勋，广西艺术学院副教授，曾经花力气研究过我早年的几部学术著作，发表过很多论文。现在，连我的远行考察和回来之后的遭遇，也成了他的研究内容。他这次来，说有一些重要想法要与我谈谈。

正准备与他长谈，又接到一个让我高兴的电话，那是齐华打来的。自从那次见面后，很多年都没有他的消息。他在电话里告诉我，他听从了我对莎士比亚和《红楼梦》的推荐，努力钻研，写出了一些论文，已经从人事局调入一所大学的研究机构。他在研究《红楼梦》的过程中经常去请教老前辈余鸿文先生，最近才知道余鸿文先生和我家的关系，所以要见个面，另外说点别的事。

我想，既然凑到了一起，就把齐华和杨长勋拉在一起聊天吧。齐华比我大六岁，而杨长勋则属于下一代，不同年龄会有不同视角，加在一起一定比较有趣。

这是一个雨天，雨大得出奇。我通过熟人，找了静安区图书馆楼下的一间空房，安排一个工作人员给我们提供茶水。三个人就看着玻璃窗上如泻的雨柱，开始畅谈。

根据长幼有序的礼节，我请齐华先说。齐华有一点老了，却显得比以前耐看，很有风度。

齐华告诉我，余鸿文先生退休后住到了他女儿、女婿家，远在长江边的月浦镇，来往很不方便。我请他先代我问好，很快我会陪着父母亲去拜访。

说完余鸿文先生，齐华停了停，压低了声音问我："报刊上那么密集地出现了诽谤您的文章，我们该怎么办？"

我说："报刊发表那些文章，只是为了发行量，而且也不算密集吧？"

立即响起响亮的笑声，是杨长勋。

"余先生说不密集，是因为他不知道。不读报纸、不上网，连个手机也没有，害得我们代他受了好几年气！"这是他在对齐华说。

我连忙解释："其实也有人说起，但我不想听。对于假话、脏话，倾听就是鼓励，反驳就是对弈。"

"但是，除了你和他们，还有第三者，那就是广大读者。读者分不清假话、脏话，也会把你看脏了。"这是齐华在说。

我立即回答他："我是一匹赶路的马，千里风尘之间，哪有时间洗刷自己？"

"说得妙！但是——"齐华紧逼着说，"你这匹被围袭的马，是你，又不仅是你。你不能过于洒脱。”

我沉默了，端起杯子喝一口水。显然，他们说得有理。

“那，你们就给我简单介绍一下围袭的情况吧。”我说。

杨长勋从提包里拿出一个笔记本，翻开一页，看一眼，就说：“据我统计，这几年国内诽谤你的文章已发表了一千八百多篇，这肯定不全；如果乘上每份报刊的发行量，那么，与你名字相关的恶言恶语在全国就是一个天文数字。放心吧，你肯定创造了一个独立知识分子遭受诽谤的历史纪录，不仅是中国纪录，而且是世界纪录。”

“他们哪有那么多话可说？”我问。

杨长勋又拿出一大沓复印材料，随手抽一页，介绍几句，再抽一页，读出几句……这样折腾了十分钟，他突然停止了。

“这些脏话从我嘴里说出来让你听到，我已经造孽！”杨长勋重重拍了一下桌子，几个杯子都抖了一抖。我看他前面介绍情况时口气还比较平静，没想到他压着一肚子气。

我拿起他的茶杯塞到他手上，让他平静一点。他喝了一口，我和齐华也拿起杯子喝了一口，茶已经凉了。窗外还在下雨。

雨点打在窗上，发出一种杂乱的音响，使我们的谈话不能不提高了嗓门。

齐华开口了：“不能再这么下去。想想看，该怎么办？”

杨长勋转头对我说：“这就是我这次赶到上海来的目的。我静静地看了几年，觉得形势对你非常不好。所有的媒体都知道，攻击你这个大名人会大大增加他们的发行量，又不会承担政治风险，因此越闹越刺激。目前，已经形成了一个‘啃余族'，其实就是一种无所顾忌的文化黑恶势力。谁为你辩解，谁就跟着挨骂。我想来想去，你唯一的办法，是留下一份写给读者的声明，然后离开。离开上海，离开中国，而且要快。否则众口铄金，真会被他们灭了。”

“不，战士宁死不逃！”这是齐华的声音。这声音让我想起，他曾经是个军人。

齐华看着我好一会儿，终于说：“所有的诽谤都刊发在媒体上，而我国所有的媒体又都是官办的。你八十年代中期就已经是厅局级了，现在的好几位重要领导人都是你当时的同事，而且我听说他们都是你的读者。如果拨一个电话给他们任何一位的秘书……”

我立即站起身来，按住了他的手背，说：“如果我拨了这样的电话，十多年前的辞职就失败了一半。与其求救，宁肯逃走。”

齐华想反驳我，却停了几秒，便竖起了大拇指，朝我点了点。

“但是——”他又迟疑了，“能不能，不离开中国？”

我当然理解他的意思，点了点头。

“那就必须离开上海！”杨长勋说，“我统计了，这些年诽谤你的文章，发表最多的是广州、长沙、天津、香港，但发起者全在上海。你只要在上海一天，那些上海文人就一天安静不下来。”

外面雨已经停了，图书馆走廊两边的树木还在滴水。这个图书馆是我在读中学的时候几乎天天晚上都来的，一切都很熟悉，只是觉得变小了。

突然，有一位年轻的女读者走到我跟前，停下，看了我一眼，又低下头，说："余先生，上海那个人写了一篇不好的文章冒犯您，我向您道歉。"

"什么文章？"我问。

"说有一个妓女在读你的《文化苦旅》。"她声音很低，快速说完，转身就走了。

她相当俏丽，很有风韵，把我们三个人的目光都吸引住了。我们看着她婷婷的背影行进在修剪得很好的灌木之间，又消失在图书馆门口。

"文章又不是她写的，她为什么要道歉？"我问。

"有三种可能。"杨长勋说，"第一种可能，她是那个作者的家人或朋友；第二种可能，她只是你的读者，觉得你是因为受读者欢迎才受攻击的，因此要道歉；至于第三种可能，就不好说了……"

"说！"我命令他。

"第三种可能，她就是那个妓女。"杨长勋说，"这种可能最大。"

我回想她低头低声、快速离去的样子，也觉得有这个可能，就说："那她就很高尚。我们谁也不认识她，她也不必道歉，但她却道歉了！齐华，你说呢？"

我转身看齐华，发现他还发傻一样看着图书馆的大门。"太像了。"他喃喃地说。

我看着他，立即明白了。刚才我看这个女青年的时候真还觉得几分眼熟呢，不错，她就是一个活脱脱的姜沙，只是小了一代。

“像谁?”杨长勋问我。

“一时说不明白,”我说,“以后慢慢再给你说吧。”

“有一个妓女在读《文化苦旅》”,这句话如果是事实,也不至于掀起对《文化苦旅》和作者的声讨吧?但在上海,这种声讨快速形成,并推向全国。

《文化苦旅》转眼成了“妓女读的书”。我收到大量读者来信,说自己受了污辱,强烈要求我通过官司来为他们洗刷。但我知道,这事打不得官司。难道要法院证明没有妓女读过这本书?

隔代之悟

世间有一条有趣的规律：如果没有权力佑护，那么，名声之大迟早会变成麻烦之大。

我的名声大，是几个方面的叠加。学术名声、文学名声、职位名声和辞职名声，再加上历险恐怖所获得的国际名声，立即撑破了中国文化界和传媒界所能容忍的边界。因此，最浩大、最密集、最凶恶的诽谤聚集起来，名声也就立即转化为大麻烦。

但是，除了名声之外，还有一个更重要的“天时”之因。那是一个特殊的历史阶段，中国一些文化传媒突然发现自己无所不敢、无所不能了，它们撞到了一个可以无视法律而妄为的空隙。杨长勋教授说我已经成为“历史上遭受诽谤最多的独立知识分子”，想来想去，确实找不出可以相比的第二个。这就是这个空隙带来的“黑洞虹吸效应”。

为什么会有这么一个空隙？原因很深刻。说起来，官方对传媒管得很严，但不管对体制之外独立知识分子的诽谤。中国法律，对官方媒体的诽谤、造谣、诬陷也基本不管，这更为它们创造了条件。

对此，我有一个比较乐观的估计：中国法律，已经有多方面积极的动向。那一群被称为“啃余族”的诽谤者，最典型的文化黑恶势力，有可能要在铁窗里写另外的东西了。

我已经开始做实验。例如，对于一项伪造“前妻”的诽谤，我报了警。上海警方经过严密侦察得出结论，那是纯粹的电讯讹诈，为的是诈取“止谤费”。警官告诉我，围绕着我的一切诽谤，几乎都是这个性质。

但是，无论如何，我不能与他们纠缠。我早早定下的一个方针看来不错，因为遵照这个方针，我精力健旺，著述不断，而那些诽谤者却尴尬了，无聊了，蹒跚了。

我的那个方针就是八个字：马行千里，不洗尘沙。

七　逃向海边

终于，我对马兰说，决定离开上海，到她工作的安徽合肥定居。

马兰大喜过望，却又忧心忡忡："你这么一个纵横世界的文化人，陷在合肥这样的小地方，会不会处处不便？"

我说："正因为纵横世界，哪个角落都可以安居。为什么要结婚？就是为了走投无路的时候有地方逃，逃到老婆身边。"

比起上海，当时合肥还相当贫困落后。我们住在三里街一处简陋的宿舍里，我在那里写了《霜冷长河》和《秋千架》。

中国科技大学的朱清时校长听说我定居合肥了，就聘请我担任他们的兼职教授。我想，这也是一个不错的工作，就答应了，而且已经开始讲课。

在合肥几年，我心里很安静。妻子经常要带着剧院到各地演出，一出去就演很多场。当时国内有几家报刊在全国各省做问卷调查，问广大民众最喜欢哪个剧种、最喜欢哪个演员，她领军的剧种和她本人，几次都名列第一。

她不管到哪个城市演出，都一票难求。戏剧危机，在她身上从未体现。

她的顶级票房，没有牵制她大胆的国际化实验。而她的实验，也没有影响她的票房。在这方面，我与她心心相印。她对于我的学术著作《世界戏剧学》、《艺术创造学》，并不陌生。

她分布在全国各地的戏迷，组成了一个庞大的联盟。如果她去北京演出，那个联盟的各地成员都会用各种交通方式赶到北京，由北京的成员负责接待。在这个群体中，我一律被叫为"姐夫"。这一叫，使得踉跄于陌路上的我，也稍稍有了一点安全感。

但是，最想不到的事情发生了。

妻子几次回家，表情奇异地告诉我，不知怎么回事，上上下下突然都躲着她的目光。

一位刚刚退休的省委领导把她找去，悄悄告诉她："他们的'局'排定了，没有你。你还是走吧！"

她惊讶而又慌乱地看着领导，说不出一句话，只在心里问："他们"是谁？什么叫"局"？我为什么要走？走到哪里去？……

那些日子，马兰只是等，等一个说法，却不问、不求、不争。她的人格等级和艺术等级，是由许多"不"字组成的，在任何情况下都不会打破。在等的过程中，她一直在猜测其中原因，却始终没有猜到。

妻子绝对不会找哪个官员询问。她因尊严而选择了沉默。

那年，她才三十八岁。和当年严凤英离开人世，是同样的年龄。所不同的是，她已经把自己所在的剧种，推到了当代国际戏剧学的大门口，只差了几步。

上海没法留了，安徽不让留了，我们能到哪里去呢？

马兰最看不得的，是爸爸、妈妈的遭遇。就在前不久，当马兰带着剧院到海内外演出让大家都风光无限的时候，爸爸、妈妈几乎天天都遇到热情的笑脸。现在，大多数笑脸都冰冻了。老人家又回到了做“右派”的年月，面对着一双双冷眼。少数人想走过来安慰几句，却又前后左右地警惕着不要被别人看见，像做地下工作一样。

三里街的住所看不到旭日，却能看到一小角夕阳。马兰背靠着几件徽派的木雕看着我，久久不说话。

她平日几乎不流泪，这次却流泪了。她赶忙擦去，别过身去看夕阳。

这个夕阳下的剪影，让我几天失眠。

终于有一位老友对我们说：“如果不想移居国外，可以考虑一下深圳。在那里，匆匆忙忙的上班族还没有心思来攻击你们这样的文化名人。你们隐居在那里，会比较安全。”

我们已经走投无路，因此，决定立即动身去深圳。当时深圳的房子还不贵，我用稿酬买了一套住下，不久，把岳父、岳母也接去了。

在深圳，我和马兰都没有工作，就把精力全部花费在房子装修上。

好在两人都吃过苦，什么劳累活都扛得下来。为了办各种手续需要在一个个小窗口排队，那是马兰的事。我负责买各种零碎的家具，主要是到那些大卖场的摊子里挑选。两人每天回家，都尘土满身、腰酸背疼。

马兰排队的成果之一，是家里装了电话。想把号码告诉朋友们，但是，两个人失神地想了半天，想不出几个需要通话的朋友。朋友曾经很多，但在遭难时能站出来说一句公道话的，却少而又少。

马兰不是话剧演员、京剧演员、歌剧演员，离开安徽就等于失业了。她忍痛忘记耳边如潮的掌声，忘记已经很成气象的戏剧改革，忘记国际同行的热切期待。她想到深圳任何一个单位找一份工作，只要不是文艺方面的她都愿意，连重新做一个工人也可以。

她知道，靠我以前从盗版集团牙缝里漏出来的一点稿酬也能过日子，但我现在这样天天挨那么多媒体的狂轰滥炸，也不想再写什么了。她担忧，如果以后年纪大了，有了医疗方面的特殊需要，又该怎么办呢？

一天晚上，电话铃突然响起，这在我们深圳家里是很少有的。我急忙去接，是广西杨长勋打来的，他是我告诉过电话号码的少数几个朋友之一。

杨长勋在电话里大声说："太厉害了，你逃到哪里都被他们罩住！你知道他们现在在报纸上骂你什么吗？"

"骂我什么？"我懒懒地问。

"骂你深圳的房子！他们说，你的房子是深圳市政府送的，代价是为他们说好话。"

我一听就直起身来，问："又是什么人在那儿诽谤？"

"就是那个曾经歌颂你为民族脊梁，后来又编书盗印你文章的那个人，姓肖，好像在一个杂志做编辑。"杨长勋说。

"他不是在北京吗？"我问。

"深圳也有他们的人，'啃余族'早已联网，文化黑恶势力疏而不漏。在中国，你到哪儿也逃不掉，我早就说过了，还得走！"杨长勋说。

接完电话我愣了好一会儿。这事，不仅仅骂我，还骂到了深圳市政府。深圳市的市长是谁，我都不知道，但是如果我不出来澄清，政府蒙了冤，我们还能在这座城市住下去吗？

因此，我百般无奈，托北京一位律师打一个官司，只想证明我没有拿过政府的寸土片瓦，那个肖编辑损害了我的名誉权。不久北京的律师来电话，说北京的法院判了，我败诉。

上诉到中级法院，又败诉。两份判决书都写得很深奥，好像是在维护"言论自由"，但是我和律师都看不懂。

原中国政法大学校长、著名法学家江平教授对记者发表谈话，"一套房子并不是一个小皮包，被告当然是侵犯了原告的名誉权"。但是，北京的法院完全不予理睬。

北京的报纸以通版的大字标题刊登了我败诉的消息，口气欢天喜地。

他们，真是手眼通天。

我问了两个在媒体工作的学生："有没有可能在哪家报纸上说一个简单的事实，我在深圳购房的每一分钱，都是我自己的稿酬？"

两个学生几乎同时回答："不可能。其他报纸与那些报纸都属于同一个系统，是一家人，不会为了您得罪同行。"

连法院都判决我深圳的房子有问题，那么，我们也就不能住在这座城市了。应该逃到哪里去呢？没有了，因为不管到哪里，他们都会设法轰逐。媒体站在他们一边，法院也站在他们一边。

我开始理解杨长勋要我离开中国的意思了。

这天，我和马兰在路边散步，她的神色十分忧郁。我判断一定是有了新的坏消息，等着她自己说出来。

她怕我难过，犹豫地看着我，最后还是说了。她发现，她的爸爸、妈妈好几次都把头凑在一起嘟嘟哝哝，一见她进门就立即分开，又把什么东西藏藏掖掖。

她假装没看见，心里却一直有个疑窦。几天前她终于找到了老人家藏在垫被底下的那东西，是一沓诽谤我的报纸。

她想安慰他们，但说了几天都没用。老人家还是老观念，在他们心目中：国家办的报纸等于是“政府喉舌”、“中央文件”，连篇累牍地痛骂一个人，其实就是“打倒”。

女儿被驱逐，女婿被打倒，两位历尽苦难的老人家脸色苍白。岳父浑身无力，岳母通宵失眠。

岳父、岳母的紧张，使我想到在上海的爸爸、妈妈。

爸爸的血压、心脏、眼睛都不好，在几个老人中身体最差，万一……我立即买票从深圳赶回上海。

我最怕爸爸看到那些报纸。

弟弟说：“有一次爸爸到医院看病，发现桌子上有一本印着你名字的《文化苦旅》，就与医生说了几句，这一下子就在医院里传开了。爸爸为了看病方便，与这些医生有一些交往。”

“医生会不会把外面报纸的情况告诉他？”我问。

“不知道，大概不会吧？”弟弟没有把握。

我关照弟弟：“一定不要让爸爸看到那些报纸。”

我在上海与父母亲一起过了几天，赶快回到深圳。彼此都没有工作的夫妻是不能分开的。因为没有工作，也就只剩下了牵挂。往往是，刚刚告别就牵挂了，好像已经告别了很久。

在深圳我认真地下了一个决心：为了四位老人少受一点惊扰，真的不能再写书了。

不写书了，也就不想读书了。我就铺开宣纸，写一些毛笔字。

马兰天天站在一边，看我写毛笔字。

我抬头看她一眼，说：“你有那么多观众，我有那么多读者，但一转眼，我们找不到他们了，他们也找不到我们了。”

这情景，想起来还是有点酸楚。

我们两个，只想干干净净、安安静静地从事一点艺术文化，从来不会招谁惹谁，受到了欺侮也绝不还口，却不知怎么变得寸步难行。要摆脱这种困境，有好几条路，连傻子也知道。我们不傻，当然更知道。只要走其中任何一条，就能立即得势、热闹、风光、安全，但这实在不是我们的路，一条也不是。因此我们两人只能彼此为路，相持相扶一步步走下去。除此之外，不再有路。

有时，马兰会在我耳边轻轻哼起小时候外婆在摇篮边唱的儿歌。小时候家乡总是洪水泛滥，那摇篮正挂在水边的屋檐下。

山黑了，
水白了，
天边的渔船不见了，
山上的小庙坍掉了。
外公提着灯来了，
和尚打着伞来了。
灯灭了，
伞断了，
外公又在咳嗽了，
和尚又在念经了……

我看着她，想起她一出世便落地于一个“右派分子”的家庭，从小受尽冷眼，因此对于罕见的点滴善良分外感激。她似乎把点滴善良收集起来编织成了童年的信仰，并以此作为自己艺术的入口。我初见她，是看她演莎士比亚，被她的表演折服；但是，让我真正对她另眼相看的，是她惊人的善良。

那时，她的名声如日中天。我亲眼看到，在春节来临之际，她婉言谢绝了中央电视台的一再邀请，又以侍候老人为由推辞了领导机关的团拜和联欢。但是，就在这时，却接到了一个来自河南某地的电话。电话里传来陌生的声音：“这儿的人都很想念你，但我们这儿穷，实在付不出演出报酬……”她一挂电话就去了火车站。演出回来，她在火车上被传染了重感冒，直到元宵节都躺在病床上。

我们结婚二十多年来，遇到的诽谤数也数不清。例如，比较近的一次，起于我们夫妻俩的一个决定。那是汶川大地震之后，我从灾区回来后告诉她，看到废墟上那些课本很心酸，我想为灾区学生捐建三个图书馆。

“大概要多少钱？”她问。

“至少五十万。”我说。

“三个图书馆，这点钱怕不够吧？”她说。

后来果然，除了买书，还要买各种设备，包括电脑、摄像机、灯具等，自然不够了。

她一笑：“我说不够吧！”

这事，虽然由我亲自选购一切，还是很难瞒得住。一位记者依稀透露了几句，那帮“啃余族”没有在中国红十字会账户里找到，便立即掀起了“诈捐”的风暴。

这下她有点着急，不是心疼钱，而是心疼我。她问：“闹成这样了，你为什么还不发言？”

我说：“这不是小误会，而是大颠倒。我一发言，对方就没法活了。而且，中间又夹进去了一个会讲历史故事的文化人，他一定会被网络上的‘回头潮’淹没。我还是老样子，顶个虚名保护别人。”

她说：“不错。地震死了那么多人，谁也不该在大灾难中洗刷个人。”

我说：“三个图书馆都在那里，用不着多说什么。”

我们两人，都在屈辱和苦难中长大。能够活到今天已经十分不易，因此完全不在乎别人理解不理解。

我们躲到了深圳，用古话说来也算是“隐身南荒”了。当地的文艺界不知是什么样的，我们也不敢去触碰。这总该平安了吧，但无边的谣言还是在媒体上接踵而来。最让我们觉得荒诞的，是一次次地宣布我们离婚了，而且一次比一次逼真，一次比一次刺激。

其中有一次，在媒体上再度闹得不可开交，南京《扬子晚报》的鞠健夫先生给马兰打来了电话。他倒是不相信我们会离婚，但还想听听我们的回应。

马兰立即写了几句话传过去——

> 世上有不少人一直生活在沼泽地，从来没有见过山。终于有机会来到高山面前，便惊讶：这山怎么不倒？
>
> 过了半年，心想这下该倒了吧？一问，没倒。
>
> 又过了一年，便断言，这次不会有错，一定倒了。但一问，还是没倒。
>
> 于是那山成了他的仇敌，夜夜诅咒，天天造谣。
>
> 遗憾的是，那山，一万年也不会倒。

鞠健夫回电：“写得好！”

过了几天，在一个茶馆，遇到深圳的两位记者。他们说：“那么多谣言，你们一声不吭，读者都会相信他们，连我们也相信了。”

一听就知道，他们是想用这样的语言刺激我们，让我们表态，然后再去采访造谣者，造成版面上的争辩。按照目前这些记者的职业偏向，他们主要站在造谣者一边。

我平静地回答：“相信了他们，就不是我的读者。这是人际关系的自然减员，也是一种瘦身，求之不得。”

从此，我们再也没有见过那两位记者。记者中当然也有好人，但即便是好人也无法改变一个事实：当代社会的是非颠倒、价值逆反，该负第一责任的，是传媒。

离开茶馆后，我们就到了海边。

深圳的风景，以海边为最佳，尤其在黄昏时分。

零丁洋里卷来的一排排深蓝色海浪，在夕阳下有一种壮阔而凄楚的寒意。文天祥在七百多年前写的诗句，“惶恐滩头说惶恐，零丁洋里叹零丁”，不知是不是也出于这种意境。但对我们而言，没有了惶恐，只剩下零丁。

马兰最喜欢的海边景象，是台风来临时分。乌云在奔跑，海水在低吼，而她，则任凭长发轻衣大幅度飘洒，就像一位狂放的书画家在天际泼墨。

与别人不同，只要是台风季节，我们老是在海边。

后来我们老是互问：深圳几年，荒凉孤寂，给我们留下了什么？

答案完全一致：台风中的黄昏，只有两个人在海边。

隔代之悟

我成了“历史上遭受诽谤最多的独立知识分子”，但是比我遭受更大困厄的，却是我的妻子马兰。一句诽谤也没有，却失去了工作。

我遭受诽谤还能写作，她却无法在剧种之外从事表演。一个海内外公认的大艺术家，三十八岁，彻底失业。

我们俩都被驱逐了，只得逃到海边。这件事，无论是对文学界还是戏剧界，无论是对一座城市还是一个省份，损失都比我们大。但是，依然驱逐。我说过，我们俩寻找被驱逐的原因，找了几十年都没有找到。

仅从文化本身的力量而言，我们两人各自也算强大的了。但是这种力量显然无用。幸好，法制精神已经在我国迅速苏醒。人们看到一批批贪污受贿、偷盗资产、破坏生态的官员被判刑的时候，一定会联想到有些官员对文化创造者的残害，对文化生态的破坏，罪行更为严重。至于那些眼看残害和破坏而不加阻止的官员，至少也犯下了渎职罪。

我深信，我们夫妻的走投无路、可怜逃奔，与很多文化官员的罪行有关。我深信，再过多少年，一定会有不少人用法制的观点来追踪这些极其荒唐的事件。

我们自己好像等不到这一天了。但从另一个角度看，这些事件也有不少正面意义，那就是让我们在重重叠叠的危难中加深了夫妻感情，加深了对同行、观众、读者的了解，加深了对父母一辈所承受痛苦的体验。总之，我们活得更明白了。

我们更看重自己与父母一辈的体验连结。

时间并没有过去太久。历史的外貌变化很大，但历史的痼疾很难消除。我相信，在同一个省，同一个剧团，那个宣布“打倒严凤英”的同行，和那个签署“冷冻马兰”决定的官员，眼神是一样的，长相也十分接近。我相信，在同一个城市，同一个行当，那个决定对我发起诽谤的报社主编，和当年同样作为报社主编的张春桥、姚文元在发起一次次批判时，眼神也是一样的，长相也十分接近。

因此我们要对父母说，别看我们多么出名，我们离你们不远，共有一个屋顶。两代之间，心有灵犀，没有太宽的代沟，没有难言的秘密。

八　爸爸的秘密

终于，一个一直害怕着的电话打来了。

弟弟的电话，说爸爸生命垂危。

我和马兰立即赶往上海，爸爸已经去世。

我们到达医院的时候，停止了呼吸的他却一直张着嘴，好像有一些话没有讲完。

我用手托在他的下巴底下，让嘴慢慢闭合，但一松手又张开了。最后，当妈妈伸手一托，爸爸的嘴就闭合了。

妈妈轻轻地抚摩着爸爸的脸，很快又抽回手来捂住了自己的嘴。她不让自己哭出声音来，因为她知道隔壁的几个病房都在抢救，不能让那些病人听到哭声。

从医院回到家里，弟弟为了寻找在追悼会上要挂的照片，打开了爸爸天天翻动又天天紧锁的抽屉。照片很快就找到了，却又发现抽屉里藏着大量文字资料，一沓又一沓，一袋又一袋。

我知道，这是一个老年男人的最后秘密。这位老年男人与我的关系如此密切，我立即去洗了手，然后坐下，闭上眼睛，静一静心。过了很久，我才敢去轻轻翻动。

尽管我已经做了充分的思想准备，但是当我真的一页页翻看那些文字资料时，仍然非常吃惊。

第一部分是他三十五年前写给造反派当权者的“借条”留底，这是我以前完全不知道的。原来，在他关押期间，妈妈前去探监时给他说起家里的事，他毫无办法，只得冒险向当权者借钱。他在十年间没有借到过一分钱，而每张“借条”都必然引来一次次残酷的批斗。有几张“借条”，我刚刚一读鼻子就酸了。

例如，我叔叔领养的表妹要在安徽农场结婚，但叔叔已被害死，爸爸决定用叔叔留下的一只旧箱子作为陪嫁，却想“借”一点点钱，买一床被褥装在这只旧箱子里。

又如，一张“借条”上说，寒冬已临，但我家八口人的“布票”还没有用过一寸，希望当权者看在老人和小孩的分上，借点钱……

第二部分是三十五年前他们单位造反派暴徒批判他的大量印刷品。隔了这么久，我现在一读，还背脊发凉——

> 当天斗批大会上余学文这个坏家伙的画皮被层层剥开了，在毛泽东思想的照妖镜面前，原形毕露。但敌人是不会自行消灭的，他还要伺机反扑，不要以为余学文是“死老虎”，这个老虎还没有死，还要咬人，

我们不要被他装出一副可怜相的假象所迷惑，必须高举毛泽东思想的千钧棒，继续穷追猛打，必须以毛泽东思想为武器，继续批深批透，批臭批倒，再踏上一只脚，让他永世不得翻身！

光看这段文字，会以为爸爸是一个重要的政治人物，其实他连一个最基层的“副科长”都不是，也没有可能去说任何一句“反动言论”。经过那段历史的人都知道，这篇报道中的这些大帽子空话又不全是空话。其中所谓“装出一副可怜相”、“穷追猛打”、“再踏上一只脚”等都是实情描述。

爸爸，真是受大苦了。

为什么要让爸爸“永世不得翻身”呢？印刷品中又写明了他的罪行——

当“二月黑风”刮起之后，这个死不悔改的坏家伙就跳了出来，公然为刘、邓及其代理人陈丕显翻案，把矛头指向以毛主席为首、林副主席为副的无产阶级司令部，指向新生的上海市革命委员会，真是狗胆包天，罪上加罪。

文中所谓“新生的上海市革命委员会”，第一、第二号人物就是张春桥和姚文元。其实我爸爸离政治至少有十万八千里，连这些政治人物的名字都搞不清楚。

这下子，我终于明白了三十多年前就产生的疑惑。爸爸这么一个小人物为什么会承受那么严重的迫害，直到造反派下台、老干部上台之后仍不得解脱？原来，他所在单位的“广大人民群众”从他的日常闲谈中“提炼”出了这么多“上及天庭”的政治罪名！

在事发当时，他怕吓着我们，没有说；那段历史过去之后，他不想拿这样的东西为自己贴金，还是没有说。但他又舍不得丢掉，就藏下了。

我敢断言，这样的印刷品，是后来全国绝大多数号称自己在政治运动中“立场坚定”的官员和文人拿不出来的。他们如果有一份，或者他们的爸爸有一份，哪怕上面只有一句半句，不知要做出多少文章让大家景仰。但是爸爸却把它们都锁在抽屉里，直到此刻，三十二年之后，我才看到。

等我看到，他已经走了。

我连当面说一声钦佩的机会都没有。

我犹豫了很久，曾经选了几页这样的大批判印刷品照片，附印在自己的一本书中。

我在那本书里讳避了一个细节：在爸爸临终的床边，放着两沓近几年诽谤我的报刊。以广州的《南方周末》为主，有天津的《文学自由谈》、上海的《文学报》等报刊。这些报刊诽谤我的内容，全与文学无关。爸爸在这报刊的字里行间，画下很多抖抖索索的铅笔痕迹。可见，几乎已经失明的爸爸，还是逐字逐句读了。

我看到这些遗物后曾急忙向他熟悉的几位医生打听，这些报刊是怎么到他手上的。医生说，是他自己不断索取的，说我在国外，要代我收集资料。他还一再要医生放心，为了眼睛，他不会看。

其实那些医生上当了，他不仅看了，而且看得非常彻底。他把相隔三十几年的两种批判文字放在一起，反复对比，我立即想象出了爸爸的最后岁月。他的高血压，他的心脏病，他的白内障，他因浑身乏力而摔倒，都与这些报刊直接有关。

厚厚一抽屉的文字压了他半辈子，而那两沓近些年的报刊，则是压垮他的最后一捆稻草。

追悼会之后，我们把爸爸的骨灰盒寄存在一个殡仪馆的安灵堂里，准备择日移回家乡安葬。祖父、祖母、外公、外婆、叔叔、姨妈、益生哥，一大批亲人都等着他。

在这批亲人中，爸爸历来地位不高，原因是嘴笨。可以想象，这次他到那里见了亲人们，也会像往常一样，谦恭地点过头，便找一个不引起注意的角落坐下，只听大家讲话。

但是，这次在那个世界，亲人们不会让他那么躲闪了。即使他最敬畏的家长，我的祖父，见到他也会深感羞愧。毕竟，祖父走得那么不负责任，而爸爸在人世间坚持了那么久，苦熬了那么久。

祖母最了解自己的这个儿子，外公、外婆也会满意这个女婿。

当年，如果不是叔叔先自杀了，爸爸多半会自杀，因为爸爸的意志远没有叔叔坚强，但是，坚强的叔叔为了更重要的坚强，把祖母托付给了爸爸。爸爸终究不辱这番重托，还维持了全家。

爸爸终生信仰佛教，我把他的灵位，安放在佛教胜地普陀山。一来二去，我和马兰对佛教有了更多的亲近，一起成了普陀山的“荣誉岛民”。

与此相应，我们又与星云大师结下了很深的友情。星云大师仔细读过我写的所有书籍，很早就邀请我为世界各国的僧侣演讲，并参加了很多气势宏大的佛教典礼。他在美国完整地观看过马兰演的电视剧，极为赞赏，因而产生了双重的亲切。我们见面的机会很多，而且常常会“不期而遇”，可读我的专文《星云大师》。

他让我们看到，生于多灾多难的现世，人们还可能以一种无边无界的大善，带来精神上的解脱。

每次想到星云大师，我们就会对身边的祸害，看轻一点。

隔代之悟

我知道爸爸在那个年月受了苦，但是苦到什么程度，并不清楚。原因是，他从来不讲被关押时所受的屈辱。记得在一篇文章中我曾写到过：受苦最深的人最不想说，说得很多的人一定受苦不多，说的最多的人一定让别人受了苦。

这是我大量观察的总结，爸爸就是我观察的一个范例。他从来不说关押，不说苦。

但是，他有一个紧锁的抽屉。

我相信，他留下那些资料并不是要让我们子女看。如果有这一个想法，他早就拿出来了。而且，早一点拿出来，会给自己和子女增添一堆“曾受迫害”的信息。这在当时几乎成了一种光荣的身份，很多并未受到什么迫害的人都在反复宣称自己“受尽迫害”，只可惜拿不出任何证据。如果他们拥有我爸爸抽屉里资料的百分之一，那就一定会把自己和家庭打扮成铁骨铮铮的英雄群体了。

爸爸不想拿出来，却为何还保留着呢？我想，他是想保留自己的一段生命。这段生命太峻厉、太悲哀了，他不想开那把锁，而只是在早晚之间瞟一眼那只抽屉。有时他也想处理掉，却又不知道怎么处理。烧掉吗？放在哪里烧？什么时间烧？惊动了家人怎么解释？家人想要翻看又该怎么办？……这么一想，他也就不处理了。

当我终于翻看这些材料时，对于一大堆批判他的文章只匆匆瞟过，却在爸爸写的那些“借条”前不能自制。为了全家老人、小孩的温饱，他不得不一次次向冻结他工资的暴徒们“借钱”，“借”的数字极小，但每次都不成功，还招来暴打。然而，为了饥寒交迫的家人，他还是一次次“借”……

爸爸让我看到，真正的男子汉，也有可能向暴徒苦苦哀求。

我相信，这也是他在关押期间最痛苦的事，远远超过皮肉之苦。但是，事情结束之后那么多年，他从来没有提起过一句。他没有用这件事来批判暴徒，因为他想，“是我在求他们”；他也没有把这件事告诉我们，因为他想，“毕竟没有求到”。

这就是我爸爸，善良到了不掺一丝杂质。

这样一位爸爸，最后竟然被几家诽谤我的报刊活活气死了。我曾经把这一“杀父之仇”写进书里，希望能够激发那些报刊编辑的某种良知，但是，情况正好相反，他们诽谤得更起劲了。

我只想到了一种可能：那些诽谤报刊编辑的子女，必定会有很多是我的读者，如果发现了我爸爸的死亡与他们家门的关系，也许会产生法律上的巨大惊悸……

九　悬崖守护

我爸爸的突然离去，使马兰更担心起她的爸爸、妈妈来了。

事实一次次证明，受那些诽谤文章最直接伤害的，不是我们，而是我们的长辈。马兰的爸爸、妈妈，仍然把那些污浊的报纸看成“中央文件”。中国的很多老人都有这样的认知。

“我知道你一定不愿意，”马兰对我说，“你能不能参加中央电视台的任何一个节目，让我的爸爸、妈妈看到，‘中央’并没有‘打倒’你。”

这事，既可笑，又凄凉。

我说，让我想一想。

正好中央电视台有一个全国青年歌手大奖赛的节目，需要找一位专职的“文化素质评委”，希望我担当。照理，一个辞职的高校校长是不可能参与这样等级的事情的，但我想起妻子的话，犹豫了。最后，答应了。

没想到这个节目在全国的收视率极高，而且，我主持的“文化素质”考核比歌曲比赛更有吸引力。一次比赛长达五十多天，我每天都要讲述很长时间，我想岳父、岳母应该宽心了。

据统计，收看这档节目的全国观众，有百分之八十三是为了看我的文史知识点评。

但是，由于全国观众对我的文史知识评价太高了，很快有一个姓金的上海文人写出一本书来，诬指我的《文化苦旅》里有很多“文史差错”。另一个姓郝的上海文人，与他呼应。

还是由南方那家周报领头，全国一百五十多家报纸都兴高采烈地报道他的那本诬指陷书，台湾也快速出版这本书，这本书登上了亚洲畅销书排行榜，他本人还被“香港书展”作为特邀嘉宾邀请到现场签名售书。

我国当代文史权威章培恒教授亲自读了那本书，发文指出这是一起“无端的攻击乃至诬陷”事件，那人的文史知识，连高中生也不如。没想到他们为了掩盖章培恒教授的这个发言，又异想天开地诬陷我“剽窃”了章培恒教授的几十个字，并借此发起了一个在联合国“世界遗产大全”上“驱逐”我的运动，“啃余族”一呼百应，他们全成功了。

很多老人告诉我，发动此事的那两个主角，是当年造反派中的著名首领。对此，我没有兴趣查证，只看到现在这帮人闹事的速度和效力，早已远远超过当年最有势力的造反派。

历史的病毒向来顽固，看似不见了，却会以更大的规模变异、暴发。

对这一系列的怪事，有一个人血脉贲张，那就是杨长勋。他已经从广西艺术学院调入广西师范大学，天天关注着我所面临的文化灾难，气愤至极。来几次电话，在痛骂之后又抽泣不已。他说自己正在动手写一本长长的书，把我这几年所承受的一切，一一予以剖析。有几次，他在电话中说：“昨夜一夜没睡，喝了不少酒，我快灭绝了。”

整整两年，他都在写这本书。他数度自费到北京、武汉、长沙、广州等地调查。有时，我会在清晨接到他的电话，他总是恨恨地说：“我必须揭露这些人。这些人的经历我都搞清楚了。如果不揭露，中国文化就被他们糟蹋完了！”

我知道，他又写了通宵。

电话里传来钢琴声，我问是谁在弹，他说是年幼的孩子。说起孩子，他口气才稍稍变得柔和。

元旦刚过，他打来电话说：“书终于写成了，我要让你看一看。但请答应我，你看的时候不要过于愤怒。我已经用几年时间代你愤怒过了，你再愤怒，就便宜他们了。”

他不想邮寄这部书稿，因此希望我的助理金克林能到广西南宁去取。他说，这两天，他会最后润饰一遍。

金克林是一月七日抵达南宁的。杨长勋为了书稿已经两天没睡，见了金克林，他又流着眼泪喝酒。结果，发生了谁也没有想到的悲剧：一月八日，杨长勋副教授在沉睡中去世，终年四十三岁。医院鉴定为：心源性猝死。

那部书稿，由金克林带到了上海，标题是:《守护余秋雨》。

又一个生命，为我离去。他想守护我，但我没有能守护住他。

他想在悬崖边上艰难地为我清理一小块立足之地，但他自己却失足了。一下子，粉身碎骨。

我不知是怎么看完书稿的。但是，看完后，我决定通过金克林，与杨长勋的妻子商量，暂时不出版这本书。书中的内容太彻底了，那些诽谤者在“文革”中的所作所为、在新时期中的投机表现，以及后来与盗版集团的关系，都有了证据。

我不同意出版，原因有二：

第一，我们面临着一个只审视被害者、不审视伤害者的巨大陷阱，没有人会去关注那些诽谤者的真相；

第二，即使有人关注了，也只是为社会增添了恶的观感，但这种观感，在中国已经积累太多。

而且，我还从杨长勋整理的材料中看到，那些诽谤者的恶，大多是因为从小缺少善和爱的滋养，其实都是病人。例如湖北那个纠缠我很久的人，小时候居然是被父母亲当作物品卖掉的，即使变态，也很值得同情。

据金克林说，杨长勋的妻子是一位善良的基督徒，同意我的决定。

我和马兰每天都躲在深圳家里，很少外出。楼下大门口有一排信箱，也有我们的一个。

马兰关心楼下的信箱，只是因为还在等安徽和北京的相关行政部门，对于停止她工作的原因，来信给一个说法。

这天她又沮丧地上楼了，手上拿着一封从上海转来的英文信，交给我。

我拆开，看了一遍。不相信，再看一遍。

马兰发觉我的鼻子轻轻抽搐了一下，赶紧过来，问我怎么了。

我闭了一会儿眼，抬起头来对她说：“这是美国纽约市文化局、林肯艺术中心和美华协会联名写给你的一封公函，通知你，你已被他们评为亚洲最佳艺术家。而且，还是终身成就奖获得者。”我尽量说得平静。

“这不可能。我已经好几年没演了。”她摇头。

“信上说，这是美国二十四位资深戏剧评论家投票的结果。他们中不少人，在十年前看了你在洛杉矶的演出。其他评委，也看了你的录像。”我说。

她的表情开始凝冻。

我继续说下去：“信上还说，这个奖的评判标准很严。‘亚洲最佳艺术家’已经很不容易，而其中的‘终身成就奖’更是少而又少，只有电影艺术家黑泽明、舞蹈艺术家林怀民等寥寥数位得过。你是几十年来这个奖项的最年轻获得者。他们正在安排时间，你要亲赴美国纽约领奖，还要准备做一个获奖演讲。”

她不说话，一直呆坐着。

我说：“我陪你到外面散散步吧。”

这是傍晚时分，深圳的空气中充满潮气，有点闷。我们在一条木架路上默默地走了很久，她突然说：“这事千万不能让国内的媒体报道。”

我一听，苦笑了一下。前两天，到深圳书城走走，被总经理陈锦涛先生发现。陈经理到办公室拿出一份印刷品，上面有全国近十年来最畅销的十本书排行榜，十本中，我一人竟占了四本。我一见就让陈经理赶快收起来，不要让很多人看见。因为，这就是我遭受围攻的原因之一。

北京《中关村》杂志来信，说我被投票评上了“中国最值得尊敬的文化人物”。我立即回信央求他们，尽量不报道、少报道。他们很惊讶，但还是答应了。

然而，不管怎么掩盖，也总有缺口被那些人挤进来。眼前又有了一件：我在家乡出生的老屋，由于经常有不少海内外的读者来参观，给现在的屋主带来很大的困扰。我听说后就把它买下，赠送给镇里，请他们见到参观的人开一下门。但是，老屋已是危房，维修、打扫、看管的事情超出了乡亲的能力，因此镇里就问县里，能不能由县里保管。

这本是一件芥末小事，不知怎么被一个年轻村民捅上了网，那些“啃余族”一见，又在全国掀起轩然大波。把所有的矛头都指向我可怜的乡亲，骂他们怎么胆敢把我家老屋当作“文物保护单位”而试图赚钱。

我知道，这铺天盖地的网上风潮，一定把镇里的乡亲和县里的官员吓着了，哪里还敢再保存老屋。我连忙写信给乡亲，请他们在村庄建设时把老屋拆除。

我想，拆了也好。老屋有太多牵动我情感的故事，千万不能被现代邪恶纠缠。

于是，我又和马兰一起，回了一次老家，特地在老屋前拍照。这屋，确实破败了。但是，就在这些老旧的砖瓦间，有过父母亲的结婚鼓乐，有过妈妈的油灯书信，有过祖母的大灾孤居……一切美丽和悲怆，都将随风飘散。

我和马兰又赶回上海，去看妈妈。妈妈坐在一把藤椅上，我捋着她花白的头发，回忆着一个个与那间老屋有关的故事。但是，老屋已经不能保留的事实，却不能向她透露。

老人家对于越老的事，记得越清楚。

我问她，从进门到灶间，一共是几步，她快速说出。

我又问她，后门小巷间的雨水缸，直径多大，她立即张开双臂比画了出来。

我还问她，我出生的那张床，床框上刻着哪几句古诗，她也毫不顿挫地流畅背出。

但是，这一切都将变为废墟。

马兰获“亚洲最佳艺术家终身成就奖”的颁奖仪式，在哥伦比亚大学礼堂隆重举行。纽约市文化局的局长、林肯艺术中心的总监、哥伦比亚大学的副校长，都出席了。仪式上播放了马兰历来的演出片段集锦，她发表了获奖演讲，题目是《中国戏曲的昨天和明天》。她的思考等级和表达能力，让全场大为惊讶，因而掌声不断。

我作为“家属”，非常低调地陪在一旁，却还是被哥伦比亚大学发现了。那就免不了也要发表一个演讲了，我的讲题是《重构中国文化史》。年迈的夏志清教授听了鼓励我：“你历来在纽约的每一次演讲，我都来听了，一次比一次好。”接下来的日子，我再度到美国的著名大学做了一番巡回演讲。

马兰作为“亚洲最佳艺术家终身成就奖”的获得者，再次受到当地华语艺术团体的移民邀请。马兰的回答是：“家里还有老人，需要照顾。”

回国后与齐华通了一次电话，他说余鸿文先生已在四个月前去世，他也刚刚从余鸿文先生的女婿那里听说。我问，老人安葬在哪里。他说骨灰盒暂时安放在一个殡仪馆的安灵堂。正巧，与我父亲是同一个殡仪馆。

那天下午，马兰在家里陪妈妈，我一个人去了殡仪馆的安灵堂。马兰太敏感，那样的地方不适合去。

在安灵堂，我祭拜了爸爸和余鸿文先生的灵位。他们的位置，离得不远。我特别向余鸿文先生的灵位深深鞠了一躬，他是祖父辈的长者，又是我爸爸、妈妈的婚姻大媒，因此，也是我生命起点的撮合者。

我的事情做完了，顺着安灵堂的甬道离开。突然我看到了一个熟悉的笑容，那是一个骨灰盒上一帧发黄的照片。一看名字，原来是我的忘年之交徐扶明教授。他还是用那种忧郁而幽默的眼神看着我，我立即退后一步，向他深深地鞠了一躬。

这引起了我的注意，觉得这里可能还有其他文化界人士，便放慢脚步，左右打量。这一打量不要紧，就在徐扶明教授的对面，我看到了曾远风的名字。走过去看生卒日期，他是在八个月前去世的。

我又回头看看徐扶明先生的骨灰盒，只隔了一条甬道。立即想起徐扶明教授那次给我讲的话："老弟，人生如戏，角色早就定了。有人永远是打手，有人永远是挨打。"

我想与殡仪馆的工作人员商量，能不能把这两人的位置移开一点，不要靠得那么近。但一想这必须通过双方家属，非常麻烦。而且，说不出理由。

走出安灵堂大门时我又停步了。我的眼角仿佛扫到，就在最靠大门的地方，有一个骨灰盒上的名字有点奇怪。也姓余，这是首先吸引我的地方；再看，叫余颐贤，原来是他。家乡的盗墓者，又做过不少好事。

真是他吗？他什么时候到了上海？会不会是同名同姓？从骨灰盒上的生卒年份看，他是在九年前去世的。

我希望真是他。从故乡山间的月色下一路走到这里，很不容易。

隔代之悟

终于，我们夫妻的处境到了忍无可忍的地步。

为了让我的岳母、岳父知道我还没有“打倒”，就去做了一个节目，没想到节目的走红又引发了两个当年造反派首领的袭击。当今的报刊如此热烈地欢迎他们的袭击，荣誉之高已经大大超过当年他们站在灾难顶端时的“司令”形象。

这实在是一个极端性的事件——

第一，一百多家报刊不加任何查证就为所谓的“文史差错”而发起集体诽谤，这不可思议；

第二，一百多家报刊居然都不具备中学水平的文史常识，而且确信广大读者也不具备，这更不可思议；

第三，一百多家报刊响应的，是几十年前的造反派首领，年迈的文化暴徒，这最不可思议。

当然，接下来还有一连串更大的不可思议，例如冲击与我相关的世界遗产大会，居然成功，等等。

不管怎么说，在这样的事件中，当今文化界和传媒界的所作所为，已经抵达边极，而且是“边极的边极”。

但是，就是在“边极的边极”，出现了一路想要守护我的人，他随着我和我的诽谤者，一起到了边极。因此，他对我的守护，可称为“悬崖守护”。请注意我写的这两句话：“他想在悬崖边上艰难地为我清理一小块立足之地，但他自己却失足了。一下子，粉身碎骨。”

正是在这种灰暗的境遇中，收到了我妻子获得国际大奖的通知。

说实话，反差实在太大了，即使是看惯了大量惊悚故事的我们，也感到瞠目结舌，无法适应。

然而，那么多外国专家不可能对一位中国艺术家进行某种慰抚。他们根本不知道我妻子的处境，还以为她天天演出、场场爆满呢。

我妻子历来对得奖很不在乎。社会上一直有一种猜测，她被省里的官员冷冻，原因之一，是曾经公开宣布再也不参加评奖，这会使官员失去很多“政绩”。但是，说实话，我的内心倒有一点在乎。

平日我一次次看着她的背影，心想，我作为她的丈夫，能与她生死相依，但是，我还是一个有资格的戏剧学家，多么希望从纯专业的角度对她有一个归结性的论定。这次，不管是哪些专家评的，“亚洲最佳艺术家终身成就奖”这个名号，大体合适。因此，我在美国纽约哥伦比亚大学的颁奖大厅里以一个唯一获奖者的家属的身份，默默暗喜。

反过来也一样，如果我突然得到了自己很不在乎的荣誉，例如听陈锦涛先生根据统计的数据告知，全国近十年最畅销十本书排行榜，我一人占了四本。面对这样的消息，她虽然在表情上会与我一样平静，但在内心也会默默暗喜。

对这一切，我们两人都心照不宣，却又共同固守一种基本状态，那就是“默默”。如果用这些信息来嘲笑四周的嫉恨目光，这就可能把本来很干净的好东西分割了，搞脏了，我们舍不得。

只有一个地方，我们愿意把自己的痛苦和成果一一袒示，那就是已逝长辈的安灵堂和墓地。其实，这也是把我们自己的生命与传代系统沟通，与天地契机沟通。沟通了，我们也就消融了，成了苍黄血脉中的一点。

十　天人对话

写到这里，我想到了布莱希特（Bertolt Brecht）。他曾经说，过程性的情节越丰富，越会让人产生习惯性迟钝。因此，需要阻断、需要间离，让讲者和听者都陡然停步，获得思考。

我一直在等待这种停步的机会，此刻出现了。在安灵堂门口，我又回首望了一眼。除我爸爸之外，余鸿文先生、徐扶明先生、余颐贤先生，包括那位我一时还不愿意称“先生”的曾远风，都一起在这里停步。那么，我也找到了坐下来的理由。

安灵堂不远处有两把石椅，朝着一个小小的松柏林。边上，又有一个浅浅的水池，水面上浮着大片枯叶。

我在一把石椅上坐下，微闭着眼睛。一开始思绪很杂，跳荡滑动，慢慢舒了几口气，安静下来。

我的眼前，出现了这些老人，我对他们轻声说话。他们没有表情，但似乎又有表情。

我第一个想恭恭敬敬地上前交谈的，是余鸿文先生。

余鸿文先生，我应该叫您一声爷爷。我出生时，祖父早已去世，因此从小没叫过谁爷爷。从前见到您时也曾经想叫，又觉得不好意思。

现在可以叫一声了，但是我仅仅这么一想，还没有叫出口呢，就觉得自己已经蹲到了您的膝下。抬头看您，白须宽袄，太阳在您背上。

在您背后，仿佛还远远近近地站着我的祖父、祖母、外公、外婆，你们是一代人。他们走得比您早，因此看过去有点影影绰绰。

我不知道，我的长辈，当你们听说自己的一个孙儿成了“历来受诽谤最多的独立知识分子”时，会是什么感觉。是担忧、心疼、愤怒，还是自豪？

这个称号，是几个学者经过认真调查才得出的。我当时一听也怀疑，后来仔细一想，如果不是只算一时一地，而是算二十年的连续不断，算每一次的全国规模，确实没有人能超过。

我估计，你们之中，独独对这件事感到自豪的一定是祖母，我已经看到她炯炯的目光。其他长辈，多少都有点困惑：怎么会是这样？

对此，我愿意接受你们的盘问。

代表长辈盘问我的，应该是离世最晚的您，余鸿文先生。

我似乎已经听到您的声音。您说：“凡是诽谤，都不必问内容，只须问起因。”

我点头。

于是您开始问了：“你和诽谤者之间，有没有权位之争？”

我回答道：“自从二十几年前辞职后，我没有任何官职，也不是什么代表、委员，又早就退出一切官方协会，因此没有丝毫权位可言，他们能争什么？”

您又问：“你与他们，有没有利益之争？”

我回答道：“我几百万言的研究著作，十几万公里的考察计划，从开始到完成，从未申请过一分钱的政府资助。他们能争什么？”

您又问：“你与他们，有没有学术之争？”

我回答：“我的研究课题从来不与别人相撞，我的考察路线从来不与别人交错，我的表述方式从来不与别人近似。他们能争什么？”

您继续问：“你与他们，有没有意气之争？”

我回答：“你们看见了，那么多人连续伤害我十几年，有几个人已经把伤害我当作一项稳定的谋生职业，我却从来没有回击一句，也从来没有点过其中任何一个人的名。”

您停止提问，静静地看着我。

过了一会儿，我又听到了您的声音：“你的每一项回答，大家都可以见证。看来你是一个最不应该受到诽谤的人，却受到了最多的诽谤。造成这种颠倒一定有一个特殊原因，例如，刚才我想，是不是你太招人嫉妒？”

我回答道：“嫉妒太普通，不是特殊原因。中国文化界可以被嫉妒的人很多，但他们都没有招来那么长时间的诽谤。”

您说：“听口气，你自己好像已经有答案了。”

我说：“我自己也曾经百思不解，后来，一番回忆使我找到了钥匙。”

“什么回忆？”您问。

我说：“回忆起了我还没有辞职的二十多年前。那时候，我招人嫉妒的理由比后来多得多。我不仅是当时中国最年轻的文科教授、最年轻的高校校长、最年轻的厅级官员，而且还执掌上海市那么多人的职称评选。我当时的行事风格，更是雷厉风行、敢作敢为。但是，整整六年，我不仅没有受到丝毫诽谤，而且也没有听到过一句非议。连后来诽谤我最起劲的那几个人，当时也全部对我甜言蜜语、赞颂不止。”

“我已经猜到你的答案了，”您说，“你遭到长期诽谤的最重要原因，是比较彻底地离开了一种体制。”

我说：“体制是一种力学结构，就像一个城堡。身在其中，即使互相嫉妒，却也互相牵制，获得平衡和安全。不知哪一天，有一个人悄悄地打开城门出去了，城门在他身后关闭，而他骑在马背上的种种行为又经常出现在城里人的视线之内。他的自由，他的独立，他的醒目，无意之中都变成了对城内生态的嘲谑。结果可想而知，他必然成为射箭的目标。由于城门已关，射箭者没有后顾之忧。”

“这样的城堡，可能不止一个吧？”您问。

“当然。”我说，“城堡的本性是对峙，如果只是一个，就失去了存在的意义。现在，有的城堡因为有国力支撑而十分堂皇，有的城堡则因为有国外背景而相当热闹。我呢，只能吟诵鲁迅的诗了：两间余一卒，荷戟独彷徨。但是我比鲁迅更彻底，连戟也没有。”

您点了点头，似乎不想再问，却还是轻声问了出来：“堡外生活既孤独又艰险，你能不能，从哪个边门重返一个安全的城堡?”

我说：“我知道您说的是哪一个城堡。官方体制对文化创造，有利有弊。古今中外都产生过不少排场很大的官方文化，这当然也不错，但是一切真正具有长久生命力的文化大多不在其内。这是因为，行政思维和文化思维虽有部分重叠但本性不同。前者以统一而宏大的典仪抵达有序欢愉，后者以个性而诗化的秘径抵达终极关怀。前者很强势，连很多自命清高的学者都在暗暗争夺行政级别，这更使很多行政官员对文化产生一种居高临下的傲慢。长此以往，前途堪忧。因此，我要不断地站在外面提醒，不能这样。”

您又问：“那么另一个城堡呢?”

我说：“对那个城堡我曾抱有希望，但现在已经失望。因为它掺入了太多的投机、虚假和表演。我曾多次试着与这个城堡里的人对话，发觉他们大多自命为公共知识分子，却以揭秘的腔调散布着各种谣言。他们那些貌似激烈的言论，初听起来还有一点刺激，再听下去就无聊了。”

您说：“看来，你只能左右不是人了。但是，我要以长辈的身份告诉你：不怕。大智不群，大善无帮，何惧孤步，何惧毁谤。”

我说：“对，不怕。”

与余鸿文先生的对话有点累。他的那么多盘问，我知道，正是代表众多长辈对我的审讯。

接下来就不会这么严肃了，我急着想说话的，是徐扶明先生。徐扶明先生历来寡言，现在仍然微笑着等我开口，他很可能像往常一样，只听不说。

徐先生，我的朋友，刚才我在安灵堂，一心只想把您从曾远风附近移开。您告诉过我，人生如戏，角色早定，他永远打人，您永远挨打。在这里你们靠得那么近，又是面对面，我不放心。

但后来一想，不移也罢。他从前打人，靠的是诬陷、造谣、告发，现在到了你们这里，他毕生功夫全废，那您还怕他什么呢？

从此，您可以近距离地盯着他看。我早就发现，凡是害人的人，目光总是游移的。曾远风也会用眼睛的余光来窥探您，您还是不放过。世上再阴险毒辣的人，也受不住您这种盯住不放的目光，只能快步逃离。但是，在这安灵堂的小格子、小盒子中，他能往哪里逃？因此在我看来，这就是“末日审判”。审判的法官，就是一生的被害者；审判的语言，就是盯住不放的目光。

您的目光，过去的主题是惆怅。我曾经责怪您为什么不增添一点愤怒，现在我不责怪了，只劝您增添一点嘲讽。像曾远风这样一直气焰万丈的人最后也不得不让您来日夜看管，看管着他无声无息、无亲无友的终点，给一点嘲讽正合适。

更需要嘲讽的却是人世间，居然怂恿了他那么久，给他喝彩，给他版面，给他伸展拳脚的平台，几十年间没有对他有过一丝一毫的劝阻和批评，使他无法收手，难于后退。直到他一头扎在这里，人们才弃之如敝屣，转身去物色新的替代者，让他们来制造新的不幸。这，还不值得嘲讽吗？

徐扶明先生，在中国戏曲声腔史的研究上，您是我的师长，但在社会人生奥秘上，我要不客气地说，小弟我可以做您的师长。今天我要问您一句：为什么曾远风永远打人，而您永远挨打？

我看到您在摇头，直愣愣地等待着我的答案。

我的答案很简单：他打人，是为了不挨打；您挨打，是因为不打人。

打人，也叫整人、毁人。这种事情全世界都有，但在我们这里却变成了一个魔幻事业。

您会问：怎么会是“魔幻事业”呢？

我要告诉您：这，与民族的集体心理有关。很多民众只要从攻击者嘴里听到别人可能有什么问题，就会非常兴奋地相信，还会立即把攻击者看成斗士和楷模，大家都激情追随，投入声讨。于是，在极短的时间内，事态已经变成了那个被攻击者与广大民众的对决，攻击者不再担负任何责任。很多媒体又会火上加油，把每场围攻看成“民意”，把被攻击者看成“有争议的人物”，使攻击很快就具有了正义性。

您受到曾远风的攻击而入狱多年，其实也有一个最简便的办法可以脱身，那就是攻击别人，包括攻击他。而且，这种攻击永远也不会受到任何惩罚。

因此，您的受难，并不是因为他，而是因为您自己，您不会攻击他人。

我也和您一样，从来没有做过“以攻为守”的事情。对此，我的克制比您更加不易。您老兄身上可能压根儿不存在向别人进攻的能力，我却不是。您知道，我是历届“世界大学生辩论赛”的总评审，在语言上的攻伐之道，那些人根本不是我的对手。

但是，对于放弃攻击，我们两个都不会后悔。

不妨反过来设想一下。如果您跟着我，痛痛快快地把他们骂倒了，世上多了两个机智的攻击者而少了两个纯粹的文化人，我们会满意吗？我想，我们反而会后悔。

其实我们并不需要胜利。只希望有一天，新的“曾远风”又要当街追打新的“徐扶明”时，中国的民众和传媒不再像过去和现在这样，一起助威呐喊。

仅此而已。

但是，仅仅做到这一点，也还需要长时间的等待。

也许会有这一天，但对我来说，华发已生，暮雾已沉，好像等不到了。

与徐扶明先生说完话，当然就躲不过近在咫尺的曾远风了。其实我也不想躲，很想与他交谈一番。但估计，他也只会听，不会说。

从哪儿开口呢？与他这样的人谈话，我一时还拿不定方向。

曾远风，在年龄上你是我的前辈。你告发徐扶明先生"攻击样板戏"的时候，我才十九岁；徐扶明先生终于平反，而你又转身成为历史批判者时，我已经三十三岁；你向我告发那个否定教育的极端派编剧时，我四十一岁；你参与那几个"啃余族"对我的围攻时，我五十六岁。

在这个漫长的过程中，你一定还实施了很多很多我不知道的告发，请原谅我挂一漏万了。但是有一点可以肯定，你以不寻常的方式陪伴了我大半辈子。

亲人的陪伴增加了我的脆弱，你的陪伴增加了我的坚强。因此，你对我相当重要。

你早年读过中文系，后来的身份，是"编剧"、"编辑"、"杂文作家"。你让我想到，十几年来一直在诽谤我的那几个"啃余族"也与你一样，清一色出自中文系，都曾经染指文学创作，却又因文思枯窘而改写批判文章和告发信。

说远一点，你效忠过的"四人帮"里，也有三个人是文艺出身。如此一想我就豁然贯通，原来你们把文艺创作中的虚构、想象、夸张、煽情都用到了真实社会的人事上了。你们把伪造当作了情节，把妄想当作了浪漫，把谩骂当作了朗诵，把谣言当作了台词，把围攻当作了排演。只可怜了广大无知的观众，居然弄假成真。

我刚刚在与徐扶明先生谈话的时候，曾说到很多浅薄的民众特别容易追随像你这样不断攻击他人的人。现在我要加一句，这些民众最值得同情之处，不是追随你们，而是不知道你们全在扮演。

近几年，你们这帮人都齐刷刷地扮演起了“异议分子”，号称受到香港一些国际基金会的支持，开始改说“民主”、“人权”、“自由”之类的台词。这，实在太搞笑了。这些美好的社会课题，不正是我们一直在奋斗的目标吗？怎么一转眼被你们抢了过去？你们又在“盗版”了。同样这几个概念，从你们嘴里说出来全变了味道，成了反讽。

先说“民主”。这个概念你们在早年就天天高喊，前面还加了一个“大”字，诱骗民众进行大诬陷、大批斗、大伤害。其实你们内心是害怕广大民众的，例如你们最嫉恨我的书连续畅销几十年，其实就是嫉恨广大读者的“阅读民主”。为此我不禁要笑问：敢不敢进行几次民意测验，让广大民众在你们和我之间做一个选择？不敢了吧？还“民主”！

还有“人权”。这么多年，你们用大量肮脏的谣言侵害了我的名誉权，侵害了我妻子的工作权，侵害了我父亲的生命权，这几个被侵害的人，都没有一官半职。难道，这都不是“人权”？

再说“自由”。你们用集中诬陷的手段侵犯了我的写作自由、声辩自由、居住自由，但是凭着媒体的起哄、法律的放任、官员的漠然，从来不必支付任何代价，不必做任何道歉。我想问，古今中外几千年，还有什么人比你们更“自由”？还有什么人比你们更需要还给他人以“自由”？

你听得出来，这是反问，不求回答。真正的问题也有一个，存在心底很久了，还是说出来吧：那么多年，你们这批人难道从来都没有担心过法律的追诉？

对于这个问题，你也不必回答。既然你老人家已经来到这里，不说法律也罢。我只希望你还是认真地看一看你的对面，那儿有一位与你同龄的老人，因为被你诬告而入狱多年。平反之后，他烧掉了你的罪证，没有说过你一句重话，而你却没有投过去一个抱歉的眼神。我现在终于明白，一种冥冥之中的力量把你们两人安排得那么近，可能是别有深意。

如果有一个人，我从来没有见过却特别想与他说话，这个人就是余颐贤先生。

直到此刻我仍然不知道他究竟是一个什么人，心目中只是一团迷雾、一堆疑问。隐约间似乎有一股妖气，但也可能是仙气，似远似近。越是这样就越是好奇，我要腾空心境，去面对这位姓余的老人。我不知道他以前习惯讲什么方言，余姚的，慈溪的，绍兴的，宁波的，还是杭州的？想来想去，今天我还是与他讲童年时的“乡下话”吧，那种语调，立即就能带出故乡的山水。那里，在我出生之前，就已经是余颐贤先生长期出没的地方。

余颐贤先生，我没有见过您，不知道您是什么样子的。在想象中，您是一个黑衣人。头上还戴着一顶黑毡帽，帽檐压得低低的，别人很难看到你的眼睛，您却能看到别人。

您的名声不好，我从小就知道您是盗墓人，乡亲们叫“掘坟光棍”。他们又把你的名字叫成“夜仙”，那是根据谐音读错了。但这么一叫，他们就把吴石岭、大庙岭的夜晚，一半交给了虎狼，一半交给了您。

不好的名声也有好处，那就是让您获得了安静。盗墓，只要不去触碰各个时期当下大人物家的祖坟，就很难成为一个重要话题。因此，你在几十年世事沧桑中都安然无恙。人们有兴趣把一个名声很好的人一点点搞脏，名声越大越有兴趣，却没有兴趣去对付一个名声不好的人。这就像，一块白布太干净、太晃眼了，大家总要争着投污，即使后来风雨把它冲洗干净了，大家也要接着投；而您本来就是一块黑布，不会有人来关注您。

您在黑乎乎的夜晚好像也动过我曾外祖父的墓，这使我家前辈对您的印象就更坏了。印象的改变，是您在另一个黑乎乎的夜晚给妈妈办的识字班送了课本。这事看起来不大，但对好几个乡村来说却是雪中送炭。那几个乡村当时正要从长久的蒙昧中站立起来，您伸手扶了一把。

有了这件事，我开始相信乡间有关您的一些正面传闻。例如，我小时候曾听邻居大婶说，那个笃公终于在我们村找到已经疯了的女友，是您引的路。而且，您还把自己的一间房子让给他住。这是真的吗？更重要的是，我听李龙说，有一次吴石岭山洪暴发，一个预先挖通的渠口把水引走了，救了山下好几户人家。一个柴夫告诉李龙，这个渠口是您花了半个月时间一锹锹挖通的。这就是说，您在无声无息的游荡间，也做了无声无息的大好事，可能还不止一件。这是真的吗？

我没有期待您的回答，却发现您有了动静。您看着我，轻轻地像咳嗽一样清了一下喉咙，似乎要讲话，但跟着而来的是低哑的笑声。笑声很短，转瞬即逝，这让我很兴奋，因为我有可能与您交谈了，就像我与余鸿文先生。

我多么想引出您的话来，但您对我来说太陌生，很难找到具体话由，因此只能说得抽象一点。

我说："天下万物转眼都走向了对面，连给它们定位都是徒劳。很多人和很多事，可能在对面和反面更容易找到。"

说到这里我停了下来，等您。很奇怪，您的目光已经不再看我，而是看着远处，看着天。

我决定换一种语言方式。像少数民族对歌，像古代诗人对联，先抛出上一句，来勾出对方的下一句。

我根据您的行迹，说了一句："最美丽的月色，总是出自荒芜的山谷。"

终于听到了您的声音，您说："最厚重的文物，总是出自无字的旷野。"

我太高兴了，接着说："最可笑的假话，总是振振有词。"

您接得很快，马上说："最可耻的诬陷，总是彬彬有礼。"

我说："最不洁的目光，总在监察道德。"

您说："最不通的文人，总在咬文嚼字。"

我说："最勇猛的将士，总是柔声细语。"

您说："最无聊的书籍，总是艰涩难读。"

我说："最兴奋的相晤，总是昔日敌手。"

您说："最愤恨的切割，总是早年好友。"

我说："最动听的讲述，总是出自小人之口。"

您说："最纯粹的孤独，总是属于大师之门。"

我说："最低俗的交情被日夜的酒水浸泡着，越泡越大。"

您说："最典雅的友谊被矜持的水笔描画着，越描越淡。"

我不能不对您刮目相看，余颐贤先生。您显然是娴熟古今文字的，但此间的机敏却不是出自技术。好像有一种冥冥中的智慧，通过您，在与我对话。那么，就让我们把话题拓宽一点吧！

我说："浑身瘢疤的人，老是企图脱下别人的衣衫。"

您说："已经枯萎的树，立即就能成为打人的棍棒。"

我说："没有筋骨的藤，最想遮掩自己依赖的高墙。"

您说："突然暴发的水，最想背叛自己凭借的河床。"

我说："何惧交手，唯惧对峙之人突然倒地。"

您说："不怕围猎，只怕举弓之手竟是狼爪。"

我说："何惧天坍，唯惧最后一刻还在寻恨。"

您说："不怕地裂，只怕临终呼喊仍是谣言。"

我说："太多的荒诞终于使天地失语。"

您说："无数的不测早已让山河冷颜。"

我说："失语的天地尚须留一字曰善。"

您说："冷颜的山河仍藏得一符曰爱。"

我说："地球有难余家后人不知大灾何时降临。"

您说："浮生已过余姓老夫未悟大道是否存在。"

像梦游一般，我们的对话完成了。此间似有巫乩作法，使我们两人灵魂出窍，在另一个维度相遇，妙语连珠，尽得天籁。这不是我们的话，却又是我们的。

我最后要说的是：您真是"夜仙"。与您对话，我有点害怕。既然您那么厉害，请一定在那个世界查一查我们余家的来历。古羌人？唐兀人？西夏人？蒙古人？汉人？若是汉人，又源出何处？是山西？是湖北？是福建？是安徽？是浙江？……

但是，我似乎已经听到您的回答：这都不重要。沧海滴水，何问其源？天道苍茫，借我一生。

隔代之悟

这一节，让本书从记忆叙述上升为纯粹文学。

文学，是一个想象的世界。前面的章节，我把想象大大收敛和压抑了。但是，想象的权利是天生的，收敛久了就试图施展，压抑久了就试图爆发。

我把文学的想象推到了一个高位，那就是，与已经去世的老人进行对话。

其实，世间每个人都会经常想起去世的老人。往往是在一天初睡或乍醒之时，猜度长辈目光会如何评判自己新近的作为。如果在清明或冬至去扫墓，当然更会有一番祈告式的话语。但是，这种猜度和祈告，都是单方面的，而且总是很短暂。

能不能构成较长篇幅的对话呢？

那就要让老人“复活”，并与对话者建立一来一往的逻辑关系。当然，这只能通过想象了。而这种想象又必须依赖老人确实存在过的生命基调和性格特征，并在这些基础上创造出推进对话的每一步可能，这就是文学。

我写出的对话，以我为主，老人只是问询者、倾听者、接口者。这样，我也就成了解疑者、阐释者、启动者。我用这种方式，安顿了几个关键老人，顺便也安顿了这部作品的首尾。我在大半辈子经历中所产生的情感、判断、好恶、感悟，也由此而一一卸落。把那么多沉重的东西卸落在一个轻松对话的码头，这只有文学才能做得到。

从某种意义上说，这本书的前面章节，都在为这最后的

“天人对话”作准备。前面的章节也是文学，那就是自序中所说的“记忆文学”；而最后这个对话，却是更高层级的文学，可顺着这一节的标题名之为“天人文学”。

我大大地削减了前面的描写、抒情、评述，一路低调，一路质朴，一路匆促，一路欲言又止，一路素装寡语，都是为了给最后的“天人文学”让路。

至此，我总算可以为书名《借我一生》解题了。

“我”是谁？谁也不是，一生都是借来的。

我的名字，就是祖母向秋日的雨水借来的；

我怎么会有这么一个家乡，这么一个童年？那是我年轻的父母亲从那个颠沛流离的时代借来的；

我的意志和目光，是从接连不断的危难借来的；

我的至情至爱，是与妻子马兰互借互溶，最后一起抬头，发现都是从天上借来的；

我的思维和语言，仅仅从我最终与“夜仙”的对话中就可以看出，是从中华文化借来的，这是一串简直无法翻译的文化秘语，连我自己也并非完全懂得；

……

处处是借，无一不借，这就是人生。正因为如此，连书名《借我一生》中的“我”，也只是一个借体。借着它，了悟天下众生。

附录：图片记忆

我的爸爸和妈妈。他们当时都不到二十岁，还没有结婚，在上海。

据舅舅说，真实的妈妈比这张照片漂亮得多，只是当时的中国女孩都害怕拍照，拘谨了。

外公家的一角山墙。当年，这是乡间的罕见豪宅，我妈妈的花轿就从这里抬向余家。

我父母亲结婚时的家乡。

我家老屋楼梯。妈妈由此下楼，我也从这里一步步走向大地。

我的小学原是一个尼姑庵。当时已很破旧，但它在我童年的目光中是一个美丽无比的乐园。几年前回乡，这些老房子已经不见了。

爸爸、妈妈结婚十年纪念照（一九五五年）。他们都很平凡，但因刚毅和贤淑，组成了一种堂堂正气。

我十岁（一九五六年），当时还在家乡，次年到上海读中学。

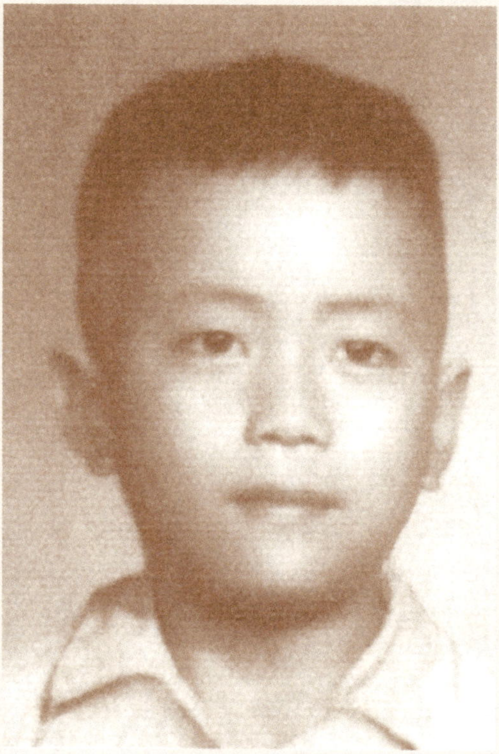

“他面临的必将是众目睽睽之下的当街批斗。他只担忧，自己的三个孩子看到父亲被捆绑在大街的高台上受尽污辱，会不会对人世种下太多的仇恨？他与妻子商量很久，决定赶紧把孩子送到一个陌生的农村去，他们认识一个上街来的农民。”

这里所说的“他”，就是照片上的这位男子，我未来的岳父马子林先生。

不是以恶惩恶，不是仇仇相报。给荒漠以甘泉，酬黑夜以晨曦，此为朗朗天道。

我每次看到马兰受尽委屈而不出半句厉言，便立即想到我可敬的岳父、岳母。

我一定要让这帧照片单独占据一页。

叔叔余志士先生，我心中永远的英雄。

他是天生的革命者，但在一九四九年之后没有参与政治，奔赴安徽做了一个工程师。二十世纪六十年代，他先通过我的手向北京直陈安徽灾荒实情。几年之后，他又三度自戕，用鲜血抗议暴虐。

赤脚查阅古籍。

这天因为要参加隆重的“辞职仪式”，我作为主角，换上了这套比较整齐的服装。平日，我衣衫草草，被大家戏称为“牛仔教授”。

半个月后，我将裹上一件深灰色的旧棉袄，出现在甘肃高原，独自向公元七世纪的阳关走去。

直到辞职，我仍然是全国最年轻的高校校长。

这是我出生后穿的第一双鞋。

二十世纪末我决定历险考察人类重要的古文明遗址，因有生命危险去向爸爸、妈妈告别。怕他们担心，没有把实情告诉他们。

如有天启，就在那个夜晚，妈妈把这双绣花虎头婴儿鞋送给了马兰。

马兰暗想，原来，走遍世界的，本是一双肉团团的小脚。

数千年的文明秘符，衬托着一个穿旗袍的中国女子，她就是我的妻子马兰。裹头的白色长巾，奉献出一种朝拜的礼貌，而那鞋子则表明，这是万里行旅中的一个点。

此为我平生摄影中的满意之作。请注意其中的自然光影。

人类多数古文明遗址，已经沦落为废墟，而且都隐伏着恐怖。难道，这是伟大所必须支付的代价？

我们在远方的废墟间，重读中国。

埃及朋友听说我们这几个中国人要穿行最恐怖地区，估计凶多吉少，便在金字塔下举办了一个“送别中国英雄”的音乐会。马兰也从埃及人的表情中知道我面临着生死之险，便上台演唱了一首埃及歌曲。我知道，她其实是在强颜欢笑、心底垂泪，用歌声与我告别。

我历险考察全球古文明遗址来对比中国文化的特殊生命力，被国际媒体评为“跨世纪十大国际人物”，由此遭到国内文化黑恶势力的大规模围攻。杨长勋教授带给我看的部分报刊，都用肮脏的语言进行诬陷和诽谤。我看了一眼就请他收起来，拒绝读任何一篇。他说，这只是“冰山一角”。他断定，我已经成为历史上被攻击最多的独立文人，却又找不到任何具体原因，所以竭力劝我快速离开这片土地。但我和妻子知道自己的文化归属，没有离开。

余秋雨
文化导刊
开卷
现代化研究的

两代人重复的命运。爸爸在灾难中写了大量的申诉、反驳、“借条”和回忆，这也是“冰山一角”。只不过我吸取爸爸的教训，不再作任何申诉和反驳。

无尽的磨难使我们对佛教有了更多的亲近。星云大师邀请我为世界各国僧侣演讲，他亲自主持。

盛大的佛教法会。星云大师右边第一人是我。

我偕妻重返老屋。

长辈的故事，童年的记忆，都埋藏在这些老旧的砖瓦间。我们身后的石沿，是我人生道路的起点。

我早年的乡亲、邻居，你们都到哪里去了？

纽约市文化局、林肯艺术中心在哥伦比亚大学为马兰颁授“亚洲最佳艺术家终身成就奖”。

在颁奖仪式上，马兰发表了题为《中国戏曲的昨天和明天》的演讲。

我在耶鲁大学演讲后摄。

马兰喜欢耶鲁大学的建筑，觉得比我巡回演讲的其他美国大学的建筑都要漂亮。

马兰主演的《红楼梦》。

马兰暗自悼念为《红楼梦》而死的叔叔。

谢晋导演说，马兰主演的《红楼梦》，是第一部真正成功的“中国音乐剧”。

马兰主演的《秋千架》，曾经创下北京长安大戏院的票房纪录。

马兰主演的《长河》，在上海大剧院演出时场场爆满，一票难求。

马兰的演出总能带来神秘的气场。

马兰大胆地在东方古典风格的演出中融入了现代舞，受到极高评价。

更多的是，在古典角色中体现现代精神，因此总能在年轻观众中掀起审美旋风。

马兰在化妆镜前。

我随手抓了几张剧照印在这里，是想让某些官员想一想，当初突然“冷冻”这么一位年轻艺术家，究竟是为了什么？

中国文化，你苍老而又顽强，漠然而又堂皇，却为什么那样让人忧伤？

台风中的“狂草”。

天问。

附：余秋雨文化档案

简要索引资料

姓　　名　余秋雨（从未用过笔名、别名）

国　　籍　中国

民　　族　汉族

出 生 地　浙江省余姚县（今慈溪）

出生日期　1946.08.23

主要成就　海内外享有盛誉的文学家、艺术家、史学家、探险家。建立了“时间意义上的中国、空间意义上的中国、人格意义上的中国、审美意义上的中国”四大研究方位，出版相关著作五十余部而享誉海内外。文学写作，拥有当代华文世界最多的读者。

1. 名家评论

余秋雨先生把唐宋八大家所建立的散文尊严又一次唤醒了，他重铸了唐宋八大家诗化地思索天下的灵魂。他的著作，至今仍是世界各国华人社区的读书会读得最多的“第一书目”。他创造了中华文化在当代世界罕见的向心力奇迹，我们应该向他致以最高的敬意。

——白先勇

余秋雨无疑拓展了当今文学的天空，贡献巨大。这样的人才百年难得，历史将会敬重。

——贾平凹

北京有年轻人为了调侃我，说浙江人不会写文章。就算我不会，但浙江人里还有鲁迅和余秋雨。

——金庸

中国散文，在朱自清和钱钟书之后，出了余秋雨。

——余光中

余秋雨先生每次到台湾演讲，都在社会上激发起新一波的人文省思。海内外的中国人，都变成了余先生诠释中华文化的读者与听众。

——美国威斯康星大学荣誉教授　高希均

余秋雨先生对中国文化的贡献功不可没。他三次来美国演讲，无论是在联合国的国际舞台，还是在华美人文学会、哥伦比亚大学、哈佛大学、纽约大学或国会图书馆的学术舞台，都为中国了解世界、世界了解中国搭建了新的桥梁。他当之无愧是引领读者泛舟世界文明长河的引路人。

——联合国中文组组长　何勇

秋雨先生的作品，优美、典雅、确切，兼具哲思和文献价值。他对于我这样的读者，正用得上李义山的诗："高松出众木，伴我向天涯。"

——纽约人文学会共同主席　汪班

2. 文化大事记

1946 年 8 月 23 日出生于浙江省余姚县桥头镇（今属慈溪），在家乡读完小学。

1957 年—1963 年，先后就读于上海新会中学、晋元中学、培进中学至高中毕业。其间，曾获上海市作文比赛首奖、上海市数学竞赛大奖。

1963 年考入上海戏剧学院戏剧文学系，但入学后以下乡参加农业劳动为主。

1966 年夏天遇到了一场极端主义的政治运动，家破人亡。父亲余学文先生因被检举有“错误言论”而被关押十年，全家八口人经济来源断绝；唯一能接济的叔叔余志士先生又被造反派迫害致死。1968 年被发配到军垦农场服劳役，每天从天不亮劳动到天全黑，极端艰苦。

1971 年“9·13 事件”后，周恩来总理为抢救教育而布置复课、编教材。从农场回上海后被分配到“各校联合教材编写组”，但自己择定的主要任务是冒险潜入外文书库独自编写《世界戏剧学》，对抗当时以“八个革命样板戏”为代表的文化极端主义。

1976 年 1 月，编写教材被批判为“右倾翻案”，又因违反禁令主持周恩来的追悼会而被查缉，便逃到浙江省奉化县大桥镇半山一座封闭的老藏书楼研读中国古代文献，直至此年 10 月那场政治运动结束，下山返回上海。

1977 年—1985 年，投入重建当代文化的学术大潮，陆续出版了《世界戏剧学》、《中国戏剧史》、《观众心理学》、《艺术创造学》、《Some Observations on the Aesthetics of Primitive Chinese Theatre》等一系列学术著作，先后获全国优秀教材一等奖、上海哲学社会科学著作奖、全国戏剧理论著作奖。

1985 年 2 月，由上海各大学的学术前辈联名推荐，在没有担任过副教授的情况下直接晋升为正教授。

1986 年 3 月，因国家文化部在上海戏剧学院举行的三次民意测验中均名列第一，被任命为上海戏剧学院副院长、院长。主持工作一年后，即被文化部教育司表彰为“全国最有现代管理能力的院长”之一。与此同时，又出任上海市咨询策划顾问、上海市写作学会会长、上海市中文专业教授评审组组长兼艺术专业教授评审组组长。被授予“国家级突出贡献专家”、“上海十大高教精英”等荣誉称号。

1989年—1991年，几度婉拒了升任更高职位的征询，并开始向国家文化部递交辞去院长职务的报告。辞职报告先后共递交了二十三次，终于在1991年7月获准辞去一切行政职务，包括多种荣誉职务和挂名职务。辞职后，孤身一人从西北高原开始，系统考察中国文化的重要遗址。当时确定的考察主题是“穿越百年血泪，寻找千年辉煌”。在考察沿途所写的“文化大散文”《文化苦旅》、《山居笔记》等，快速风靡全球华文读书界，由此成为最具影响力的华文作家之一。

1991年5月，发表《风雨天一阁》，在全国开启对历代图书收藏壮举的广泛关注。

1992年2月开始，先后被多所著名大学聘为荣誉教授或兼职教授，例如复旦大学、上海交通大学、同济大学、上海大学、中国科技大学、西安交通大学等。

1993年1月，发表《一个王朝的背影》，首次充分肯定少数民族王朝入主中原的特殊生命力，重新评价康熙皇帝，开启此后多年“清宫戏”的拍摄热潮。

1993年3月，发表《流放者的土地》，首次系统揭示清朝统治集团迫害和流放知识分子的凶残面目，并展现筚路蓝缕的“流放文化”。

1993年7月，发表《苏东坡突围》，刻画了中国文化史上最有吸引力的人格典范，借以表现优秀知识分子所必然面临的一层层来自朝廷和同行的酷烈包围圈，以及“突围”的艰难。此文被海峡两岸暨香港、澳门的报刊广为转载。

1993年9月，发表《千年庭院》，颂扬了中国古代最优秀的教学方式——书院文化，发表后在全国教育界产生不小影响。

1993年11月，发表《抱愧山西》，首次系统描述并论证了中国古代最成功的商业奇迹——晋商文化，为当时正在崛起的经济热潮寻得了一个古代范本。此文发表后读者无数，传播广远。

1994年3月，发表《天涯故事》，首次梳理了沉埋已久的海南岛文化简史，并把海南岛文化归纳为“生态文明”和“家园文明”，主张以吸引旅游为其发展前景。

1994年5月—7月，发表长篇作品《十万进士》(上、下)，首次完整地清理了千年科举制度对中国文化的正面意义和负面影响。

1994年9月，发表《遥远的绝响》，描述魏晋名士对中国文化的震撼性记忆。由于文章格调高尚凄美，一时轰动文坛。

1994年11月，发表《历史的暗角》，首次系统列述了“小人”在中国文化中的隐形破坏作用，以及古今君子对这个庞大群体的无奈。发表后在海峡两岸暨香港、澳门引起巨大反响，被公认为“研究中国负面人格的开山之作”。

1995年4月，应邀为四川都江堰题写自拟的对联“拜水都江堰，问道青城山”，镌刻于该地两处。

1996年7月，多家媒体经调查共同确认余秋雨为“全国被盗版最严重的写作人”，由此被邀请成为“北京反盗版联盟”的唯一个人会员，并被聘为“全国扫黄打非督导员(督察证为B027号)”。

1998年6月，新加坡召集规模盛大的“跨世纪文化对话”而震动全球华文世界。对话主角是四个华人学者，除首席余秋雨教授外，还有哈佛大学的杜维明教授、威斯康星大学的高希均教授和新加坡艺术家陈瑞献先生。余秋雨的演讲题目是《第四座桥》。

1999年2月，为妻子马兰创作的剧本《秋千架》隆重上演，极为轰动，打破了北京长安大戏院的票房纪录。在台湾地区演出更是风靡一时，场场爆满。

1999 年开始，引领和主持香港凤凰卫视对人类各大文明遗址的历史性考察，成为目前世界上唯一贴地穿越数万公里危险地区的人文教授，也是“9·11”事件之前最早向文明世界报告恐怖主义控制地区实际状况的学者。由此被日本《朝日新闻》选为“跨世纪十大国际人物”。

2002 年 4 月，应邀为李白逝世地撰写《采石矶碑》（含书法），镌刻于安徽马鞍山三台阁。

从 2000 年开始，由于环球考察在海内外所造成的巨大影响，国内一些媒体为了追求“逆反刺激”的市场效应而发起诽谤。先由北京大学一个学生误信了一个上海极左派文人的传言进行颠倒批判，即把当年冒险潜入外文书库独自编写《世界戏剧学》的勇敢行动诬陷为“文革写作”，并误植了笔名“石一歌”。由此，形成十余年的诽谤大潮，并随之出现了一批“啃余族”。余秋雨先生对所有的诽谤没有做任何反驳和回击，他说：“马行千里，不洗尘沙。”

2003 年 7 月，由于多年来在中央电视台的文化栏目中主持“综合文史素质测试”而成为全国观众的关注热点，上海一个当年的造反派代表人物就趁势做逆反文章，声称《文化苦旅》中有很多“文史差错”，全国上百家报刊转载。10 月 19 日，我国当代著名文史权威章培恒教授发文指出，经他审读，那个人的文章完全是“攻击”和“诬陷”，而那个人自己的“文史知识”连一个高中生也不如。

2004 年 2 月，由于有关“石一歌”的诽谤浪潮已经延续四年仍未有消停迹象，余秋雨就采取了“悬赏”的办法。宣布“只要证明本人曾用这个笔名写过一篇、一段、一节、一行、一句这种文章，立即支付自己的全年薪金”，还公布了执行律师的姓名。十二年后，余秋雨宣布悬赏期结束，以一篇《“石一歌”事件》作出总结。

2004年3月，参加联合国开发计划署《人类发展报告》的设计、研讨和审核。

2004年年底，被联合国教科文组织、北京大学、《中华英才》杂志等单位选为“中国十大文化精英”、“中国文化传播坐标人物”。

2005年4月，应邀赴美国巡回演讲：

1. 4月9日讲《中国文化的困境和出路》（在纽约市立大学亨特学院）；

2. 4月10日讲《中国知识分子的问题所在》（在北美华文作家协会）；

3. 4月12日上午讲《空间意义上的中华文化》（在马里兰大学）；

4. 4月12日下午讲《君子的脚步》（在华盛顿国会图书馆）；

5. 4月13日讲《时间意义上的中华文化》（在耶鲁大学）；

6. 4月15日讲《中国文化所追求的集体人格》（在哈佛大学）；

7. 4月17日讲《中华文化的三大优势和四大泥潭》（在休斯敦美南华文写作协会）。

2005年7月20日，在联合国“世界文化大会”上发表主旨演讲《利玛窦的结论》，论述中国文明自古以来的非侵略本性，引起极大轰动。演说的论据，后来一再被各国政界、学界引用。收入书籍时，标题改为《中华文化的非侵略本性》。

2005年11月，应邀撰写《法门寺碑》（含书法），镌刻于陕西法门寺大雄宝殿前的影壁。

2006年4月，应邀撰写《炎帝之碑》（含书法），镌刻于湖南株洲炎帝陵纪念塔。

2005年—2008年，被香港浸会大学聘请为“健全人格教育奠基教授”，每年在香港工作时间不少于半年。

2006年，在香港凤凰卫视开办日播栏目《秋雨时分》，以一整年时间畅谈中华文化的优势和弱势，播出后在海内外产生广泛影响。

2007年1月，发表《问卜中华》，详尽叙述了甲骨文的出土在中国文明濒临湮灭的二十世纪初年所带来的神奇力量，同时论述了商代的历史面貌。

2007年3月，发表《古道西风》，系统叙述了中华文化的两大始祖老子和孔子的精神风采。

2007年5月，发表《稷下学宫》，对比古希腊的雅典学院，将两千年前东西方两大学术中心进行平行比照。

2007年7月，发表《黑色的光亮》，以充满感情的笔触表现了平民思想家墨子的人格光辉。

2007年8月，应邀为七十年前解救大批犹太难民的中国外交官何凤山博士撰写碑文（含书法），镌刻于湖南益阳何凤山纪念墓地。

2007年9月，发表《诗人是什么》，论述“中国第一诗人”屈原为华夏文明注入的诗化魂魄，分析了他获得全民每年纪念的原因，并解释了一些历史误会。

2007年11月，发表《历史的母本》，以最高坐标评价了司马迁为整个中华民族带来的历史理性和历史品格。

2008年5月12日，中国发生“汶川大地震”，第一时间赶到灾区参加救援。见到遇难学生留在废墟间的破残课本，决定以夫妻两人三年薪水的总和默默捐建三个学生图书馆，却被人在网络上炒作成“诈捐”，在全国范围喧闹了两个月之久。后由灾区教育局一再说明捐建实情，又由王蒙、冯骥才、张贤亮、贾平凹、刘诗昆、白先勇、余光中等名家纷纷为三个学生图书馆题词，风波才得以平息。

2008年9月，上海市教育委员会颁授成立“余秋雨大师工作室”。上海市静安区政府决定为“余秋雨大师工作室”赠建办公小楼。

2008年12月，为妻子马兰创作的中国音乐剧《长河》在上海大剧院隆重上演，受到海内外艺术精英的极高评价。

2009年5月，应邀为山西大同云冈石窟题词“中国由此迈向大唐”，镌刻于石窟西端。

2010年1月，《扬子晚报》在全国青少年读者中做问卷调查“你最喜爱的中国当代作家”，余秋雨名列第一。“冠军奖座”是钱为教授雕塑的余秋雨铜像。

2010年3月27日，获澳门科技大学所颁“荣誉文学博士”称号。同时获颁荣誉博士称号的有袁隆平、钟南山、欧阳自远、孙家栋等著名专家。

2010年4月30日，接受澳门科技大学任命，出任该校人文艺术学院院长。宣布在任期间每年年薪五十万港元全数捐献，作为设计专业和传播专业研究生的奖学金。

2010年5月21日，联合国发布自成立以来第一份以文化为主题的“世界报告”，发布仪式的主要环节，是联合国教科文组织总干事博科娃女士与余秋雨先生进行一场对话。余秋雨发言的标题为《驳“文明冲突论”》。

2012年1月—9月，最终完成以莱辛式的“极品解析”方法来论述中国美学的著作《极品美学》。

2012年10月12日，中国艺术研究院成立“秋雨书院”。北京众多著名学者、企业家出席成立大会，并热情致辞。该书院是一个培养博士生的高层教学机构，现培养两个专业的博士研究生：一、中国文化史专业；二、中国艺术史专业。

2013年10月18日下午，再度应邀赴美国纽约联合国总部大厦演讲《中华文化为何长寿》。当天联合国网站将此演讲列为国际第一要闻。

2013年10月20日，在纽约大学演讲《中国文脉简述》。

2013年12月，完成庄子《逍遥游》的巨幅行草书写，并将《逍遥游》译成可诵可吟的现代散文。

2014年1月，完成屈原《离骚》的巨幅行书书写，并将《离骚》译成可诵可吟的现代散文。

2014年1月31日，完成《祭笔》。此文概括了作者自己握笔写作的艰辛历程。

2014年3月，发表以现代思维解析《般若波罗蜜多心经》的文章《解经修行》，并由此开始写作《修行三阶》、《〈金刚经〉简释》、《〈坛经〉简释》。

2014年4月，《余秋雨学术六卷》出版发行。

2014年5月，古典象征主义小说《冰河》（含剧本）出版发行。

2014年8月，系统论述中华文化人格范型的《君子之道》出版发行，立即受到海峡两岸读书界的热烈欢迎。

2014年10月，《秋雨合集》二十二卷出版发行。

2014年10月28日，出任上海图书馆理事长。

2015年3月，再度应邀在海峡对岸各大城市进行"环岛巡回演讲"，自台北市、新北市、台中市到高雄市。双目失明的星云大师闻讯后从澳大利亚赶回，亲率僧侣团队到高雄车站长时间等待和迎接。这是余秋雨自1991年后第四次大规模的环岛演讲。本次演讲的主题是"中华文化和君子之道"。

2015年4月，悬疑推理小说《空岛》和人生哲理小说《信客》

出版。

2015年9月，应邀为佛教胜地普陀山书写《心经》，镌刻于该岛回澜亭。

2016年3月，应邀为佛教圣地宝华山书写《心经》，镌刻于该山平台。

2016年7月，中华书局出版《中华文化读本》七卷，均选自余秋雨著作。

2016年11月，被选为世界余氏宗亲会名誉会长。

2017年5月25日—6月5日，中国美术馆举办“余秋雨翰墨展”（中国艺术研究院主办），参观者人山人海，成为中国美术馆建馆半个多世纪以来最为轰动的展出之一。中国文联主席兼中国作协主席铁凝说：“这个展览气势恢宏，彰显了秋雨先生令人慨叹的文化成就，使我对先生的为人和为文有了新的感受。”中国书法家协会原主席张海说：“即使秋雨先生没有写过那么多著作，光看书法，也是真正专业的大书法家。”国务院参事室主任王仲伟说：“余先生的书法作品，应该纳入国家收藏。”据统计，世界各地通过网络共享这次翰墨展的华侨人数，超过千万。

2017年9月，记忆文学集《门孔》出版发行。此书被评为《中国文脉》的当代续篇，其中有的文章已成为近年来网上最轰动的篇目。作者以自己的亲身交往描写了巴金、黄佐临、谢晋、章培恒、陆谷孙、星云大师、饶宗颐、金庸、林怀民、白先勇、余光中等一代文化巨匠，同时也写了自己与妻子马兰的情感历程。作者对《门孔》这一书名的阐释是：“守护门庭，窥探神圣。”

2017年12月，《境外演讲》出版发行。此书收集了作者在联合国的三次演讲，又汇集了在美国各地和我国港澳地区巡回演讲和电视讲座的部分记录，被专家学者评为“打开中华文化之门的钥匙”。

2018 年全年，应喜马拉雅网上授课平台之邀，把中国艺术研究院“秋雨书院”的博士课程向全社会开放，播出《中国文化必修课》。截至 2019 年 10 月，收听人次已经超过六千万。

2019 年—2020 年，在全民防疫期间，闭户静心，总结以往研究成果，完成了《老子通释》、《周易简释》、《佛典译释》、《文典译写》、《山川翰墨》这五大古典工程的全部文本及书法。

3. 配偶情况

妻子马兰，一代黄梅戏表演艺术家，是迄今国内囊括舞台剧、电视剧全部最高奖项的唯一人；荣获美国林肯艺术中心、纽约市文化局、美华协会联合颁发的“亚洲最佳艺术家终身成就奖”。她是这一重大奖项的最年轻获奖者。马兰的主要舞台剧演出，大多由余秋雨亲自编剧。十五年前，马兰被不明原因地“冷冻”，失去工作。夫妻俩目前主要居住在上海。

2013 年 4 月 24 日，上海一个“啃余族”在网络上编造《马兰离婚声明》，又一次轰传全国。马兰第二天就公开宣布：“若有下辈子，还会嫁给他”。

4. 创作特色

从大陆和台湾三篇专业评论中摘录——

第一，余秋雨先生在写作散文之前，就已经是一位学贯中西、著作等身的大学者。一切能够用学术方式表达清楚的各种观念，他早已在几百万言的学术著作中说清楚。因此，他写散文，是要呈现一种学术著作无法呈现的另类基调，那就是白先勇先生赞扬他的那句话：

"诗化地思索天下。"他笔下的"诗化"灵魂，是"给一系列宏大的精神悖论提供感性仪式"。

第二，余秋雨先生写作散文前已经有过深切的人生体验。他出生在文化蕴藏深厚的乡村，经历过十年浩劫的家破人亡，又在灾难之后被推举为厅局级高等院校校长，还感受过辞职前后的苍茫心境，更是走遍了中国和世界。把这一切加在一起，他就接通了深厚的地气，深知中国的穴位何在，中国人的魂魄何在。因此，他所选的写作题目，总能在第一时间震动千万读者的内心。即使讲历史、讲学问，也没有任何心理隔阂。这与一般的"名士散文"、"沙龙散文"、"小资散文"、"文艺散文"、"公知散文"、"愤青散文"有极大的区别。

第三，余秋雨先生在小说、戏剧方面的创作，皈依的是欧洲二十世纪最有成就的"通俗象征主义"美学。诚如他在《冰河》的"自序"中所说："为生命哲学披上通俗情节的外衣；为重构历史设计貌似历史的游戏。"更大胆的是，《空岛》的表层是历史纪实和悬疑推理，而内层却是"意义的彼岸"。这种"通俗象征主义"表现了高超的创作智慧，成功地把深刻的哲理融化在人人都能接受的生动故事之中。

5. 获奖记录

说明：平生获奖无数，除了大家都知道的鲁迅文学奖和诸多散文一等奖、特等奖、文化贡献奖、超级畅销奖外，还有一些比较安静的奖项，例如——

1984 年全国戏剧理论著作奖；

1986 年上海哲学社会科学著作奖；

1991 年上海优秀文学艺术奖；

1992 年中国出版奖；

1993 年全国优秀教材一等奖；

1995 年金石堂最有影响力书奖；

1997 年台湾读书人最佳书奖；

1998 年北京《中关村》“最受尊敬的知识分子”奖；

2001 年香港电台最受听众推荐奖；

2002 年台湾白金作家奖；

2002 年马来西亚最受欢迎华语作家奖；

2006 年全球数据测评系统推荐影响百年百位华人奖；

2010 年台湾桂冠文学家奖（设立至今几十年只评出过五位）；

2014 年全国美术书籍金牛杯金奖（书法集）；

……

6. 主要著作

《文化苦旅》

《千年一叹》

《行者无疆》

《门孔》

《冰河》

《空岛》

《余之诗》

《借我一生》

《中国文脉》

《君子之道》

《修行三阶》

《老子通释》

《周易简释》

《佛典译释》

《极品美学》

《境外演讲》

《台湾论学》

《北大授课》

《暮天归思》

《雨夜短文》

《文典译写》

《山川翰墨》

《世界戏剧学》

《中国戏剧史》

《艺术创造学》

《观众心理学》

（此外，还出版过大量书籍，均在海内外获得畅销。例如：《山居笔记》、《文明的碎片》、《霜冷长河》、《何谓文化》、《寻觅中华》、《摩挲大地》、《晨雨初听》、《笛声何处》、《掩卷沉思》、《欧洲之旅》、《亚非之旅》、《心中之旅》、《人生风景》、《倾听秋雨》、《中华文化·从北大到台大》、《古圣》、《大唐》、《诗人》、《郁闷》、《秋雨翰墨》、《新文化苦旅》、《中华文化四十八堂课》、《南冥秋水》、《千年文化》、《回望两河》、《舞台哲理》、《游走废墟》等等。）

（周行、刘超英整理，经余秋雨大师工作室校核。）

图书在版编目（CIP）数据

借我一生 / 余秋雨著. -- 北京：作家出版社，2022. 9
（余秋雨文学十卷）（2023.3 重印）
ISBN 978-7-5063-9297-6

Ⅰ. ①借… Ⅱ. ①余… Ⅲ. ①散文集－中国－当代
Ⅳ. ①I267

中国版本图书馆CIP数据核字（2017）第004042号

余秋雨文学十卷·借我一生

作　　者：余秋雨
责任编辑：王淑丽
封面设计：张晓光
版式设计：张晓光
责任校对：牛增环
出版发行：作家出版社有限公司
社　　址：北京农展馆南里10号　　邮　　编：100125
电话传真：86-10-65067186（发行中心及邮购部）
86-10-65004079（总编室）
E-mail:zuojia@zuojia.net.cn
http://www.zuojiachubanshe.com
印　　刷：北京中科印刷有限公司
成品尺寸：152×230
字　　数：260千字
印　　张：24.5
印　　数：3001-6000
版　　次：2022年9月第1版
印　　次：2023年3月第2次印刷
ISBN　978-7-5063-9297-6
定　　价：76. 00元（精）